家藏利器

伟翔题

钱志维 著

上海辞书出版社

图书在版编目（CIP）数据

家藏利斧 / 钱志维著. -- 上海 ：上海辞书出版社，2025. -- ISBN 978-7-5326-6394-1

Ⅰ. I267

中国国家版本馆 CIP 数据核字第 2025ZC0802 号

家藏利斧

钱志维　著

责任编辑　祝云赛
装帧设计　黄　骏
责任印制　楼微雯

出版发行　上海世纪出版集团
上海辞书出版社®（www.cishu.com.cn）
地　　址　上海市闵行区号景路159弄B座(邮政编码：201101)
印　　刷　上海展强印刷有限公司
开　　本　890毫米×1240毫米　1/32
印　　张　10.375
字　　数　221 000
版　　次　2025年6月第1版　2025年6月第1次印刷
书　　号　ISBN 978-7-5326-6394-1/Ⅰ·613
定　　价　88.00元

序　一

读则心喜

彭瑞高

每次读到小钱文章，我就高兴。

我喜欢那些直白的题目：《修套鞋》《拖竹排》《腌咸菜》《钓天塘》《秋珍阿姐》《好事不足》……如果你是上海人，再试着用郊区乡音来读读这些题目和内文，那么，一股久违了的乡风乡气，就会飘过书页，扑面而来。作为一个久居乡郊的老作者，我就喜欢小钱作品中这股乡风乡气。

阅读有多种境界，其中有一种最是令人陶醉，那就是：静读熟人文章，眼前浮起熟悉场景，内心沉入熟悉的过去。这种阅读境界是一种享受。读小钱的文章，我就能获得这种享受，品尝到一股陈酒般的滋味。

这一切，大抵是因为我与小钱有着较多的相同点：同乡、同音、同好、同恶……他是标准的土著，长期在浦江两岸生活；我虽非上海本地人，但也“生于斯长于斯”，够得上“老上海”的资格；

他讲一口上海郊区乡音，我也能用同样的语音语汇与他对话；他喜欢农村农家农活，我也在当年务农中积累了同样的情感；他喜欢唱歌，不惜重金拜师，拥有不一般的演唱水平；我也喜欢这门艺术，虽然我只是随口哼哼，一人在背地里自娱自乐；他喜欢体育，对长跑和乒乓球有追求；我也喜欢这两项运动，至今尚有余兴；他看不惯社会不正之风，我也怀有同样的痛恨，若是听到某些奇谈怪论，我们会同时发出鄙夷一笑……中国有句老话，叫“同声相应、同气相求”，我和小钱可以进入这一行列。

说是“读则心喜”，其实，小钱有一类文字，我读着心里是很沉重的，那便是他对农活中“刻骨铭心的劳累”的记叙。《拖竹排》就是其中一篇。

这篇文章我几年前就读到了，写的是作者当纤夫时的亲身经历。那时，郊野河岸上没有纤道，河上桥梁密布，沿岸长满荆棘，碰到这些障碍，小钱和纤夫们“就得收起纤绳，跳上竹排，撑过后再跳上岸继续背纤”。往往几十米不到，就得上下跳一回，大大消耗了他们的体力。更苦的是，两岸长满的高大作物埋没了纤夫，小钱他们拉纤的每一步都走得那么艰难：“炎炎烈日下，汗水模糊双眼，背上盐渍花白；呼呼寒风中，裤管结冰发硬，头顶却是热气直冒；在跳上跳下竹排的过程中，经常会掉入河中……”

当年务农岁月，我也撑过船、拉过纤，小钱记叙的许多农活，我也都一一干过。他写的一篇篇回忆文，那情景，那细节，那气息，都因真实而在我面前浮动。他写到农民的汗水时，我也看到了自己的汗水；他还没有写到泪水时，我却已觉察到了自己的泪水。

坚韧而要强的小钱，在劳动中受伤是常事，但他总是会找个无人的地方，独自坐下，默默地包扎伤口，默默地吞下苦难。看着这样的文字，不能不让人回想起那多雪的冬天、多雨的夏天。眼下，灯红酒绿，歌舞升平，人们已很难看到这样的生活场景。几乎已麻木的我们，需要读一读这样的文字，摸一摸当年的伤口，重新跳起励志的脉搏。

其实，我和小钱不常见面。自从两人不在同一处打球后，见面机会更少了。但我们保持着“君子之交”，而且是那种“长流水，不断线”的平静状态。在阅读写作上，我们来往还较频繁。因为有微信，他的文章我常能读到，我的文章也能得到他的读后感。这本书问世后，我希望小钱不要停下笔。在我眼里，小钱总是年轻的。他还有长长的路要走，理应再写下长长的、韵味久远的文字。

2025 年 1 月 17 日晨曦中

（彭瑞高：一级作家、中国作家协会会员）

序　二

在宁静中凝望

褚半农

钱志维兄要出版他的第一部散文集《家藏利斧》，并早早把这件喜事告诉了我，我向他祝贺，后又蒙志维兄信任，嘱写此篇序言。

从年岁上看，我同他应该属于两代人，但认识志维，那是很早的事了，离现在至少有20多年了。认识他，是从他的作品开始的。我俩都出生在农村、生活在农村，虽然我在浦西，他在浦东，但从小经历的乡村农事、荒野趣事大致相同。回看志维的经历，明显是由两部分岁月组成的，我将这两段生活归纳为“书包翻身”的前与后。“书包翻身”是农村流传有序的上海老方言，是指农家子弟通过刻苦读书跳出“农门”，离开农村，不用再靠做工分过日脚。志维在农村生活时，修过套鞋、拖过竹排、腌过咸菜、望过蟹簖，这类传统的生活方式与习俗，让其生活经历独特且非常丰富。后来，他这个从小是农村户口的农家孩子考上中专，这在四五十年前就是

“书包翻身”，志维做到了。那时中专的录取分数要高于重点高中，“校长还特意走到我面前，露出赞许的目光，说‘成绩硬档的，学校也硬档的’”。意味着“能让你‘农转非’，立马使你变成干部（或工人），意味着你可以由国家分配工作，享有医疗待遇和退休工资，意味着你可以穿‘的确良’、骑‘凤凰牌’，潇洒地出行在柏油路上，而不必起早摸黑搞‘双抢’、蹚在水里泥里种稻麦”（《大学梦》）。中专毕业后，他被分派到县属企业工作，正式过上了拿工资的生活，这是多少农村孩子所向往的啊！但他没有停止脚步，继续努力，后又被录取为公务员，开始了崭新的人生经历。其间，老宅拆迁，承载几代人深刻记忆的村庄最终被整体拆迁，瞬间嬗变，农村进入城镇化，置身于这个伟大而复杂过程中的他，不时记录下过去和如今的生活。我从他的作品中看到一个农村青年努力奋斗的足迹，很受教育和感动，他是“励志”的榜样！他以前的农村生活和如今的城市工作是两种完全不同的生活经历，这也在客观上为他后来的文学创作提供了充足的源泉和丰富的积累。

他很勤奋，不时将这些经历写成作品。早在我们初识时，他就发给我看，谦虚地说让我提提“意见”。现在，我在展读志维将要出版的这部散文集稿时，时时感到惊喜。首先是几乎书稿的所有篇章，都写上海农村的人和事、市郊乡村的生活百态，读来令人耳目一新。特别扣动我心弦的，是这些作品兼具朴实无华而又灵动自然的品质，不时地显露作者长期观察、勤于思索、情感真挚的特色。书中所有的文字，都涌动着泥土的气息，散发着稻草的清香，也将作者一团热切的心绪与深沉的感触倾泻其中。书中所及，无论是现时的“手机”（《静默的手机》），还是彼时的“老板”（《老板》），以及“美丽却痛苦的树”（《美丽却痛苦的树》），抑或“四十年的老式皮鞋”（《皮鞋四十年》），还是老宅上的“黄道砖”（《黄道砖》）、邻村老宅上“三进大绞圈”（《希望引起更多关注》），无不铭刻着江南乡野、浦东农村的深深烙印，他是要用文字“留存少年的足迹，留存父母的辛劳，留存前辈的背影，留存这块土地上的历史”（《一只甏》）。书中内容丰富多彩，人物形象各具特色，有对自然风光的赞美，如《掭竹排》《那只蟹，七两》《胶水生活》；有对村镇底层人物的写照，如《蒹葭苍苍》中离乡打工的劳作人、古村落中《远去的匠人》、怀念亲人的《感念先人》，以及受尽苦难的《秋珍阿姐》等；《“小巷总理”小故事》《一位社区志愿者的人生路》则是反映社区街道先进人物的作品。文章还大量运用上海方言，如料作、猪栏栅、保大洋、工夫钿、黄道砖、五开间、萝卜干饭、板门、僵猪等，为风情面貌、生活细节和人物故事的详细描摹与细致刻画，增添极强的生活气息和地方特色，能让读者在快节奏的时代中，静静感受市郊乡村的乡愁，体会那份只属于江南水乡的宁静与温婉。

在繁忙的工作之余，他笔耕不辍，记录曾经的生活、记录流逝的时光。他的作品，没有单纯描述过去的苦难，而是站在如今的宁静中凝望过去，带着情感和思考。他的作品得以在区文联刊物《四季》、松江区《松江报》和市级的《文学报》《新民晚报·夜光杯》等媒体发表，在文学创作中取得看得见的成果，跨出了喜人的步伐。大作《修套鞋》（2011 年 5 月 5 日《文学报》）发表后还被

“2022—2023 学年部编版（五四制）五年级下册期末模拟测试”选入“语文试卷（名校一）”，这也不是每个作家都能遇到的，证明他的作品得到了社会的认可。

“阡陌繁花伴你来，‘二十年’我们一同走过，‘三十年’我们继续出发。”（《阡陌繁花伴你来》）志维还在继续努力，祝愿他在新的“三十年”里创作出更多、更好的文学作品！

于乙巳年春节

（褚半农：上海作家，地方志、方言研究者）

目　录

一、景致渐远

二、有木浸河

三、腌酿日子

四、蒹葭苍苍

一

景致渐远

老　板

那天傍晚，北风呼呼，特别冷，冷得连祖父都对我说，天冷，今天不要去割草了。但天冷羊还得吃草，那就只能由父亲去割草了，但那天却没看见父亲。尽管有祖父的发话，但我还是担心因为没割草，遭父亲的骂。

天黑时分，父亲和伯父推着独轮车回来了，独轮车上装满了朽烂不堪的木头。说是“木头”，其实是根据其形状的估计，因为外表朽烂不堪，完全没有木头的颜色，有些已是烂得穿了孔，有的只剩一头大一头小的斜三角形。两人卸下“木头”后，又一同出发，不久又装回满满两车，堆在场地上，高高的一堆。

晚饭后，堂兄从家里接出了电灯，然后父亲拿起一块较大的放到一边，又拿起一块大小和朽烂程度差不多的放到另一边，这边拿了这样一块，那边就拿同样的一块，这样就把原先的一堆分成了两堆，然后我家和伯父家各取了一堆。这个过程，两家大人都在场，这些个极难看的东西，父亲却分得非常仔细。

我问大姐这是什么东西？大姐说这是“老板”，就是“棺材板”，可以做“料作”的。说完还提醒我一句：不要告诉其他人。

第二天一早，父亲就开始将这些“老板”放到柴间堆放。父亲先将大块且厚实的板材放在柴间的最里面，薄的朽烂严重的后面放进去，最后放进去的是短的或者是已经烂得不成样的，这些最差的就放在最外面一层。堆放也是一块块竖着放的，显然父亲是为了不压坏这些已经很脆弱的板子，也为了先用掉那些较差的“老板”吧。

说真的，我真怕村里的小伙伴来看这个热闹，还好那天天冷，村里的大人小孩都没来看热闹。之后我也没告诉村里的伙伴和同学，怕他们取笑——你们家居然还要那种烂东西。而我父亲像是拣了宝似的，眯着眼抽烟，很是满意的神情。

后来我才知道，这些“老板”，是在“梅花庵”北面我家祖坟那里“出土”的。当时“农业学大寨”，平整土地，把这一块高地削平填低，把包括我家祖坟在内的这块坟地翻了个底朝天，满是铜绿的“金戒指”“金耳环”被抢一空，只剩下满地的散骨和“老板”。

当时大队里通知了祖坟的后代来取走棺材板，同时收葬先人的骨头。但一堆骨头谁是你家祖宗？对于这些棺材板，有的人家认为不吉利，不要；有的人家子孙满堂家族庞大，无人牵头来收这档子东西，这给我父亲和伯父两人捡了个便宜。

柴间里的猪栏栅已被猪啃坏了几块，父亲用竹子替代用铁丝扎紧，但竹子不经用，铁丝也经不住猪塮腐蚀很快朽断。父亲拆下猪栏栅，把棺材板剖成条状，挨个补齐，把猪圈也把羊圈补得结结实实。

我第一次看到棺材板剖开后的样子：灰黑、暗黄，整体发黑，但很光洁，不难看。外观确实不像样，但剖开倒是不错的。回想起来我甚至惊讶地发现，我现在的办公桌、柜子、茶几，颜色差不多也是这个灰暗色，再回想现在的时尚家具以及人家新装修的新居，也大致流行这种颜色和格调。这应该不是巧合，这是现代人们的欣赏眼光，已经回归本色。

有了“木料”，父亲有了底气，他筹划将老屋东侧的那间房开个窗，提高光亮和通气；同时也想把柴间的毛竹窗换成木窗，因为原先的毛竹窗不能装玻璃，连塑料纸也不能钉上去。老木匠来看过这些个“木料”后，面有难色，说“料作”上有不少钉子，会损坏锯子刨子。父亲再三央求，并保证全部起出钉子后，老木匠才勉强答应。“起出钉子”的事，就落到我的身上。

我一试就知道，这些个钉子非常难起出。钉子大部分钉在木板的侧面，起着两块木板之间的连接作用。钉子是两头尖的方钉，不是我们现在常见的圆柱形“洋钉”。这种方形的钉子是本地铁铺打成的，比洋钉要粗很多，又在地底下很多年，粗粗的钉子大部分变成了松动的铁锈，只剩细细的一根芯子保留着铁的本质，钢丝钳一拉就断。我好不容易完成任务后，父亲不放心，自己又检查一遍后交给老木匠。老木匠看都不看，说这东西是起不光的。果然，当他锯开木料时，不时有“吱吱”的铁器摩擦声出现，老木匠只能一脸苦笑。

老屋的窗子开好了，柴间的窗子换好了，效果非常好。当然颜色还是一通灰黑，有经验的人一眼便可看出是什么“料作”做的。但老木匠说：“这些料作不错的，不会走样，也不会烂。”

屋后的水桥很早就有点晃动了，那是水桥桩朽烂，与上面的石板有了间隙，有塌桥的危险，老人小孩还容易掉河里。其实水桥是几家人家合用的，但修理的活永远只有父亲出手。父亲将石板搬下来，用那些木头做桩，再将石板放上去，有不平再搬下来敲平木桩，直至石板平衡不动为止，有时石板搬上搬下要好几次。

自留地里为防鸡鸭偷食做了栅栏，栅栏得有几根粗壮的“排桩”，“老板”也是当仁不让，经风淋雨还不会烂，只是外表朽烂难看，但我们不管这些。

有次上学路上见一户人家新造了一间灶间，木窗便是我非常熟悉的“老颜色”，我对同学脱口而出：那是棺材板做的。不巧被主人听到，主人恶狠狠地对我说：“小赤佬不要瞎讲，当心吃生活!”吓得我抱头而逃。主人的恼怒恰恰说明了判断的正确。

后来大姐出嫁要准备嫁妆，脚桶、马桶等的圆作木料没有备齐，急得父亲又动起了“老板”的主意，但遭到母亲和大姐的反对，因为这毕竟与当时的风俗完全不符。

我的童年，早早便感知了家里缺钱缺物的状况，也早早感知了木料的重要性以及父亲对木料的期盼程度。那些年里，几乎所有需要用到木料的地方都有那些“老板”的现身。很难想象，假如没有那些个“老板”的存在，父母他们该承受多大的生存压力和痛苦!

成年工作后，曾与一位担任过木模厂厂长的老领导聊起木模的事，他突然问我：“你知道木模的料作是啥?”我脱口道，是“棺材板”吧?他很惊讶，问我怎么知道，我说，“棺材板”长年浸埋土里，质地非常稳定，不会开裂不会变形。他说对呀，你是怎么知道的？我说，我小时候家里有不少这种“料作”。他说当时长安公墓被拆，他们厂里去拉了很多“棺材板”，那里埋的人“有铜钿”，“棺材板”大都是楠木和柚木，这些材料做木模再好不过，不会开裂变形。

回想当时家里的“老板”都是什么材质？我当时还小，不识木材，听父亲说过好像是杉木和柏木，也有几块较重也很细腻，他也不识。我想我祖上十八代都不见得出过几个“有铜钿”的人，根本不会有啥太好的材料。

父亲去世后，我们姐弟几个对柴间进行翻建，在老柴间里还找出一块较好的“老板”。这块仅存的“老板”，表面还残留一些红漆的痕迹，粗重厚实。但限于没存放条件，当时没有留存，倒是有些遗憾。

如果现在还留有那些“老板”，说不定我会找到本地最好的老木匠，用最传统的工艺，做一只最精致的案几，放在最显眼的客厅，给老祖宗们长长脸，他们一定会非常的高兴吧？

（2024 年 8 月）

那碗汤

上世纪七八十年代，我在杜行镇念初中。

午餐在校吃。为准备午餐，在家先把米放入饭盒，到校清洗加水放入大木箱蒸。午间取出饭盒，然后排队由食堂师傅打入一勺汤，一勺汤“淘”进饭盒，极“下饭”，午餐几分钟就能解决。

那勺汤极简单，一般是青菜汤、白菜汤或是冬瓜汤，反正是哪样蔬菜当下最便宜，就必定是那样最便宜的蔬菜汤。那勺汤三分钱，名曰“三分汤”。“三分汤”是那时全校学生的唯一午餐菜肴，几十年如一日，“受众面”极广，因而“名气”极大，反正只要是那个年代在那所中学念过书的，无人不晓。广大校友们可能会忘了同学忘了老师，但绝不会忘了“三分汤”！这有大我十岁的阿哥为证。

那为什么不买好一点的菜，譬如炒青菜、肉丝汤之类？这问话就显得你年轻了，首先学生“没的钱”，再者学校统一管理，规定学生“只能喝汤”——个别老师尚且长吃青菜，你个学生难道想吃大肉？

找饭盒、排队打汤，一般不超过半小时。偶尔有学生在大队人马散去后，还无头苍蝇一样拼命寻找饭盒的，那多数是找不着了，应该是被别人拿去吃了。除了眼泪汪汪，心疼那个饭盒，饿一顿肚子对那些个学生少年倒也无所谓。

“三分汤”的日子平淡无奇，可偏偏常有断电断水之类的原因，有时“三分汤”也难以保证。碰上这种情况，我就与同学结伴到镇上饭店，两人合起来买一碗最便宜的“大众汤”。“大众汤”比“三分汤”油水足味道好，但价格要高上许多，因此只能两人合吃一碗，加上三两米饭六分钱，也是不小的开支，但要吃饱饭，只能这样。

那家饭店的员工有些不太“整气”：收碗盏的一位人称“大头”，手黑牙黄不说话，身上还有股味道；端菜的是个驼背，手脚倒利索；打饭的是矮子，尖声尖气，不男不女。不知道大厨师傅样子如何，照此推断可能也有些问题，店里人不咋样，生意还是非常的好。

唯独有位女服务员非常出挑，肤白稍胖烫头发，中等偏长的个子，话语温和，神色淡定，二十多岁的样子。她在饭店服务员中漂亮得有点显眼，在镇上所有店家的服务员里，也数她最出挑。我每次到饭店点“大众汤”，也会生出一些诧异。

那是一个冬日的下雨天，学校又停电了，午餐没了着落，我和同学大庆又到饭店。那次我是带了饭和菜的，只是大庆没带菜，我就陪他到饭店用餐。大庆一个人要了碗“大众汤”，因为这次是大庆“全额出资”，我不好意思与他分享，两人就各管各吃。天冷衣湿，加上干饭冷菜，我吃得打起了嗝，且停不下来，正在扭脖子瞪眼的时候，冷不防有人问：汤要吗？我回头一看正是那位服务员大姐，她温柔地看着我。我一下子紧张得说不出话，只是呆呆地看着她。看我不知所措，她又重复了一句：汤要吗？我回过神来，嘟囔一句：我没钞票。她说：不要钞票。我就说：那要的。说完，想努力对她笑一笑，她却已转身向厨房里走去。

很快，她端着一只大碗出来了，看她端碗的样子，我就感觉到那碗不轻。她在我桌上放下碗，轻轻说了声：烫的噢，就急急走开了。我不敢抬头看她，连“谢谢”也忘了说……

那只碗比“大众汤”的要大上许多，汤面上，是一层白里带黄的油，下面是乳白色的汤，一股浓香，醉人心扉。还没吃，我已脸颊发烫额头冒汗。因为汤上面是一层厚厚的油，汤很烫，没一点蒸汽，因而她也特意地提醒我一下，怕我烫着。

汤很烫，那顿饭我吃得很慢；汤太多，那顿饭我吃得很饱。我也慷慨地请大庆一起吃，不知是出于我先前的“客气”，还是他“看不懂”这场景，他只是稍稍动了两调羹而已。

吃饭时，我不时抬头想看看她，她却始终没出来，吃完起身，回头朝里张望，还是没看到她出来。

后来又一次学校断电停餐，我又去了饭店，我很紧张，既怕她端出汤来，令我不好意思，同时又怕她不端汤来，让我有所失落。

她依旧在，依旧走过来，轻轻问一声：汤要吗？这次我没说没钱，只对她笑笑，点了一下头。

有了这“两碗汤”的经历，我好长一段时间不敢再去那饭店。一是不好意思白吃汤；二是担心她被领导批评。但是，我又非常想去看看她，每次上街，我就拐进饭店买个馒头，特意走到她跟前对她笑一笑，算是打个招呼。

记得后来又去了一次，她依旧端出了一碗浓浓香香的骨头汤，我也只是对她笑了笑，生涩地说了声“谢谢”。那一次，我鼓起勇气，问了两个在我心中纠结了很久的问题：你怎么认识我的？她说：我不认识你呀，但看你像个好学生。我说：那你给我汤，领导会批评你吗？她回答：只是碗骨头汤，没有肉没有骨头，不要紧的。原来如此。平淡的回答，声音依旧好听，我既轻松又怅然。

初三下半学期，学习压力加大，我很少逛小镇了。曾想去看看她，但终究没有去。

转眼初中毕业了，我考上中专到外面读书去了。我曾利用到小镇购物的机会，特意拐到饭店想看看她，遗憾的是，饭店依旧热闹，她人却再也不见踪影。

后来与同学相聚时，曾经聊起那家饭店，也扯起那碗汤的美味、那个人的美丽，不为别的，只为了那份长久的感激与思念。镇上的同学给我带来了关于她的零星的消息：插队知青，有文化，人很好，身体不太好，心脏病，先天的……

这些姑且是真实的吧，那么现在她应该早已回城，她也走过了知青那代人特有的历程。斗转星移，世事更迭，她或富或贫，我不得而知，但我坚信，这富有爱心、淡定美丽的女子，无论身在何处，她的世界一定风清月明。

（2010 年 8 月）

牛头肉

从爷叔婶妈的嘁嘁话语中，隐约听到生产队里准备把去年生了小牛的那头老牛杀了，给社员们分肉吃。

回家问及父亲，父亲对我点点头说，是的。但随即语气很重地警告我不能乱说——牛是生产资料，是革命工具，上面规定不能随便杀。生产队里借口老牛生病快死了，才敢杀的。

我高兴得在麦地里飞奔了三圈，为的是能吃到牛肉，也为了能看到杀牛的刺激。

打听到了杀牛的日子，我和生产队的三位同学一同逃学半天看杀牛。乡下土法杀牛的场景，非常野蛮血腥，看得我们心惊肉跳，但随着心情的平静，一幅诱人场景展现在眼前：仓库场上整齐地摆放着一块块半尺见方的鲜红牛肉，准备晚上发给社员。那种健康的鲜红，散发出淡淡的肉腥；粗壮的肌肉纤维中，无一丝白色的肥膘。我扫视着一堆堆的肉块，猜想着我家会分到哪一块，在想象的红烧牛肉香味中，咽下了一口口水。

吃好晚饭，正在杜撰明天如何回答老师的缺课原因，冷不防门被推开，是父亲和阿哥扛着东西回来。看着阿哥龇牙咧嘴的表情，估计扛着的东西分量不轻。一进门，看到两只大弯角和一对圆瞪的眼睛——一只狰狞的大牛头！

我回过神来，发现除了牛头，没有别的了，带着哭腔问父亲："牛肉呢？"父亲温情地说："牛头大，肉多，合算。"

也许父亲说得"有道理"，祖父祖母的表情显得很满意，只是母亲上前看了看牛头，说，弄起来很麻烦。

是啊，怎么弄？乡下人杀鸡宰鸭不在话下，"磨刀霍霍向猪羊"的事，那是要请专业人员的，这毛密皮厚骨头硬的牛头，怎么弄？

好在"肉多，合算"，全家于是精神抖擞：借来锯牛角的钢锯，搬出腌咸菜的大缸，往柴灶锅里加水……等两大锅开水冲进装有牛头的大缸，细密的牛毛根本扯不下几根，无奈倒掉剩水，又烧两大锅子开水冲进去，接着，用刀刮，用手拔，用火烧，等一家人脸上的汗水像墙上蒸汽水一样往下淌的时候，"褪毛"的程序算是完成了，尽管牛头还是黑乎乎毛茸茸。

锅里根本放不下整个牛头，只能把牛头劈开。牛头骨之坚硬确实厉害，在《动物世界》中，非洲草原上咬合力超过雄狮的鬣狗，可以把野牛的腿骨咬碎吞下，却只能留下几乎完整的野牛头骨！

没有足够结实的桌子更没有足够大的砧墩，于是在泥地上，铺上一张麻袋，牛头放在麻袋上，父亲用斧头猛砍，传出"噼噼叭叭"的巨响，吓得左邻右舍的狗都乱跳乱吠。父亲的脸上和头发上溅满了碎骨屑和血水，也顾不得抹去，就把牛头的两半各放进两个大锅里，让祖父煮，只待肉烂去骨。

那天晚上，炊烟缭绕，全村开席，肉香和酒香在寒风中浮动。但在我家，有的，只是满屋的蒸汽和腥气。

因为知道我家要了只牛头，村里几个大人小人来看热闹，看看我们如何烧，甚至还想尝尝牛头肉的滋味。父亲的村里同事阿才红着脸一步三晃来我家后，除了嘴里不停地“指导”，也动手帮起了忙。

吃不上牛肉不算，熬到半夜还吃不到牛头肉，我非常沮丧，想到明天可能还会遭到其他同学的取笑，我闷闷不乐地睡觉去了。

第二天早上醒来，家里静悄悄，弥漫着香气。跑到灶头间一看：桌子上小山似堆着一堆骨头，还有两大面盆的肉和汤，祖父靠在灶头后打着瞌睡，父亲坐在竹椅上抽着烟。

见到我，父亲说：“拿一块吃，好吃。”

我抓起一大块，先闻闻味，很香，就大口咬了起来。我发现父亲看着我，透过他吐出的烟雾，我看到他的目光，疲惫而慈爱……

（2010 年 10 月）

大学梦

梦，如果是将来式，那就是向往和期盼，比如我们的“中国梦”；如果是过去式，那就是失落和遗憾，比如我的“大学梦”。

梦起于一九七七年夏天，我上小学四年级，有点遥远。

那天，身为大队团支书的大姐开会回家，把我拉到身边，盯着我，压低声音告诉我：现在，大家都可以考大学了，你要好好读书，你以后要考大学！大姐几乎是一字一顿说出来的，语重心长的语气。听得出，大姐的话里语气，除了要求，还有信心，那就是“你能够”“一定能”的意思。我听了也很激动，仿佛自己以后真的能上大学了。

那年高考，全大队几十名考生，除一位知青考上中专，其余都落榜了，那些备战大半年、放弃种地赚工分、岁数参差不一的考生们一片伤心，不过也都认命。但大姐又一次认真地对我说，你要好好读书，你一定要考上！

那时的“大学梦”，就是“翻身梦”，倒也不一定指考上大学本科，它还包括大专、中专甚至技校。因为不管考上什么学校，都能让你“农转非”，立马使你变成干部（或工人），意味着你可以由国家分配工作，享有医疗待遇和退休工资，意味着你可以穿“的确良”、骑“凤凰牌”，潇洒地出行在柏油路上，而不必起早摸黑搞“双抢”、蹚在水里泥里种稻麦……

有着这个范进中举般的期盼，初中三年，我的“大学梦”演化成了“中专梦”。祖上积德，中考我以年级第一的成绩，考上中专，机械制造专业，四年制。填报相关表格时，校长还特意走到我面前，露出赞许的目光，说“成绩硬档的，学校也硬档的”。那些天，父母天天领受邻里乡亲的好话，历任的大队干部也接连登门祝贺。老实巴交的父亲，除了接连发烟，也就这么几句：儿子比我强、比我强……

但在中学任领导的一位远亲对我父母说：“应该看得远一点，他应该考大学……”但到手的“国家干部”不可能放弃，世代务农的家庭，儿子能跳出农门，那是祖坟冒烟的事！再说谁能保证你高中三年依然年级第一、“保大洋”上大学？如果上高中，那三年开销呢……当时高兴都来不及，哪来的可惜与反悔？

四年中专很快毕业，分配工作了，虽然是县办企业，那也不错，收入稳定，不输机关事业。但时光悄然变化，变化得太快，曾几何时，文凭热变得如蒸如炙。突然发现，外资企业招录仓库保管员也要“大学本科”，中专生属于“三校生”，成为考不上高中的代名词，当拿出文凭外还要注明“全日制”的时候，仿佛一夜之间，“中专毕业”早已是昨日黄花、西风残荷。

倒是有过一次上全日制大学的机会。那时中专刚毕业，我学了几年声乐。见我学得不差，老师问我以后有何打算。我说没什么打算，就是喜欢。老师说：去“上音”去不了，如想读“上师大艺术系”，我可以推荐。老师是歌剧院名师，凭她的名望和能力，专业上的推荐是做得到的，文化考试我也没啥问题，唯一的问题是，我能让体弱多病的父母，靠种地再养我四年吗？

如今，儿子也上了大学，算是对我失落的“大学梦”的一个慰藉。看到妻子和儿子在大学门口的留影，我打定主意：也要去下儿子念的大学，看看教室、操场、图书馆，也在门口留个影，沾一点大学的光……

（2013 年 7 月）

修套鞋

周末上午上完半天课，蹬两个小时自行车回到家，饭桌上除了父母为我准备的几样小菜外，常有一大堆套鞋——不用说，那是村里各家要我修的，由我母亲收集起来的漏了水的套鞋。

于是，匆匆扒完饭，拿出锉刀、胶水和旧自行车内胎等物，噌噌噌地忙起来，十几只套鞋一个小时左右就可修完。

修套鞋的过程简单得很，用自行车旧内胎作补丁，涂胶水覆在套鞋开裂处，和自行车漏气补胎别无二致，只不过套鞋防的是漏水，自行车轮胎防的是漏气而已。操作简单，但有几点不能马虎：胶水一定得涂两遍，一遍过后一定得干透；补丁四角一定得圆角或倒角；补丁四边上沿必须大于 90 度成钝角，以最大限度地增加补丁与鞋面的结合力。

我修套鞋完全是“自学成才”。初中上学骑的一辆旧自行车常常轮胎漏气螺丝松，常到一修理店修车补胎，旁边有一修套鞋摊。我对补胎修套鞋的过程目过三遍，已了然于胸。回家隆重宣布：以后家里套鞋漏水，全由我修理！父亲找出一双有好几只洞的，显然是准备扔掉而又舍不得的旧套鞋让我权作一试，等我用满是胶水的手将两只各有五六只补丁的套鞋递给父亲，父亲又看又拉仔细检查后，就直接穿上了，对我笑了笑说：“好。”

不知是母亲为儿子的“能干”而骄傲，还是她的助人为乐，她逢人就问邻里可有旧套鞋需要修理。于是，开始有邻居拿来旧套鞋让我修理。想到大人需要花钱做的事我都能做了，心中陡生豪迈，自然不能马虎，每只鞋都修得精益求精。随着技术越来越“过硬”，修的套鞋越来越多，有时弄得家中套鞋满屋脚气弥漫也乐意。

晚上，母亲把修好的套鞋挨家送上。回家时，除了脸上的骄傲，有时，手上还会有几只咸菜塌饼、豆沙圆子。

那时的自行车内胎都是红色的，黑色套鞋缀上红色补丁自然非常显眼。一到雨天，路上的田里的甚至家里的，满眼红点飞舞，照现在的说法，可能就叫“一道风景”。

但那道风景是“灰色”的。我修的鞋很少有没补丁的，大部分是修过的，有的甚至是补丁连补丁，拿到修理店也不愿意修的。阿荣、阿福家拿来的套鞋，我几乎没修到过没有补丁的。可以肯定，他们家至少多年未买过一双新套鞋！尽管他们大半时间离不开套鞋。

外出上中专后，母亲就通知各家把旧套鞋送到我家的时间，等我周末放学回家一并修理。集中修理当然也是为了节约时间节约胶水。

修套鞋随着种地这种行业在农村的“淡出”而“淡出”，修套鞋历史几乎伴随着我的求学过程。我修过多少套鞋当然无从统计，只记得父亲多次到自行车修理摊买旧胎、到五金店买胶水，母亲也绝不允许乡亲们提钱的事。想到能为乡亲们在冷风冷雨中添一份温暖，在泥泞跋涉中减一份劳累，我少年的心中充满自豪。

（2011 年 3 月）

2022—2023学年部编版（五四制）五年级下册期末模拟测试

语文试卷（名校一）

〔阅读〕

修套鞋

钱志维

周末上午上完半天课，蹬两个小时自行车回到家，饭桌上除了父母为我准备的几样小菜外，常有一大堆套鞋——不用说，那是村里各家要我修的，由我母亲收集起来的漏了水的套鞋。

于是，匆匆扒完饭，拿出锉刀、胶水和旧自行车内胎等物，噌（cēng）噌噌地忙起来，十几只套鞋一个小时左右就可修完。

修套鞋的过程简单得很，用自行车旧内胎做补丁，涂胶水覆在套鞋开裂处，和自行车漏气补胎别无二致，只不过套鞋防的是漏水，自行车轮胎防的是漏气而已。操作简单，但有几点不能马虎：胶水一定得涂两遍，一遍过后一定得干透；补丁四角一定得圆角或倒角；补丁四边上沿必须大于90度成钝角，以最大限度地增强补丁与鞋面的结合力。

我修套鞋完全是“自学成才”。初中上学骑的一辆旧自行车常常轮胎漏气松螺丝，常到一修理店修车补胎，旁边有一修套鞋摊。我对补胎修套鞋的过程目过三遍，已了然于胸。回家隆重宣布：以后家里套鞋漏水，全由我修理！父亲找出一双有好几只洞的，显然是准备扔掉而又舍不得的旧套鞋让我权作一试，等我用满是胶水的手将两只各有五六只补丁的套鞋递给父亲，父亲又看又拉仔细检查后，就直接穿上了，对我笑了笑说：“好。”

不知是母亲为儿子的“能干”而骄傲，还是她助人为乐，她逢人就问邻里可有旧套鞋需要修理。于是，开始有邻居拿来旧套鞋让我修理。想到大人需要花钱做的事我都能做了，心中陡生豪迈，自然不能马虎，每只鞋都修得精益求精。随着技术越来越“过硬”，修的套鞋越来越多，有时弄得家中满屋脚气弥漫也乐意。

晚上，母亲把修好的套鞋挨家送上。回家时，除了脸上的骄傲，有时，手上还会有几只咸菜塌饼、豆沙圆子。

那时的自行车内胎都是红色的，黑色套鞋缀上红色补丁自然非常显眼。一到雨天，路上的田里的甚至家里的，满眼红点飞舞，照现在的说法，可能就叫“一道风景”。

但那道风景是“灰色”的。我修的鞋很少有没补丁的，大部分是修过的，有的甚至是补丁连补丁，拿到修理店也不愿意修的。阿荣、阿福家拿来的套鞋，我几乎没修到过没有补丁的。可以肯定，他们家至少多年未买过一双新套鞋！尽管他们大半时间离不开套鞋。后来由于学习紧张，接着又外出求学，母亲就通知各家把旧套鞋送到我家的时间。等我周末放学回家，重复一桌套鞋的修理过程。集中修理节约时间也节约胶水。

修套鞋随着种地这种行业在农村的“淡出”而“淡出”，修套鞋历史几乎伴随着我的求学过程。我修过多少套鞋当然无从统计，只记得父亲多次到自行车修理摊买旧胎，到五金店买胶水，母亲也绝不允许乡亲们提钱的事。想到能为乡亲们在冷风冷雨中添一分温暖，在泥泞跋涉中减一分劳累，我少年的心中充满自豪。

（选自2011年5月5日《文学报》，有改动）

1. 文章开头为什么要强调“上完半天课”和“蹬两个小时自行车”？

______

2. 对于“我”要修套鞋的决定，父亲的反应如何？可见父亲是个怎样的人？

______

3. 母亲帮我“揽活”，分为哪两个阶段？母亲的骄傲是什么？

______

4. 多年来支撑“我”把修套鞋这个活儿做下去的力量是什么？在文章中找出有关句子。

______

※ 参考答案

1. 说明“我”是在极其劳累的情况下为乡亲们修补套鞋的，因为乐意为乡亲们做这件事。

2. 父亲只是默默地找出旧套鞋让“我”尝试，看看“我”是不是有这个能力。等确认“我”有这个能力后，就说了一个“好”字。可见父亲是一个务实的人。

3. 第一个阶段：逢人就问可有旧套鞋需要修理，晚上挨家送修好的鞋。第二阶段：通知定时送来，周末集中修理。母亲的骄傲是儿子能为乡亲们做事了。

4. 想到能为乡亲们在冷风冷雨中添一分温暖，在泥泞跋涉中减一分劳累，“我”少年的心中充满自豪。

※ 解析

1. 本题考查文章内容理解。

从“上完半天课，蹬两个小时自行车回到家”可以看出“我”的时间很紧，而且蹬两个小时自行车回到家也并不轻松，非常劳累，但“我”还是急忙扒完饭，开始修套鞋，可见“我”是非常乐意做这件事情的。

2. 本题考查人物形象分析。

从第四自然段的句子“父亲找出一双有好几只洞的……”可知，父亲只是找出了一双旧套鞋让“我”试，等看到“我”试的结果后，笑了笑说句“好”，从中可以看出父亲是一个实在的人。

3. 本题考查概括文章内容。

从第五自然段句子“不知是母亲为儿子的‘能干’而骄傲……”可知，刚开始母亲逢人就问邻里可有旧套鞋需要修理；从第八自然段句子“母亲就通知各家把旧套鞋送到我家的时间”可知，母亲通知各家定点送来，等待“我”统一修理。

从第五自然段句子“不知是母亲为儿子的‘能干’而骄傲……”和第九自然段“母亲也绝不允许乡亲们提钱的事”可知母亲的骄傲是“我”能帮助乡亲们做事。

4. 本题考查寻找关键句子。

从第九自然段句子“想到能为乡亲们在冷风冷雨中添一分温暖……”可以看出，多年来支撑“我”把修套鞋这个活儿做下去的力量是能帮助乡亲们，让“我”心中充满自豪。

拖竹排

堂兄是个能人，还在上世纪八十年代中期，就揽到了一份加工生意，为一家企业供应配件。这“配件”其实简单，就是竹片，装在洗衣机外包装的纸箱中，起支撑作用。

堂兄竹匠出身，手艺好，做的篮、筛、箕周正结实，经年耐用。小小竹片对于他，自然简单不过，他很快熟悉了开料、破竹、削竹等步骤，然后全家一齐动手，家里自然也成了加工场。

竹片加工简单，利润非常薄，赚的就是没日没夜的“工夫钿”。利润不高但产量很大，因此毛竹的需求量很大，一个月就需要几十吨、近千根毛竹，毛竹的运输问题就成了当时最难最苦最上心的活。

这活放现在很简单，只要你出钱雇车，装车运输都不用自己动手，甚至一个电话就可以送货上门。但在那时却是非常难办，一是找车需要门路，花费较多；二是乡下大都还是泥路，卡车开不进宅基。还好堂兄脑子好，想到有姚家浜和大寨河连通到宅基，堂兄沿河岸一路步行勘察后，决定选择水路运毛竹。

这购买运输毛竹的活由伯父、堂兄、侄子和我四人完成。选个休息日，四个人清早赶到小镇召稼楼，在生产资料部量尺寸、点毛竹数、付款，完了就在旁边的姚家浜里扎竹排。这扎竹排的活非常关键，也非常难：上千根毛竹，堆在岸边一人多高，要在晃动的水里一层一层捆扎，随着毛竹的一根一根传递，竹排一点一点增高，不能松不能散，还要随潮拖运十多里，万一途中有闪失，毛竹四散漂流，必定劳民伤财损失巨大；如果漂散的毛竹肆意横行，戳船撞桥，那祸就闯大了。好在伯父年轻时就有扎竹排的经验，在他指挥下，竹排每次都扎得结实，从没出过事。

竹排扎成，一般已在午后，人已经很累，但不能休息，因为下午还要完成拖排拆排的任务。一碗加份的大排面呼拉下肚后，伯父、堂兄在排上撑篙，我和侄子在岸上背纤，就开始了十多里的水路拖运。

说到拉纤大家都知道，在艺术作品中，我们可以感知纤夫的那份沉重和劳累，还有种苍凉的意味，但我们的撑排背纤，“苍凉”倒是谈不上，但那种劳累，刻骨铭心。这累，缘自纤道的难行。

三十年前的上海郊区，水路运输以“挂桨机”为主，“背纤”早已绝迹。因此，河岸上根本没有纤道，河道上密布着无数的桥梁和村宅水桥，沿河岸更是长满荆棘和作物。碰到这些障碍，背纤者就得收起纤绳，跳上竹排，撑过后再跳上岸继续背纤。往往几十米不到就得上下跳一回，大大消耗了我们的体力。更糟的是两岸种满庄稼，高大的作物“埋没”了我们，使我们拉纤的每一步都走得那么艰难。炎炎烈日下，汗水模糊双眼，背上盐渍花白；呼呼寒风中，裤管结冰发硬，头顶却是热气直冒。在跳上跳下竹排的过程中，经常会掉入河中，好在我们也是游泳好手，下水几次也没有关系……

咬牙将竹排拖行至宅基边，天早已墨黑，但任务还没有结束，还要进行拆排起竹。拆竹排也是技术活，在流水中拆开竹排得非常小心，万一“散排”那就前功尽弃。伯父和堂兄两人在竹排上拆排递竹，我、侄子以及其他来帮忙的邻里把毛竹一根根拖到家里的场地上堆放。

在无数的折返来回中，我们已经累得说不出话。月光下飘落的，只有毛竹与地面的摩擦声、沉重的脚步声和呼呼的喘气声……

回到家后，我累得直接躺倒在地，连饭也不想起来吃了。母亲很心疼，但还是鼓励我要坚持，从不要求我退出，因为她知道，这样的苦活，只能靠“自家人”去干的。

（2015 年 2 月）

腌咸菜

小辰光，吃得最多的菜是咸菜，全家都是。腌咸菜，就成了大事，由父亲动手腌制，非常用心，一点不马虎。

开春四五月里，屋场上晒满雪里蕻，等叶子稍微有些干瘪，就可以腌制了。一层菜加一层盐，然后用脚踏，踏出渍水来，再加一层菜一层盐，直到雪里蕻全部入缸，再用石头压几天，等菜卤出来，用一层塑料纸、一层稻柴和一层泥土封实就好了。两个月后的大热天里，开缸就成了又黄又酸的咸菜。

想想人家都是这样腌出了好咸菜，但自家腌的却常常出问题，一连好几年，父亲腌出的咸菜都是发黑，有些还发臭。

父亲种田养猪捉鱼样样都行，腌不好咸菜，既是浪费还没面子，他就开始认真琢磨。第一次认为雪里蕻种得不灵，太小，发酵没“力道”，于是狠用肥，雪里蕻长成好几斤一颗，腌出的咸菜却依旧墨墨黑；第二次认为盐放得太少，发酵过程中咸菜变坏了，结果咸菜咸得舌头发麻，还是没有酸味道；第三次认为是缸不灵——听说人家腌咸菜，用的是“坑缸”，而自己用的是水缸。还好母亲坚决不让，否则说不定父亲还真会将屋后的坑缸用来腌咸菜。

一次上门学习，让父亲取到了真经。父亲看到人家的柴间里十几只大缸整齐排列，缸里的封泥像刚浇好的水泥地坪，光洁如镜。缸上放着一块竹片、一只喷壶。主人说，腌咸菜关键是“密封”，不密封就要坏，缸上面封的泥不能干，干了泥就会开裂，就不密封了，所以要天天喷水，再用竹片刮平。

父亲恍然大悟，回家如法炮制。两个月后，打开大缸，满眼金黄，一屋酸香，父亲笑得面孔像深秋的菊花。他连忙抓起几颗，让我去左邻右舍分分，好像要证明什么，一洗他不会腌咸菜的名声。

但是咸菜吃到缸底时，还是发现了毛病。底里的咸菜，没了酸香，颜色还有点黑。他连夜查问题，发现老缸在修补过的地方还有损坏，漏气了。于是父亲舍弃用了多年的大缸，到镇上拉回了一口新缸。

多年后，看到古镇上有许多店商正在出售装在可乐瓶里的咸菜，我立马联想到了——密封，这密封利用了现代的包装工具，效果奇佳。如果父亲能看到这样的咸菜腌法，感想肯定比我还要多，说不定还要和摊主白话，交流一番。

近些年我也开始腌咸菜，有对“密封”的深刻理解撑底，咸菜质量自然没的说。拿给年迈的母亲品尝，她点头说：“好，比你爷腌得好！”

我说我比父亲别的都不如，只有咸菜比他腌得好。母亲听了笑笑，没说话，她又尝了一筷咸菜，竟酸出了眼泪。

（2013 年 10 月）

黄道砖

不止一次地听大姐说起过，造灶间的砖，全是她小时候在野地坟墓边，用泥刀削掉砖上的石灰后，由父亲用草担子挑回来的。

“父亲翻开泥土，拆下砖头就忙别的去了，我用泥刀削砖头上的石灰，石灰很薄，但极硬极牢极难削，一块砖，拿在手里，翻来覆去好多次，父亲说，石灰里，有糯米浆……很冷，很饿，下雪了，头上顶只麻袋，全身煞白，手指通红，但一刻不停……”

四十多年后，当我和大姐站在因动迁已被夷为平地的老宅基上，面对这些砖头时，大姐又一次对我重复了这些话，只是末了加了一句：“这些小青砖，叫‘黄道砖’，很硬很好。”

我早就知道那叫黄道砖，这种砖其实我非常熟悉，以前造的那些老屋，那些猪场鸡棚，还有房前屋后残存的砖块，几乎全是黄道砖。

大姐当年还是十三四岁的农家姑娘，懂事又早，已是父亲的好帮手。她孤身伴随着北风大雪，柔嫩的双手紧握泥刀，如绵不绝的“当当当”回荡在旷野里，无边的寒冷、饥饿和恐惧包围着她。现在看到这些黄道砖，涌上了当时的感受，她说看到这些砖，现在还有当时的那种心跳，那种因孤独害怕的“噗噗噗”的心跳。她指着那些倒在地上的小青砖对我说：当时觉得削了很多很多的砖，父亲挑回来的砖，堆了一场地，现在看怎么只有这么点？我说这可能是你当时还小的缘故。

老宅基上除了砖块碎瓦已是空无一物，这是拆迁的、收旧的、拾荒的各路人马无数次光顾的结果，但这些砖倒是还有不少。房屋被推倒时，瓦易碎，砖不易碎，因墙壁整体倒下而排列整齐、横卧地上的黄道砖一垛又一垛，没人“识货”，没人捡走。我不太明白，这些个有棱有角、规整漂亮的黄道砖，那些个捡拾人马竟然对此无动于衷？

在大姐指点下，我端详着脚下的黄道砖。因来处不一，这些砖规格上也有差异。一种厚些窄些，另一种宽些薄些。这些砖，方正光洁，棱角分明，若用硬物敲击，会发出清脆的“叮叮”声，拿在手里，感觉沉实细腻；砖的一端，还有压铸而成的花纹印记，像是精工制作的工艺品。

上世纪六十年代，匪夷所思的事情太多了，包括大队、生产队出售人家的祖坟。“农业学大寨，山河重安排”，大规模开展平整土地，需要“重安排”那些坟墓。有横扫封建迷信的威力，加上“地富反坏”早已打翻在地，因此不管是富家还是贫家的祖坟，全由大队或生产队作价卖掉。父亲于是就买下几个坟椁，挖出砖头，去造一间想了半辈子的灶间。倒也不是不尊重人家，也不是没有顾忌，只是，那个时候物料奇缺，要造几十平米的灶间，啥样都缺，“向集体买的”，至少在心理上是没啥问题的。

那些深埋泥土多年的黄道砖，经过父亲和大姐的劳作，也算是涅槃重生了，在地底下为逝者守护了一辈子后，重见天日，继续为贫困的农家垒屋起房，遮风挡雨。鸡鸭猫狗、花鸟鱼虫，所有生物，命只有一条。可这样的黄道砖，以其坚实耐用，能地上地下地“轮回”，它们能拥有“生命”多少年？岁月苍茫，它们的命，绵绵不绝。

由此我想到另一种砖。上世纪七十年代我家翻修柴间，用的全是那种砖，其名为“跃进砖”。一听名字就是“多快好省”时代的物品，厚薄不均，外观歪斜，质地非常松，比晒干的泥土强不了多少。当年看了电影《少林寺》，回家练武功，一掌下去劈断两块，用的就是这种砖。练功虽好，但盖房不行，没几年，屋斜墙穿。这种砖，连半条命也算不上。

（2013 年 5 月）

冰糖羊肉

我家吃得简单是出了名的。儿子在家时，每晚还有几个菜，儿子念了大学外出后，菜就更简单了，一般是一荤一素，有时甚至就是荤素一起煮个汤。有亲友来作客，也就这么几个菜。起先他们有些惊讶，当然也不会说啥，只有姐夫说过“菜可以再多一点”，阿哥也说过“喝酒菜可能不够”之类，当然后来他们也都习惯了。

吃得简单，但在冬天里，有一只硬菜在我家成为保留菜，那就是冰糖羊肉。

冬天一到，我便准备整条羊腿作为主料，切成小块，出水去沫，放入红枣、冰糖、桂圆等辅料，小火煮上两个小时，一锅冰糖羊肉就成了。美味不说，还简单，便于保存，吃起来也方便，每天早上舀上一小碗，微波炉里转热就可。个把星期过后，将剩下的再煮一下，然后直至吃完，再也不用煮了。这锅冰糖羊肉，中医那些个“补气补血”“养肝润肺”之类我说不上，但我就认准母亲从小教我的说法：补。

我们家三口对甜食都不甚喜好，唯独对这款冰糖羊肉例外，我本人更是情有独钟。老婆儿子的“喜欢”缘于二十多年的习惯；我的“情有独钟”则有四十多年的历史。

我从小接触最多的动物是羊，从小最能干的劳动是割草。记得上幼儿园时年纪，我割起草来已经像模像样，到十来岁时，养活一头羊，基本上已经不用父亲帮助割草了。

尽管我有割草“童子功”，但要养大一只甚至两只羊，还是有相当压力的。夏天还好，草长得快长得茂盛，苦的是冬天，寒风呼呼，浑身发抖，田里一片枯黄，寒风中的大地只有一点可怜的绿色，要塞满花袋，很不容易。还好找到一条捷径：河里有大量的“水花生”草，水面以上部分看似被霜打蔫发黄了，但水下部分，却依旧是绿色的，很鲜嫩，很饱满，喂羊那是好草料。于是在铁铬柄上扎接一根竹竿，撩起水花生草，洗去泥水，放在河沿上沥去水分，在日光里晒上几天，形成半干半青的草干，用草绳捆扎，拖至竹园里摊开。那里晒不到太阳，但吹得到西北风，草就不会烂，也不会太干，可长期保存。

柴间里的羊生生不息，过年前，父亲照例会请人来杀羊。肠、肚、肝等下脚，自己吃；羊肉的三分之一送人；三分之一白煮；另外的三分之一，就烧冰糖羊肉。那些个肉，是相对次一些的肋条、颈项、肚档，母亲把这些肉切块煮开，撇去浮沫，放入红枣、冰糖，小火煮小半夜即成。但那时下伸店（供销社下伸至各大队的小店）里买的红枣，几乎都有虫蛀，得先将红枣剥开，洗去蛀屑。那时冰糖贵，就用红糖代替，味道稍差，但那是大姐的说法，对我而言，还是那个感觉：好吃。烧好的羊肉一般放在钵头里，冷却后，上面是一层很厚的油，结成白花花的一块，咬上去“吧啦”有声，下去一点是红枣和肉冻，再下，就是精华部分，羊肉。吃起来母亲是有规定的：用汤匙往下舀，到底，再横着舀，这样可以避免“贫富不均”。但上有政策下有对策，我常常是在硬硬的表层羊油下，横向推进，表面还是满满一钵，底下差不多已经空了。

在那些寒冷的早晨，起床后，总会看到桌上有一小碗热气腾腾的冰糖羊肉，两三个枣，一小块肉，还有厚厚一层油。当喝干舔净那浓浓的汤汁，抹一把嘴，在母亲的目光里，背起书包走进寒风中，从胸到背，全是暖意。

（2015 年 4 月）

雨夜出门

夜色如铅，暴雨如注。

“轰隆隆”，一道闪电划破天幕，一串霹雳刺破耳膜。这时，除了水牛还在河里处乱不惊，平日里上蹿下跳的猫狗早已吓得蜷缩一团。劳累了一天的乡亲们，早早进入了梦乡，享受这难得的雨夜清凉。

而此时，我却端坐在灶间，情绪有些激昂，不时起身观察屋外的雨势。待雨势稍停，我就穿上雨衣，背上竹篓，左手戴上手套，右手提一根竹竿，掩门而出……

暴雨过后，天气凉爽，夜色之中，蛙鸣一片。就像它冰凉丝滑的身体一样，蛇也喜欢湿润凉爽的雨夜。此时，这无声的猎手，正悄悄地滑向蛙类最热闹处狩猎。殊不知，有一个在夜色中潜行的年轻人，正冲它而去……

水田里，青蛙最集中，泥鳅小鱼也多，也是蛇最喜欢狩猎的地方，但水田里的蛇大都是水蛇，不大，一有人的脚步声震动，它们便没入水田，很难发现。河边草丛，常有大蛇，但那些大家伙速度快，人稍微走近点，你还未发现它，它已快速起动，鳞片一闪，箭一般窜入河中，很难捕到。有了这样的几次经历后，我一般直奔宅后竹园、仓库场边、草垛周遭、田间坟头那些地方，常有大青蛇，它们以家鼠、青蛙、小鸟为食，称为“宅蛇”，身长体大，动作相对迟缓，容易得手。这些地方还比较开阔，便于快速行事。

漆黑的夜里，雨点已经稀疏，在手电光柱里，一条青绿色的长影猛然入目，非常扎眼。此时的它，正傲然巡捕猎物，却突然沦为别人的猎物，岂会善罢甘休？它昂首吐信、呼呼有声。此时的我，说不紧张那是假的，也是心弦发紧。但理智告诉我：没事，那是无毒蛇，冲！我猛跨一步，用竹竿按住蛇身，戴手套的左手迅速抓住蛇身一捽，迅即调整位置，抓住蛇的“七寸”，同时腾出右手，用力拉下死死缠住左手臂的蛇身，放入竹篓。有时候蛇反应快，等我发现它时，它已快速起动逃离，我就要考虑伸手的提前量，赶在前面迎头截住，即使它调头逃窜，你也能迅速抓住它……

只有手套、毛巾、竹竿等简陋装备，被蛇咬是常事，但也没啥问题，回家敷点“锡类散”，就当是普通的伤口而已。有一次，我被一条两米多长的大蛇咬住，蛇牙断在伤口里，也没多大问题，回家用剪刀挑出，没几天也就结痂康复了。

我只抓无毒蛇，对毒蛇退避三舍，冒这个风险不值得。有一种本地称“秃灰蛇”的，学名蝮蛇，身短头大，土褐色，速度不快，动作怪异，有剧毒，乡间为其所伤常有耳闻，甚至还有出人命的传闻。对这种蛇，我就不去动它了。

雨夜出门，一般收获不会太多，但很少空手而归。这倒也不是生活所迫，更多的是少年的探奇和冲动，乐在其中。次日早上，父亲总要先问一下左邻右舍那些长热疖、发风疹或常出鼻血的小孩人家，然后由我送上宰杀后的猎物。同时带上的，还有我昨夜捕蛇场景的绘声绘色叙述。面对大人小孩的一片赞叹，我感觉自己真的成了英雄……

（2013 年 8 月）

我家“喵呜”

近来我和那只老鼠较上了劲。

先是在院子围墙夹角里，发现有个洞，洞口痕迹显示，有动物频繁出入。是老鼠吗？好像没那么大；是黄鼠狼吗？也不像，院里没它的食物，也没有鸡，它更不可能给我拜年。

直到有一次真看见了那尊主。门开处，只见一黄褐色的动物箭一般直窜墙角。起先还真以为是黄鼠狼，但那主入洞后，尾巴一时还在洞外，光溜溜一根令人恶心的鼠尾——哪有半点黄鼠狼的“范儿”！

尽管知道没用，但我还是用土填了，还敲了个结实。果然，隔天洞又被扒开。我往洞里塞些碎砖块，这一回时间长了点：三天，三天后，边上又被打出洞眼来。我想，尽管打洞是你的专业，但我塞砖块只是几分钟，你另打洞，总不止这些时间吧？

对峙在持续，七八个回合了，还没有消停的迹象。“国难思良将”，我自然想起了猫。

其实小区里并不缺猫，那些家猫野猫富贵猫流浪猫常在树丛间出没。它们歪歪扭扭，走路无精打采，常守着个垃圾桶，或等着人们的施舍，早已不知捕鼠为何物。当年威风的猫科动物，还是老虎的“师傅”，如今实在是个差劲的角色了。

我想起多年前的一幕。那晚，我骑着“建设牌”行进在老镇狭小的街路上，惊起一只大老鼠，它在我车前狂奔，我不紧不慢地跟着它。那是一条百米长的老街，没有叉口，街边房屋的门窗全闭着，它无处拐弯，只能“一条胡同走到黑”。我思忖着是超越它往回赶，还是下车追上它用脚踩？心里不由得冒出一个念头：如果前面有只猫……

还真是那么神奇，正在这时，车灯光圈尽头处，出现了两只碧绿的眼睛。我的心怦怦直跳，啊，真的是一只猫！它一动不动，蹲守着，两眼放光。那只倒霉的老鼠，跑了个“马拉松”，估计已经气喘吁吁头晕眼花，速度也已明显放慢，但见了那两只绿眼睛，犹作拼死一搏。猫呼啦一个虎跃，眨眼间，大老鼠已在猫的口中吱吱乱叫，猫“呼呼”低吼着，返身消失在黑暗之中……

呜呼，这神一般的一幕，这如此神勇的“喵呜”！

老家以前一直养猫，从不间断，记得有竹间猫（狸花猫）、大黄猫（橘猫）和花猫。代代不息的猫，全是优秀的捕鼠能手，祖父称它为“喵呜”。这些个“喵呜”，平时吃的都是菜汤淘饭，少有鱼肉，要改善伙食全靠自己捕获，但只只精气神十足，我们也当它是家庭一员。

现在的猫不会抓老鼠，周围已经没有“喵呜”了。原因可能是养尊处优，也可能是无鼠可抓，更大的可能性是：缺失上一代教育，没有实战机会。

我常把这个猜测，告诉身边那些年轻的父母。

（2013 年 8 月）

景致渐远

那一次是三年前，我对母亲说："我们去北京白相，好不好？"母亲照例摇摇头，只是这次摇得不太坚决，有些犹豫。于是我来了精神，与阿姐联系，希望阿姐回家时对母亲说说，促成她去到北京，了却母亲长久的心愿。阿姐果然能干，回家一劝，竟然说服了母亲。

老人家答应了，我就来了个得寸进尺了，对母亲说："要不我们乘飞机去，乘火车回来？"母亲回绝："老早就讲过了，不乘飞机，我要吓的。"

也好，能去就行了。于是，我们就准备起来了，查景点、查路线、查旅馆，阿姐买来轮椅，阿哥联系北京的朋友帮助接待……

可是仅仅一周，一次小小的感冒，使我们的努力完全白费。年老怕事的母亲，已经没了年轻时的兴致，她说，北京不去了，身体不行，不敢出门了。我说，不是有轮椅吗？母亲说，我不晓得为啥，我心里不想去了。

母亲话音不重，但看得出，她是真心不想去了，随后我们的劝说已变得毫无自信。我知道，母亲真的老了，老得对千里之行失去了信心，老得已离她心心念念的北京越来越远了……

年轻时，父母带着阿哥阿姐有过两次游玩的经历。一次到上海的“大世界”，一次去西郊公园（现在是上海动物园）。“大世界”里的“哈哈镜”、杂技“独轮车”和西郊公园的大象老虎给父母留下了极深印象。好多年里，我不止一次地听到母亲像自言自语又像在问父亲：“独轮车怎么会不倒下来？老虎哪能捉得到？”父亲却从不回答，一副不屑的神情。有一次，母亲突然问了一句：“北京不晓得好玩吗？”“天安门是不是真的和电影里一样？”此时母亲停下手里的活，目光里充满了向往。

在贫困艰难的日子里，母亲苦楚而坚毅的表情，我无法忘记。而母亲那次梦境般的陶醉神情，以及后来母亲得知我“书包翻身”时的那种发自肺腑的幸福，更深深印入了我的脑海。这一幕，在以后的岁月里，也是不止一次地出现在我的梦境中。

在生活的沉重中，一晃又是多年。

在父亲一病不起的日子里，我陪他闲聊。有一次，我“取笑”父亲“连火车都没坐过”，并建议等他康复后去一次北京。哪知父亲竟中气十足地说：“我怎么没坐过火车？小时候我乘过周浦的小火车！”我故作惊讶，说：“你真行！”心里却难受得几乎说不出话。

母亲倒是真的坐过一次火车。那次，她在子女们陪伴下去了一次千岛湖。湖光山色给老人家留下了难忘的印象，也成为她与邻里长久的谈资，尽管她经常想不起那三个字的地名。

感谢上苍，假以天年！在以后的日子里，子女们驱车带着母亲看了西湖、太湖、淀山湖，登了佘山、洋山、虎丘山，到过西塘、枫泾、朱家角……连外甥到浙江参加同学聚会，也带上了年已八旬的外婆，他的同学都为之惊讶。

无奈的是，母亲背驼了，腰弯了，眼睛混浊了，开始怕走路了。在一次次出游中，她对景致的关心少了，对车上时间在乎了，除了那些老街还能让她驻足，其他都只是匆匆一瞥……终于，母亲开始拒绝外出的提议。每逢如此，我就轻叹一气，故作轻松地说："好吧，以后去。"

母亲一天天地老去。她唯一的期盼，是每个周末子女们回家与她团聚。我也尽量地多与母亲坐在一起聊天，只是在这三年多的日子里，我再也没有跟她提起过"北京"两个字。

（2011 年 3 月）

挂上日历

我从包里摸出准备好的榔头和钉子，垫上凳子，在母亲小床对面的墙上，小心地打上钉子。

“咚咚咚”的声音引起了母亲的疑惑，她瞅我一下，嗓门有点大：“你敲啥啊？墙壁要被你敲坏了！”母亲眼里，我仍没长大，需要不时提醒和教育。当她看到我挂上去的日历时，“噢”了一声，算是认可，紧接着却又说了声：“没用了。”

我挂上去的，是那种老式的、每天撕一张的，现在人家很少挂的那种“礼拜单”。

隔壁床位的阿婆也有些疑惑，指着对面她自己的挂历说：“我这不是有挂历吗，不用另外再挂了。”我说：“谢谢你阿婆！你的挂历很漂亮，但我母亲现在已经看不懂了。”

母亲原先在家的房间里有挂历，也有“礼拜单”。挂历漂亮、有艺术性，装饰为主，当然也实用。哪天家里“有事体”（重要活动）、哪天出门喝喜酒等等，母亲就在对应的日期上画个圈。但母亲还是习惯看“礼拜单”，“礼拜单”字大，阴历、阳历、星期几一清二楚，纸页还有颜色区别，双休日的绿色和节假日的红色，是母亲期盼的颜色，那是她的子女们回来的日子，也是母亲早早起床扫屋买菜的日子。

好时光过得特别快，不知何时起，挂历上没了记号。没有准备，母亲“突然”就老了，老得都“熟”了。时间，都去了哪里？

终于，周末与节假日，她的子女以及她的孙辈围绕在她身边的日子过去了，连在她子女家里安静地打瞌睡、安静地看电视听沪剧的日子都难以为继了。

母亲养老的出路已经别无选择，在她的子女们几多的犹豫和反复比较后，她来到了这个朝阳、通风、安静的房间，开始她养老、养病，或许还有等待、期盼的日子。

在一个大雪封路的早上，母亲被送到了这里。紧张与不安裹挟着她，冰冷与惶恐抽打着她的子女们。

我让母亲在“礼拜单”前站定，指着那个数字大声告诉她：“今天是……再过几天就是……这个日子，你的孙子……这天，我们会……”

母亲重重地点着头，仿佛已记得一清二楚。但一回头，她啥也没记住。

坐在母亲旁边，有时她突然告诉我“阿哥来过了，但没有进来”“馒头蛮好吃，不晓得谁送的”之类，我摸不着头脑，询问再三，她也会笑笑：“可能是做的梦。”说完还会不好意思地笑笑。我回之以笑，两人一起笑。

不管有用没用，日历挂上了，那是母亲熟悉不过的家什与场景。老人，离不开她熟悉的物品和习惯。

在这里，在这新的地方，母亲的确常常面对日历，有时简直是

“凝视”，或许，也只是她的一种习惯。看啥呢？或许只是看看上面的文字图案；或许她还会发现，上面有自己的漫漫来路，有说不尽的喜悦与悲伤，甚至还有她和儿女们的绵绵絮语……

（2014 年 3 月）

秋珍阿姐

与年迈的母亲闲谈，她越来越多地提及一个人：秋珍阿姐。

“秋珍阿姐”不是我阿姐，是母亲的堂姐，她已经去世许多年了，但母亲依旧时常提及。

母亲的这位堂姐从小聪明伶俐漂亮，不幸的是，她三岁殁了父亲，日子当然就难了，孤儿寡母无以为生，两年后她母亲终于寻了“人家”准备重新“走”。她的祖母非常舍不得这个苦命的孙女，母亲当然也舍不得女儿，她母亲是带着她离开还是让她留在祖母家，难死了长辈，最后，她母亲决定带上女儿再嫁。

旧时寡妇改嫁，带去的儿女叫“拖油瓶”，一般不受待见，在新家也会是两重天地，又像是重新投胎，除了要改姓继父姓氏外，与生父家也不再有任何联系。此次生离，一如死别，还要担心小姑娘的日后会是怎样的日子。

送别母女的那天，秋珍小姑娘的爷叔买了两斤肉；阿奶带着小姑娘去祖坟上了香；婶妈春麦擀面做了咸菜塌饼……当天吃了一顿还算丰盛的午餐后，阿奶往小姑娘的衣袋里塞了自己仅有的一块“袁大头”，牵着小姑娘的手，送到村东南，一路上叮嘱的话说了又说：要吃饱饭，要听新爷的闲话……

半个时辰过后，家里人还在相对唏嘘，屋门突然被推开。众人一看，门口竟是满脸泪花的秋珍小姑娘！她叫了一声“阿奶”，怯怯地愣在门口。一家人大惊，忙问小姑娘：“是你娘赶你回来的?”秋珍小姑娘直摇头，流着泪说：“我不去了，我要跟阿奶！”此时的一家人都已泪流满面……

爷叔那时已成家，于是，秋珍小姑娘就跟着祖母过日子。五岁的小姑娘，割草拾柴之余，牵纱织布这些大人的活，也开始学着做了。

两年后，不幸又来了：无比疼爱秋珍小姑娘的祖母，六十还不到，在气喘卧床数月后，终于没能熬过那个冬天。

老人临终对她的小儿子——小姑娘的爷叔、我的外公交待：“我死后，不要让秋珍出去做童养媳！”我外公话语铿锵：“侬放心，我本来就只有一个女儿，多个秋珍，只是多一双筷子呀！”

从此，十岁不到的秋珍小姑娘，日里割草养羊，夜里牵纱织布，空闲领着妹妹（我母亲）玩耍，还会给妹妹缝改小衣裤。我母亲当时已记事，后来她对我说：“秋珍阿姐人极灵巧，我不会做鞋、不会结绒线，全怪她忒会做了，全包了……”

爷叔是手艺人，游走于十里八乡帮人裁缝，吃住在东家，平时难得回来。小农经济，自给自足，家里一切都得靠自己动手。早熟的秋珍姑娘心灵手巧，脾气又温顺，上帮大人下护妹妹，成了婶妈实实在在的好帮手。

稍许大点，秋珍姑娘还跟着村里大人外出到松江“挑米”。当时日本侵略者为了绞杀抗日力量，进行粮食封锁。“挑米”就是老白姓为了生活私下贩米，因而“挑米”不光累，还极危险，是个血泪活。听老辈人讲：肩挑上百斤大米，来回上百里路，沿途还要穿越几道日本兵的封锁线，途中累倒、遭遇枪击等灾祸常常发生。每次秋珍姑娘外出挑米，婶妈都要算好她归来的时辰，一整天坐立不安，这么小的女孩，冒这么大的风险，她心里极不落忍。

秋珍姑娘还会一项当时男人都未必会的技术活——“盖草屋”。当时有几间草屋，养猪、存放柴，屋顶是稻草，每两年必须更换。“盖草屋”是家里的大工程，而爷叔不在家也不擅长。秋珍姑娘能一人登上屋顶动手，婶妈在下面当下手，两天时间，就能把草屋顶盖好，质量还非常好，暴雨淋不漏，台风吹不掉。

女大十八变，转眼间秋珍姑娘长成了一个非常漂亮的大姑娘，加上心灵手巧，一时提亲的媒人踏破门槛。最后由爷叔打探好人家，作主定下一门亲，又置下一份体面的嫁妆，“三天排场”，风风光光地把她嫁出去了。

母亲后来回忆：“秋珍阿姐出嫁时，不知为啥，哭得很伤心，听得在场的女人男人全都落眼泪。”

我真想说母亲几句：这个你都不懂？秋珍阿姐一定是哭早逝的父亲，想梦中的母亲，痛慈爱的阿奶，叹自己的身世……

婚后的秋珍阿姐小日子过得很是殷实，家庭也非常和睦。她的小妹妹——我的母亲，有事没事就往阿姐家里跑，手足情深，常常一住好多天。之后，秋珍阿姐生小孩了，不幸竟是难产，挣扎了两昼夜后，生下一个女婴，取名“铜仙”；更为不幸的是，秋珍第二胎又是难产，这次没能逃过鬼门关，昏迷数天后，母子双亡……

写下此文，是对母亲唯一的手足、那位没能长寿的长辈的追忆。我要让我的同辈和小辈们记住，我们曾经有一位非常出色的长辈，她有一个非常好听的名字——秋珍。

（2011 年 7 月）

感念先人

我家老宅，原先是一埭“五开间”，砖木结构，明清式样，中间是客堂，两边各为“正间”和“叶头”。客堂大门上方，钉有一块蓝色铁质门牌，依稀记得有“苏南区南汇县滨浦乡”等字眼。八十年代这样的房子还常见，但现在，全村只有我家还有这“五开间”中的两间坐落村间，成为母亲居舍的一部分，也是我们子女看望母亲和团聚的地方。

“五开间”坐北朝南，后面是一个竹园，竹园后面是一条河，房屋东西两侧各有一条小道通往屋后，尽头是河上的两座水桥。屋前是场地，供打谷晾晒用，再往前是一片农田和一条小河。房屋西侧，有一排竖列的草屋，用作养牛养猪存放柴火。听祖父讲，原先西侧草屋后面，还有许多两人合抱粗的高大榉榆树……

整幢房屋视野开阔、明亮高爽，论风水也是阳气十足、吉福满堂。当时祖父说起这些也是非常自豪，仿佛自己的祖宅就是乡间豪宅，出类拔萃。其实老宅的旧场景我还有记忆，与周边乡邻的居舍相比并不出众，比起南面大宅的“绞圈房子”还差了很多，但作为农家生息之地，朴实、实用，也是很温馨的。世代务农或靠手艺吃饭的祖辈，能造起这座住宅，一定非常不易，想必他们都是克勤克俭，勤劳能干。

乡亲们都为他姓，唯独这“五开间”里我家和伯父家，姓钱。

先辈从别处搬来无疑，从哪里搬来？我小时候问祖父，祖父说，听说是北面黄浦江边的塘口头。

“塘口头”，确有其名。但后来我知道，那儿并没有钱姓人家，自然，祖父所言无据。

其实，在原先的客堂上方，搁有“神主牌”，供着的是十多位祖先的牌位，“大跃进”时被付之一炬，祖先的名字从此消失。

经多方打探，我还是粗略地了解了一些家世传承：高祖少年时独自离家来到此地，以种棉织布为生，初步扎下根基；高祖率曾祖三兄弟勉力起屋，时公元1895年，次年（1896年）祖父出生（可以推断：造好房屋曾祖父即结婚生子）。曾祖伯年轻而逝，未留子嗣；曾祖叔入赘出门改他姓，只留曾祖父一脉。曾祖父三十多岁而亡，留下祖父三兄弟。祖父唯一高寿，享年八十有三，于上世纪七十年代末去世，而他的两位兄长均未满三十而逝，各有子嗣一人。

从高祖至我父辈四代，只留下子嗣两人，即：我母亲（我父亲入赘）和伯父。靠着种地、织布和当泥水匠，生存尚且艰难，起屋造房这在当时是何等不易！

近来我在整理老宅旧物的时候，发现了两张地契：一张是《卖地契》，另一张为《租地契》，两张地契款式和落款时间一致，又叠放在一起，显然是有关联的。内容是将贰亩五分自有土地出卖，同时再租下，落款时间为“民国十一年”。地卖了，还得生存还得种地，所以，“卖”的同时又“租”，地还是那块地，“碑”已不是那块碑了。

旧时候起屋买地是“长家当”，很有成就，甚至能光宗耀祖。而卖屋卖地，绝对是脸面无光，门楣蒙羞，不是逆子败家便是家庭遭难，肯定是走投无路了。“民国十一年”，祖父已二十多岁，正值壮年，家庭还会有如此大的变故，我想可能与祖父的两位兄长猝然早逝有关吧？或许那些大榉树的消失，也在那个时段？

七十年代，祖坟因“农业学大寨”而被平整，起出不少棺木。棺木虽灰暗但大多仍结实。在那木材异常稀缺的年代，成为了父亲翻修柴间制作农具的良材。我记得其中的一个细节：母亲轻轻拈起沾在棺木上先人留下的灰白长发，卷起塞进燃烧着的灶膛。那份凝重一直留在我的心底。

我又迷惑了，既然高祖独自一人“离家出走而来”，短短三代，寥寥几位先人，哪来那么多棺木？那“两人合抱的榉榆树”在“民国十一年”时，该有上百年树龄了吧？难道祖上当年造房，早有生长着的榉榆树？

岁月遥遥，我无法回答。只是在清明时节，在先辈百多年前建起的老屋里，写下这篇小文。

（2012 年 4 月）

长辈回忆录

前些天，收到长辈计明德先生的回忆录《实践与体会》。书是他送到我母亲处的，扉页上工工整整盖了“计明德印”，一大一小两个章，看得出老人家的严谨与用心。

看书名像是工作探索或经验总结，看完后印证了这种感觉。

粗线条的记叙、口语化的文字，记叙了他童年勤奋读书，少年种地学艺，青年远赴大西北工作，以后又经历担任领导、运动挨整，最后在数千人大厂任“一把手”官居“县处”的经历，退休后，还受聘于一家民营大企业，又工作了十年。整书以工作经历为主要内容，穿插养育子女及家庭情况，还附了三篇得奖论文，写得有内容有感情，质朴而真诚，非常感人。

计明德先生是我祖父的堂弟，他的父亲，是我曾祖父三兄弟中最小的一位，成婚时入赘计姓女方。而他又是三兄弟中的老么。因此，同为祖父辈，他不仅比我的祖父要小许多，比我的父母还小了几岁。

这位长辈，堪称我们家族的传奇。我从小就听说了有这么一位远房亲戚很了不起，远在外地，是位干部。父母偶尔提及，满是敬意与自豪，也时常作为教育我的榜样。当时，父母没能了解他的单位与官职，只知道他“干部做得很大”。

这位有出息的长辈终于告老还乡了。尽管和我们家久无走动，但他回乡后多次来我家小坐，与我母亲聊聊旧事，看看他父亲的旧居（我家老屋），我也见了他几次面。

去年初夏的一次，他告诉我正在写回忆录，初稿已完成，准备请人修改一下后付印。出于他的“传奇”，我对他的回忆录充满了期待，于是泛泛而谈地与他交流，仅仅看了他几页书稿，便谈了许多“意见”。老长辈以为碰到内行，虔诚地问这问那，并约我有空去他家详谈，请我改稿。时逢儿子高考，正多方补课；且“红歌”当时非常热闹，我参与多个歌队，有些还要辅导和领唱，答应了长辈的，却几次失约，待真要去时，老长辈已远赴兰州探亲避暑去了，留下了我乱夸海口、“王伯伯一个”的不安与愧疚。

回忆录中洋溢着自豪与欣慰。一个只读了四年书的小学徒，身处异地他乡，从泥水匠干起，成为一名领导干部，退休后，又为一家民营企业的发展作出了很大贡献。他记载的每个岗位、每项工作内容，都折射了他的追求和奋发，回望岁月，他心安无愧。他说写这本书，只是想留一点精神力量给小辈。的确，他的书完全起到了这个作用。

书中还收有许多他不同时期的老照片，其中有一张是他很早去世的父亲——我曾祖父最小的兄弟。这是我见过的唯一一位曾祖辈的照片。照片上，老长辈清癯慈祥，长相神态与我祖父颇为相似。

相传我家老屋就是在这位长辈十三岁的时候造起来的。百多年前的那些晨昏，在这块宅基上，一定留有这位十三岁少年活跃而疲惫的身影，而那时我的祖父，还没有出生。

（2012 年 9 月）

远去的匠人

一

我以为，在过去几百上千年的岁月中，社会生产力水平以及人们的生活质量，基本取决于一批匠人，小农经济的乡间，尤为如此。

农民种地的农具由匠人制作，质量如何关系到种地的效能；灌溉需要用水车，质量上乘的水车决定了灌溉的效能；收割用的镰刀锋利好使，就延展了手的功用和能力。站在伟大的都江堰古工程前，我的眼前浮现的是一幅由多如蝼蚁的担土人群组成的画卷，其中最挥之不去的，是一位白发长者，手持长绢规划图，在向李冰太守作呈报请示。伟大的工程成就了“天府之国”。白发长者真乃匠之大者也。

这锄头钉耙刃角是否合适，淬火是否到位，完全取决于小镇东头铁匠父子的技艺；集祖孙三代力量建起的一埭“五开间”，能否矗立乡间庇护三代子孙，取决于“作头”的泥水匠师傅以及他的一众弟子的技能。

从家里的菜刀火钳竹篮水桶桌椅床架，到衣裤鞋袜帽子手套笔墨纸砚，再到轮车木船油布雨伞，哪样不是匠人们技艺能力的体现和人们生产生活的品质标准？

二

有道是穷年饿不死手艺人。我的“匠段”不低的祖父也说过：“手艺人好吃饭。”

他们是乡间的普通人，他们和我们一起长大一起玩泥巴，他们除了有一门技艺，也是种地人养猪人捕鱼人，他们少有文化，好多还是大字识不到一箩，他们就在东头西场，就在附近四里三乡，他们还是农民，本质上与我们种地人混为一谈。他们替人做工，或吃住东家“全包”，或来料加工“清包”。但他们不是“打工仔”，是东家请来的能人，他们是为东家提升生产生活品质的“专业人员”。他们到来，东家需要烧干饭不能煮稀粥，需要割肉还要拷酒。

尊贤敬才，是古已有之的乡风民意，是千百年来的风俗和文化，按现在的说法，这“尊重知识，尊重人才”的习惯早已有之。这些也都体现在匠人的气质上：他们目光自信身板挺直走路有风，木匠泥水匠竹匠铁匠漆匠铅皮匠圆作木匠，一个个概莫能外。

邻村专做雕花大床、红木家具的“细作木匠”，更是“一匠难求”。我小时候见过的这位老师傅，说话慢条斯理，磨刀还得专门用人，他可能是我少年时期见过的最有“腔调”的匠人。腹有诗书气自华，手有长技气自壮，道理一脉相承。

三

村南有计姓木匠父子两人，双双出道，口碑不低，为人也敦厚实在，因而活儿接连不断。

我小时家里有只平时已经不用的八仙桌，朽烂摇晃，某日父亲准备请老计木匠修复它。老木匠来看过后，面有难色。说能修，但需三个人工，如果你嫌人工多，也可以算两个人工。父亲说没关系，按实际人工结算。隔天老木匠来了，很早。父亲取出准备好的木料，但老木匠算下来料不够。于是父亲翻出家里的育秧苗的木架。老木匠说，这块大料开小了可惜，我家里有点旧料，明天我带来。

修理确实很费工。老木匠将旧桌子的竹销钻掉，然后小心拆开拼接的榫卯，擦去泥尘，生怕不小心拆断了老榫；然后补上缺损的短档，修整变形的榫头，涂上白胶，重新拼接起来。三天后，这只可能已经传有数代的老桌子，风骨卓然，新补的木料显眼但不突兀，别有样貌。

后来，父亲想添一只落地菜橱，便邀小计木匠来商量，但苦于搞不到四根长木料。小计木匠说他知道近期公社生产资料部有木料购买，由他去购买，可以按尺寸挑选，料也会选得更好。第二天早上，我还没去上学，小计木匠骑着自行车，驮着四根木料已到家门口。父亲慌忙迎出门去，高兴得步子有点发飘。十天后，一只新颖结实的白坯料菜橱，落座在了灶间。

灶间是农家的客厅，在八仙桌和菜橱旁，先后离去了祖父母，聚拢了外出的三姐弟，送走了父亲。这些老物件伴随着家人的聚散，直到多年后的老屋动迁。

时至今日，它的模样，还会和逝去的老屋父母一起，出现在我的梦里。

四

祖父大人是位老裁缝，技能名扬十里，旗袍长衫、短衣待裤无所不精。

祖父苦出身，三岁丧父，五岁跟着舅舅学裁缝。从此披星戴月，一路到黑没回头。十岁前吃住在师傅（舅舅）家，大清早给师母的孩子洗尿布，整天洗衣做饭做家务，剩下时间穿针缝线，晚上还要接受师傅的“工作检查”，没有玩耍没有休息没有天真甚至没有童年。我小时候，祖父也会和我说起他童年吃的“萝卜干饭”，脸色会瞬间灰暗。

如此“童子功”自然不一般，十岁后，祖父就跟着师傅“做出门”（吃住东家按工取酬）。“做出门”的日子也好不到哪里，除了继续勤学苦练之外，处处谨小慎微，时时察言观色，师傅还没端碗你就不能上桌，扒拉几口就得放下饭碗去干活，荤菜只能尝一筷，干活时还不能多嘴多舌。这样的学艺环境，除了学到精湛技艺外，还养成了他内敛沉稳、善于察言观色的个性，加上以后几十年的游走做工，祖父自是视野开阔人情练达，三教九流朋友不少。小时候我有时跟着上镇吃茶的祖父，从东街走到西街，招呼声不断。

祖父成年后，生意兴隆，“做出门”有时几个月都难以回家，家景也大有好转，对其早早守寡的母亲厚养厚葬；对其壮年去世的兄长留下的侄女收养下来，视同己出，打破了当时失去双亲就做童养媳的旧俗，将侄女抚养长大并体面出嫁。我小时候家里的木箱竹篮等器物上很多都有祖父的姓名，可能就是那个时候风光的祖父积攒起来的“家当”。

祖父在乡间也是小有声望，那时贫贱家庭矛盾多，前村后宅的婆媳妯娌争吵、父子兄弟反目此起彼伏，吵吵嚷嚷中，常会听到“请‘伯卿阿哥’来，听‘伯卿阿哥’的”。“伯卿阿哥”出面劝和，矛盾一般就不会再升级了。

祖父早已远去，写有他名字的老物件也已经远去，只有他的那句“有手艺好吃饭”，依旧在我的心里，我也郑重告知了我的儿子。

五

村里有位师傅名叫阿荣，木匠泥水匠水电油漆全能上手，因学过木匠，姑且就算木匠吧。阿荣师傅虽学艺时间不长，但心灵手巧触类旁通，成为村里有名的“全才”。翻修老屋修理旧家具直至装修新房，他一个人可以全部搞定。上世纪八十年代，还是小年轻的阿荣，愣是自己一个人动手，起了“三上三下”楼房一幢，后来的木工水电油漆装修也是一人做到底，几成传奇。

那时时兴养长毛兔，收入可观，村里家家都养。养兔的兔棚，由砖木水泥板组成，虽简单但泥水木匠均沾边，一般人还真干不好。“全才”阿荣大显身手。因需求众多，阿荣统一制作了水泥预制板，再上门为客户砌筑兔棚，全包到底，质量上乘且人工费低廉。当时父亲想自己动手，可只开了个头就破绽百出，后来还是请了阿荣来，所有困难都迎刃而解，快速完工，兔棚有模有样，结实耐用。

前些年有次我看到阿荣闷头在家做木工，我串门走进他家，看到院子里堆了好些已经开好料的榉榆板方，一看就是已经有年份的老料。阿荣说，儿子要结婚了，给他做些像样的实木小家具。说完笑了笑，又补充说，儿子做过木匠，懂料的。

屋角里还放了一只做好了的白坯茶几，榫卯结构，完全是传统工艺，用料厚实，制作细腻，台面板材颜色深暗，非常光滑。阿荣说，这是楝树料，不怕水。这倒是我知道的，楝树料光滑细腻，浸水不变形，只是这种树现在已很难觅得，这块料应该是阿荣早已有心备着的，作为给儿子的结婚礼物。但愿其儿子儿媳都能感受到这朴素家具背后的爱意。

六

乡间的这些能人匠家，投靠师傅，自小学艺。他们明白，技艺学得如何事关生存大事，进取心已融入骨髓。再者，徒弟的天分如何，是否聪明好学本分老实，这些都得过师傅的法眼，学艺授技两相宜，学艺的主客观条件可谓都很到位。

学艺，还需要“童子功”。老一辈匠人普遍读书不多，没进过学校的也不在少数。他们早早投身行业拜师学艺，很小就拿起工具，学习、实践、琢磨一体推进，人生第一张白纸，画满了最清晰的技能痕迹。他们把人生最好学善学的黄金期，都用在了习艺钻研上，深知学艺不易，少有半途而废。一入“匠门”深似海，这些懵懂少年拜入师傅的门下，一生钻研辛苦奔波直至白头。他们深知手艺技术就是吃饭谋生之本，他们话语很少，从不炫耀，他们不是“妙手回春”的术士，他们不是“赛过半仙”的巫师，也从不说“质量就是生命”“一切为了用户”，他们深谙用户的肯定就是自家的生命，挣口碑就是最好的路。他们心无旁骛，一生用心，“一生只做一件事”。

而如今的小孩，他们把最好的学习黄金期，都用在了扼杀想象力和思考能力的应试教育上，等老大不小了，再去学习知识技能，在人生的起跑线上，可能已经输了。

七

时代巨变，社会化大生产碾压了一切传统的行当和技艺。现代化的架屋造房早已不用抹灰垒砖，美装靓服是设计师和流水线的产物，家里的家具家电就更不用说了，哪里还有手工的痕迹？仿佛就在昨天，早已物是人非。几十年的发展结束了几千年的技能传承，这是连我睿智的祖父都不曾预想到的结果。

无须留恋与伤感。前辈匠人们一代又一代的钻研进取和技艺传承，绵延了我们的物质生活和精神世界，支撑了时代的发展和物质社会的高度。

他们“一生只做一件事”的钻研，他们爱惜声誉如生命的品性，他们为人着想乐于奉献的境界，已经随着时代的前进，蜕变为新时代新的秉性——“工匠精神”。

（2021年10月）

那只蟹，七两

那晚，夜特别黑，风特别大，天特别冷。那晚，我一个人蹲守在蟹棚里，守蟹。

“守蟹”就是蹲守捉蟹。每年到了秋天，在河汉淡水中长大的成年蟹，会顺流而下，到江海交汇处繁衍，代代不息，所谓“秋风起，蟹脚痒”，说的就是蟹的离家回游现象。蟹是在夜间出动回游，因此人们便用竹簖拦住与潮水港相连的通道，回游的蟹碰到竹簖，便会悄悄上岸，企图绕过障碍继续前行。利用蟹的这个特性，你只要“守簖待蟹”，便手到擒来。

立秋过后，宅上几个爷叔伯伯便开始劈竹做簖，搭建蟹棚。宅子周边连通潮水港的宅河有许多，因此不会出现争抢地盘的情况，但“旮头河”除外。“旮头河”算得上附近宅河里的老大，河大鱼也多，曾捉到过二十多斤的青鱼，还捉到过“剑龙鱼”——一种当地极少见的野生鳜鱼。鱼多蟹也多，人们第一个瞄准的目标，就是这条河。

父亲是个“好户头”，脸皮也薄，因此一般轮不到他。但那一年，这好事竟让父亲给摊上了。西风未起，蟹脚未痒，他已早早做好簖，搭好棚，开始蹲守。

秋风凛冽，田里的棉花在月色中如点点残雪。蟹汛也渐渐旺了起来，父亲很少合眼，生怕蟹悄悄上岸后，消失在棉田里。出于好玩，有时我也会跟着父亲去蟹棚。父子俩端坐蟹棚，不能出声，更不能走动，只等待那“叽叽叽”的声响，那就是蟹上岸后的吐沫声。父亲便拧亮手电，快速出手。但我撑不了多久，很快就在蟹棚里睡着了，有时醒来，黑暗中父亲的“劳动牌”烟头依然在闪烁。

父亲在养鸡场工作，晚上常睡在场里，有时就由阿哥守蟹。阿哥的守蟹技术也是很高的，但熬不了瞌睡，经常逃蟹。因此我也常在半夜里被阿哥推醒，两人拧亮手电听着“叽叽”声寻觅蟹迹。

那天父亲和阿哥都有事，我自告奋勇要求独自守蟹，母亲先是没有答应，后来总算点了头。她特意翻出祖母的棉袄让我穿上，父亲怕我弄丢手电，用细绳穿在手电上让我背着。黑夜里，我背着手电提着蟹篓出了门，背脊挺得笔直。

夜深了，捉到几只蟹后，我在蟹棚里还是睡着了。迷迷糊糊中，悦耳的“叽叽”声传入了耳朵，我顿时来了精神，拧亮手电照去，光柱里，一只从未见过的大蟹，正缓缓向岸上移动，被光一刺激，停了两秒后，立即反方向快速向河边逃去。不容犹豫，我猛窜过去，双手轮着按蟹，摁住蟹后，正想用另一手调整位置捉牢蟹，那一瞬间，一阵剧痛袭来。

蟹的大螯牢牢咬住了我的右手食指！我手指一动，它就咬得越紧。我以前也被蟹咬过，一旦被咬，就将蟹放到地上，松开手让它逃，蟹就会为逃跑而松口。但我知道现在不行，蟹离河面不到一尺，我一松手，蟹就会一下溜进河里。我眼睁睁看着蟹螯上的犬牙嵌入我的手指，血开始渗出，我痛得浑身发抖……

我跪在地上，没被咬的那只手依旧死死按着蟹。起先没有感觉，后来发现自己在流眼泪，再后来哭出了声，声音不大。我想半夜里就我一个人，哭有啥用，但还是没忍住。

过了一段时间，蟹依旧没有放松警觉，还是极灵敏，一感觉到手指的细微动弹，就咬得更紧。我也想过要硬拉，但担心会扯掉手指上的皮肉。

我哭一阵停一阵。大概过了个把小时，小路上传来了脚步声，是邻村的国权。国权大我好几岁，他也在守蟹，他是半夜过来想串串门的。

我终于得救了。国权连说“不得了”。我不知道他是说“蟹大得不得了”，还是“被咬得不得了”？

第二天早上回到家后，邻居们都来看那只大蟹，大家啧啧称奇。父亲当众拿出秤杆一秤：七两。众人围着大蟹评头论足，有的开玩笑说这是“蟹精”，有的说这蟹怕是有毒，吃不得……

只有大姐捧着我肿得像胡萝卜一样的手指，又是用手摸，又是用嘴吹。我讲了昨夜的倔强和勇敢，满是骄傲，大姐却流出了眼泪。

（2014 年 12 月）

可惜，母亲老了

常听同事友人以羡慕的口吻议论农村：“农村真好，空气好，有新鲜蔬菜吃，还能动迁，房子不要忒多……”我不否认，只是不忘加上一句：“现在，才好了的。”

没错，现在市郊农村农民的日子的确不错，较改革开放前，有了巨变。但好日子也仅仅是在当下而已。

“好日子”就是收入高，有保障，收入有保障，医疗有保障，养老有保障。但这些个，以前的农村都没有。农村的户籍决定了你是农民，决定了你只能以种田为基本职业，种田的收获得统购统销，就是统一销给国家，由国家统一定价，你努力劳动得到的收获总量乘上国家定了的单价就是你的收入。你会发现，你永远收入低微，因为无论你多勤劳多聪明收获多大，那个单价是定死了的。而你去买工业产品包括生活必需品，倒是价格不低，价格都是国家定的，农民用微薄的种田收入去购买相对高价的工业产品，这日子会咋样？这就是所谓的“工农业产品剪刀差”。农民的医疗也是自费，生了病，就用种田的微薄收入支付医疗费用，这个“自费”即便放到现在高收入的人群身上，也有可能让他“一病如洗”，或者是要了他的命。至于养老，农民从小干到老，身体不倒只管干，等实在干不了了，那也快活不了了，基本已经不用“养”了。

我的父亲，公认的勤劳能干，乡下农活无所不精，养兔喂猪一把好手，农闲还能摸鱼抓鳝，让全家尝点河鲜。母亲白天忙于田间，晚上还要绣花织布。但粮棉地区“每个工分一角”左右的分红，只能管全家吃饱穿暖，只要是花钱的事，都会使父母发愁。

当时农民固然“苦”，但真正陷其于水火的，是“病”。父亲一生中有过五次住院手术的经历。上世纪九十年代后的两次大病手术，因为有我这个儿子的“医疗大劳保”待遇，医疗费用报销近半，而六七十年代的那三次手术，全部自费，所花费的，是全家节衣缩食的血汗钱，其中的一次，费用更是高达千元，以至多年后仍无法还上，后来享受了社会主义制度的优越性，最终得到了减免处理。

大概在十年前，我家所在的镇，农民的养老补贴大幅提高，月补贴由原先的40元一下提高到120元，母亲的感觉就不一样了。尽管子女们还算孝顺，使得母亲的养老以及所有人情开销不成问题，但自从母亲“自己的”养老补贴提高后，她就有了那份“自立”，也有了那份“底气”。看到母亲与邻里大婶们交谈时的快乐和轻松，我欣喜地草就了一篇短文，刊之于报章。

去年下半年，老家所在的土地全部被征收。母亲享受“征地养老”，每月拿固定的国家养老金，享受政府医疗保险待遇。母亲自然“底气”更足了，子女们孝敬点现钱，她拒绝得很干脆。为哄母亲开心，我常跟母亲开玩笑，说你现在条件非常“硬档”，即使身体不好去医院，自己也出不了几个钱……年老的母亲满脸幸福，有时嘴里还会喃喃道：“过年我就多给点‘小囡’（儿孙辈）。”

三十年前我的祖父、祖母，他们一生劳作，累枯血脉，“老有所依”的，只能是子女。他们也高寿，后辈也很孝敬。但由于“吃子女”“用子女”的精神负担，由于自费医疗而对看病的恐惧，常会听到他们的长吁短叹，那份自卑与沉重常写在老人的脸上，难有真正的自尊和体面的晚年生活。

农村生活变好，那是因为农民有了就业，有了医保，有了养老。农民生活幸福，那是因为住房因动迁而改善，享受了现代城市小区的便捷温馨。

母亲已是耄耋之年，钱多钱少于她其实已无多大意义，更多的在于体现了她的自信和自尊。有时我想，如果今天的日子放在十年前或更早，要强的母亲，她的生活质量将是另一个模样。

可惜，母亲已经老了。

（2012 年 6 月）

那顶美丽的花折伞

从慕蠡洞出来，奇异的景致还在心里晃动，猛然间，暴雨倾盆而下。晕头转向之际，也没见有可躲雨的去处，情急之下，便向一棵大树抱头窜去。

粗气直喘，毫无防备的天气突变使我有些发懵，跺脚甩手挥洒雨珠之际，习惯性的粗口已出了半句，却硬是被自己咽下了一半。因为，透过蒙着水珠的眼镜片，我依稀看到身边有一把淡蓝色的花折伞，伞下，是一位漂亮的姑娘。

我为自己的粗鲁有些不自在，忙乱地扶正眼镜，正好和姑娘的目光相对，我不好意思地朝她笑了下，她也朝我笑了笑。就这一眼的功夫，我的心重重地跳了一下，因为，我突然感到这个姑娘的亲和与善良。

大树底下好乘凉，大树底下却难以躲雨。除了姑娘的那把伞，环顾四周实在没有可躲之处。我撸下手表，又把背包褪下来抱在胸前，心想如能钻进那把花折伞下躲一躲这该死的雨，该有多好……

我在异性面前天生胆小，站在这位漂亮的姑娘身旁，我简直大气都不敢出一口。从刚才相视一笑中，我感觉到了姑娘眼中的一份温婉，但我知道，这姑娘看着和善，也许心高气傲，何况此处只有两人，她手里只是一把小小的折伞，在大雨中自己都不够撑的，要是我贸然开口合撑一把伞，我在她眼里，会是什么样的一个人？

雨没有停的意思。往前冲，还是继续呆在这里躲？我举棋不定。躬身扭头之际，见姑娘也看了我一眼，目光依然和善却带有笑意。我可以肯定，她一定是善良大方一类，但自尊和胆小使我依然不敢开口。我想她应该知道我此时的想法，或许，她看到我淋雨又无措的模样有些可笑，还想再看下这个冒失鬼的小笑话。

就在我无端猜想之际，没想到姑娘轻轻吐出一声："来，一起撑吧！"

没想到撑一把美丽的花折伞的漂亮姑娘，还有非常好听的声音，这轻轻的大大方方的一句话，仿佛一声巨响，把我震得一哆嗦。我还在晕乎着，那花折伞已经移到了我头上。

我连说两声"谢谢"，声音干涩得连我自己都感到奇怪，我心里狠狠地骂了自己一声，怎么这么没出息！

雨不停地下着。为了打破无语的尴尬，我提议由我来撑伞。姑娘莞尔一笑，递过伞，身体也贴近了些。我本能地后退了半步，努力和姑娘保持一个拳头的距离。

雨声中，花折伞下开始了对话。我们聊起了风景，聊起了天气，还聊起了学习和工作……是否该向她要一个电话？这念头冒上来多次，而我终究没说出口。

大树下、暴雨中，一个年轻男子撑一把花伞，伞下还有一位美丽姑娘……想想这应该是爱情剧中的场景吧，怎么还真让我碰上了呢？素昧平生的两个陌生人，怎么就撑一把花折伞了呢？这是不是所谓的缘分呢？在路人向我们不断投来的注目礼中，我几乎有些神思飞越……

雨势依旧，我已浑身湿透，这样的躲雨已无实际意义，但我依旧想“躲”！

时间过得真快啊，约定集中上车的时间快到了，我犹豫多时，终于告别姑娘，转身走进雨中。

二十多年过去了，风雨中见过无数美丽的花折伞，但最美的，依然是那大树底下的那顶……

（2011 年 12 月）

二

有木浸河

哭　唱

表兄不幸去世，接到报信我非常震惊，知道他病了一段时间了，是慢性病，似乎没有生命危险，却还是突然去世了。眼见条件变好，生活变好，家庭也好，却年纪轻轻地走了，实在令人痛心。

由于是英年早逝，大殓做得比较隆重，邀请了一班“吹打”来主持。仪式上，他们吹打念唱，非常卖力，情绪也非常到位，整个场面显得很大，也增添了许多悲伤的氛围。吹打班子的班主是个年轻的女士，人很活络，模样也登样，整个仪式都是由她把控和主持。仪式中，她用上海东南本地话，边哭边念，似哭似唱，以亡者至亲的口吻，细数亡者的美好品德和对妻子儿子的奉献，也表达亡者家人的悲痛和今后的无助，把至亲对亡者的思念和怀念表达得入木三分。

表嫂、表侄以及表兄的兄弟几个，都是纯朴的农村人，文化不高，表达方式比较简单，只是默默地流泪，他们的心里话，只能通过这位主持来表达。这位主持抑扬顿挫，或念或唱，加上乐器的伴奏，场面大效果好。

等吹打场中休息，我与女班主作了交流。她说，如今乡下办事体（大殓），大家都不会弄，也不会“哭”，场面冷清，主人没面子，她会组织会安排整个大殓活动，还会“哭”，“在南汇、奉贤一带忙得做不过来”。

其实本地及上海东南郊区做大殓请吹打很常见，我也见过多次。但都是乐器齐奏，水平不敢恭维，只是增加点气氛而已。像这种既能主持，又会哭会唱地表达当事人的情感，还有乐器的演奏，这种形式我也是第一次见。

这时，音乐响起，女子开哭，哭中带唱，我凑近了仔细地听：

一根清香七寸长，点上清香想爷娘；

水有源头树有根，呒得爷娘啥处养？

娘养我十月怀胎几好苦，爷敲开冰来汏衣裳；

哪晓得你爷走了格能快，比之你挑担走路还要快……

混合着吹打和哭声，后面的歌词我听不清了，以致我越凑越近。母亲不明原因，把我叫了出来，说你不用一起参与“做场”，我只得往外挪了挪，坐在稍后的位置，继续低头作哀思状。当然这场景可能有点奇怪，就我一个旁亲一起和至亲“做场”，这我也就不管了。

小时候我跟着大人参加过许多的葬礼，听过许多逝者至亲撕心裂肺的哭声，有些上点年纪的妇女还会“哭唱”，内容大致是“苦”、“熬”（节约）、“好”。比如逝者吃了很多的苦，养大了后代小辈，自己没吃没穿，去世了连件像样的衣服都没有；未亡人也“苦”，你去世了，我们失去了依靠，今后日子怎么办？还有就是“熬”，为了养大子女，熬死熬煞，自己一分钱都不舍得花。再有就是“好”，待人好、生活好（能干）、性格好等等。但年少不知愁，我当时根本体会不到世事艰辛，再说当时的心思基本就在“吃”的上面，对至亲哭的内容记忆不多。现在看到这样连文带字的文绉绉地哭，有点惊讶。

班主还非常热情地介绍了一通她所带领的班子情况，大致就是“水平高收费低”。我问她能唱多少歌，她说多得很，今天只是随便“哭”，是“散哭”，如果正规做的话，还有许多仪式，自己是正规拜师过的，现在会哭的人很少了，“以后有事体（大殓）就找我哦”。她随后给了我一张名片。接过名片，我简单看了下，很是惊讶：正面平常，反面却印满了小字，文字如下：

梳头经

亲娘啊，
黄杨木梳弯弯能，
椅子上梳头有风光，
板门上梳头啥风光？
我小辰光侬替我梳自千朝头来万朝头，
我今朝替亲娘只梳一朝头。
头一木梳摘摘通，
第二木梳梳到头当中，
第三木梳伲亲娘满头白发根根通。
亲娘啊，
要用红头绳扎芯下世人投人，
稻柴扎芯不投人。

头上插起路路通，

条条路上走得通。

插起迭只锡仗簪，

锡仗挑开地狱门，

地狱门里翻翻身。

……

亲娘啊，

我囡横抱三年哪得大，

竖抱三年哪得长，

净屎汰布费心肠，

净脚梳头几几趟！

……

我默念这些文字，不禁为之震惊，这些朴实的极口语化的文字，比喻比兴信手拈来，想象丰富，修辞形象，情感炽热还朗朗上口，作者真是高手！相信这些上海郊区方言，本地人都能看懂，为了方便大家理解，我翻译下，并乐意再次感受这一唱三叹的民间语言艺术。

亲娘啊，我手拿着这形状弯弯的黄杨木梳，为亲娘梳个头。有道是人坐在椅子上梳头那才有面子，你躺在板门（客堂间的门，人去世就卸门让亡者卧其上）上让人梳头，那也没啥开心呀。我小时候，你给我梳了千万次的头，而今天我为亲娘只梳一次头。梳了第一下只是刚刚有点通，梳了第二下就梳到了头顶中间，梳了第三下亲娘的满头白发全都通顺了。

亲娘啊，我要用红头绳给你扎梳好的头发，这样你下辈子才能投胎为人，如果用稻柴来扎头发，那下辈子就不能投胎为人（因此我必须为亲娘扎个漂亮的红头绳，你也一定会投胎为人的）。再给亲娘头上插上“路路通”（头饰），每条大路你都走得通，再给亲娘插上这只“锡仗簪”（头饰），就可以挑开地狱的门，你就可以在地狱里翻身……

亲娘啊，我这个女儿，你横着抱了我三年，我才慢慢长大；你竖着抱了我三年，我才慢慢长高。你洗尿布洗衣服为了我的长大费尽心思耗尽体力，为我洗脚梳头更是无数次……

这文字叫“梳头经”，显然就是给亡者梳头时哭唱的，长辈去世即将装入棺木，女儿儿媳给老人梳头插簪，边梳边哭唱，表达对母亲的深深依恋，想来这也是极具场面感的一幕。

表兄入殓当然没有“梳头”这一环，自然我没有听到哭唱《梳头经》的一幕。

回来问及母亲以往大殓时亲人哭唱的内容，母亲说“没啥内容的，随便哭哭的”，但听说过梳头经，不知道内容，我念给母亲听名片上的《梳头经》，她说听说过“路路通”，“横抱三年竖抱三年”那句她有印象，但不会唱。母亲不理解我怎么突然关心起“哭死人”这档子事，好在年迈的母亲理解儿子有时会神经兮兮，因而没有责骂。

于是我上网搜查，一查真是大开眼界，原来这种葬礼上的哭唱形式已经流传了千百年，起源于两晋，盛行于唐宋，在沪地尤以南汇、奉贤、崇明等为盛，如有亲人去世，妇女不哭不唱，那会被视为不孝和没能力，能哭会唱者会被追捧，视为偶像，大家也会争相学习，以提高自己的哭唱水平。由于那是农家在共同劳动中交流学习的产物，读书人和有钱人家的姑娘，缺少与乡邻的共同劳动机会，缺少学习交流，反而不会哭唱。为了应付场面，他们会请人代哭，专谙此技的专业人士也应运而生，并不断提升，逐渐形成"经"，也具有了一定的文化影响力。在葬礼的各个阶段，都有对应哭唱的经，临终守护时有《断气经》，擦身穿衣时有《着衣经》，梳头插簪时有《梳头经》，收殓入棺时有《盖棺经》，移出入葬时有《出材经》等，形成较完整的一套哭唱流程。

但遗憾的是，我只能搜集到这么些个介绍短文和零星的内容，有些只知名称不知内容。网上看到有一本八十年代由原南汇县文化馆采编的《哭丧歌》，补充了这方面的文化空白，当时还得到国家级的民间文艺二等奖啥的，很想买但一直买不到，后来我问遍所能问到的所有图书馆，查遍所有书商目录，也请浦东新区群艺馆老师寻找，都无果。

可以想象，旧时没啥追悼会，也没有遗体告别仪式，一位善于哭唱的小辈（女儿、儿媳、外甥女等），在先辈临终、去世穿衣、梳头绾发等一众仪式时，情真意切地用哭唱，表达哀思与怀念，细述亡者的品德和能力，悲叹未亡人失去亲人后的痛苦和悲伤，这些肯定会引发大家的强烈共鸣。这种形式，比起现今在追悼会上介绍长辈出生年月、何故去世以及几句“养育子女千辛万苦”“工作上兢兢业业作出很大贡献”等的词语，不知要强上多少倍。

哭和唱都是人类激情的流露，哭是唱的情感基础，唱是哭的表现形式，“长歌当哭”也是这个意思。在以前广大的农村地区，人们文化普遍不高，表达情感很难通过书写诗文来实现，最合适最直接的表现就是哭唱，面对亲人离世或是女儿出嫁等大事，自然就是哭。亲人一旦离世，赞美亡者的“好”和“恩”，表达自己的“苦”和“悲”；女儿出嫁时，母亲要哭出“不舍”和“祝福”，女儿要哭出“感恩”和“留恋”。无论哭丧或是哭嫁，都有着源远的历史文脉和广泛的社会基础。这些个唱词，都唱出了尊老爱幼、勤劳奋斗的传统美德，也唱出了爱人爱己、向往美好的精神追求。

我很想有机会听一听真实场景的哭唱，真实地记录这些通俗真实的语言，与诸位一起感悟其中的美好与善良。我可以毫不夸张地说，即便你听了十次追悼会的悼词，都不如听一次民间高手在大殓上的一哭。

（2024 年 10 月）

一只甏

一

厅里红木花架上，放了一只甏，蛮大，显眼。母亲、阿哥、阿姐来我家看到了，笑一笑，说："你好像有点毛病，啥人像侬这样放?"亲友见了也是不解。但我介绍说是老屋里的旧物，有点感情，放着玩玩留纪念。

这只甏粗看没啥特别，就是农村里以前常见的装米盛谷的那种，但颜色、形状有些不同。一般的甏，颜色都是酱黑色或灰褐色，纵剖面近似长方形。但这只甏，黄绿色，浑圆，球形，用手一提，感觉比同样大小的甏分量要轻一些。仔细一看，差异就明显了：胎壁薄，质地细洁，形制规整，釉面均匀，给人的感觉，倒是有几分古雅的意思。

的确，当时我准备将甏放在厅里花架上时，妻子也是反对，也说我"有毛病"。我哄她这东西"有年份了""可能是古董"，磨了半天，她拗不过我，就默认了，但从不正眼瞧它，更不去擦拭一下。想想也是，人家的客厅里放的，或花瓶或字画，从未见过将普通的"老甏"引为宝物，供之高堂。

其实，说它古董，那是假的；但是看它眼熟是真的，对它有感情，也是真的。

二

没骗妻子，这只甏在我家的确“有年份”，它偏置一隅，在我家的柴间里静静地度过了六十多年。为了生计，父亲一生务农，还要养牛、养猪、养兔、养羊等，甏几乎相伴了父亲一生。

我从小记得，这只甏一直放在柴间猪圈的旁边，盛放麦粞、鱼粉之类猪的精饲料，甏口上盖一块厚重的木板，以防猫鼠偷食。

每次喂猪，看到父亲先在饲料桶里放进粗饲料糠和青饲料青菜，加开水冲泡调和，再移开甏口上的盖板，舀出一小碗精饲料麦粞，均匀地撒进饲料桶，小心搅拌均匀，就可投喂，程序固定。我猜测，可能是父亲怕放早了精饲料，会使精饲料沾在桶壁上，造成浪费。

父亲购买苗猪的眼光独到，喜欢买来“僵猪”饲养，既降成本，又增长迅速，只是饲料的配比要求更高，但父亲自有一套办法。何谓“僵猪”？当时我没问过父亲，但猜测是先天不足、营养不良的苗猪，没跟上正常的生长速度。一个“僵”字，就是这个意思，也说明了要养好它的难度，除了花更大的精力，也要添加必要的成本。因此，甏里放进了猪的营养品：鱼粉或小鱼。在我的印象中，甏里的东西是猪饲料中的精品，甏因此也显得珍贵。

但是甏里如果放了小鱼或鱼粉，问题来了：不出几天，甏里开始生出蛆虫，并不断增长肆虐，到后来干脆变为鱼少蛆多。为防猪中毒，父亲会用开水冲泡，味道熏人，但父亲从来不管这些。

甏里最后的剩水残骨也不浪费，父亲会拿到自留地里，给作物施肥。记得有一次，父亲让我用甏里的臭水给黄瓜番茄施肥，烈日当空，头晕目眩，在毒日和恶臭的双重炙烤下，年少瘦弱的我竟不支倒地，后来摇晃着走回灶间，祖父给我喝下小半碗醋，酸得我涕泪横流，才回过魂来。

甏里盛放的内容也是跟着柴间里饲养的东西走的，有段时间长毛兔值钱，父亲引进了种兔繁殖，甏里就放满了喂养小兔子的豆粉。长毛兔卖了一窝又一窝，柴间翻修了一次又一次，唯一不变的，是被父亲摸得油亮的这只饲料甏。

三

甏其实蛮漂亮，比家里盛放粮食的其他甏要有模样得多，为何栖身柴间只放饲料呢？原来，它的名称和来历有些不堪。

那是一只骨甏，用来装纳死者的遗骨。

过去，人一过世，通常就入土为安，不会再去“扰动”他了。但也有例外，或因举办冥婚，会将已去世的人的遗骨重新迁葬，到时开棺拾骨，入甏再葬；还有的，因后代遭灾或败家，为卖祖宗坟地，掘开祖坟收骨入甏，埋入“毁人滩”（公共坟地），或埋到偏僻的无主荒地。作为冥器，骨甏一般制作粗劣，无堪其用，旧时乡间野地常见。对于无主的骨甏，种地人一般不屑一顾，有的甚至还会一铁锆砸碎，还要吐一口唾沫，骂一声“晦气”。哪怕穷得揭不开锅，也没人拿回家当作器具使用。还有一首乡下的儿歌：“大年夜月亮，小贼偷骨甏，瞎眼看见，聋甏听见……”说的就是不可能发生的事。

但我的父亲把它拿回了家。听父亲讲，年轻时，他在野外车水抗旱，水干了，河岸崩塌，滚出一只甏，见怪不怪的父亲当然知道那是啥，也没在意，但是这只甏的颜色形状有点不一样，便下河捧起细看，不顾旁人嗤笑，悄悄拿回家放在柴间里。那时父亲还是刚刚入赘的上门女婿，话语权不多，因而他也没有在家里声张。

四

父亲拾到甏的地方称“野六亩”，这块地有些特别，也有些神秘。这块地远离村宅，是一块百米见方不到的长方形高地，大小暗合“六亩”。那里三面环河，岸上草茂苇密，河水碧绿生青，显然“风水”不一般，老人说，那里是“毁人滩”。这么好的地方，怎么会是“毁人滩”呢？小时去那里割草，发现砖块碎瓦特别多，草丛里骷髅碎骨也随处可见，拖拉机耕作经常打断犁头。砖块全是破碎的黄道砖和不知名的碎瓦，几乎没有看到过完整的。有砖说明先前有房屋或砖椁；有瓦说明以前是房屋而不是墓葬；有人类残骨那说明还是墓葬……那到底以前这里是啥呢？真是谜一样的小地方！

这块地周边的三条河河水非常清澈，每年“车浜”常会捉到大鱼，河里也多“乌壮蟹”，大人们去摸蟹也有好的收获。我年纪稍大了点，有次壮胆独自下河摸蟹，感觉水寒彻骨，深不探底，不由胆战心惊，空手而归不算，还被碎骨戳破了脚……

后来我听村里一位老医生说起过这块地方。老医生望族出身，圣约翰大学毕业，她说她的外婆告诉她：那里曾经是一块有钱人家的大宅基，遭“长毛”洗劫，屋毁人亡。我问是不是她家的祖宅，她说这倒是不知道了。

七十年代“农业学大寨”运动中，大搞“平整土地”，“野六亩”高地被削平，填埋旁边的小河，挖出大量的棺材骨甏，还有一些方砖碎瓦和陶瓷碎片。父亲说，那块高地非常“硬扎”，很像屋宅基地。

以我有限的认知推测，或许这块原先的住宅宝地遭洗劫后，成为一处凶宅地，被荒弃以后就成为坟地和“毁人滩”……

五

沧海桑田。如今，这块“野六亩”已成了一家世界五百强企业厂区的一部分，八号轨道线列车在它的身边飞驰而过。家乡父老世代耕种的土地，已经成了漂亮的住宅小区和世博森林。

我的肩挑百斤走路生风蛙鸣五更劳作不息的父亲，已永远休息了多年。村宅和房屋也将要动迁。日月经天纬地，生命似水流年。

无须更多留恋，不必过分回忆。

那么，就让我留下这只老甏，留存少年的足迹，留存父母的辛劳，留存前辈的背影，留存这块土地上的历史。

（2011 年 3 月）

小中专

晚饭后，手机响起，来电问“是大维吗”。

称呼我“大维”的人很少，只有中专几个老同学这么称呼，于是我一下就明白这是中专老同学打来的，果不其然，是老同学阿龙。阿龙说准备搞次同学聚会，纪念毕业三十周年。我立马说，好，一定参加。挂掉电话后，我还真愣了一下，一方面对同学聚会很期待，另一方面，想想时间真是不经用，离上次同学聚会，又是十年过去了，一晃毕业都三十年了，自己还真没啥拿得出手的东西，大惭大愧啊。

其实上次同学聚会，也是好不容易搞成的。十年前，还没微信，靠的是几位同学的执着，通过查人口信息、跑地方，多方打听，把同学们的信息全部串了起来，除了个别几位同学实在联系不到或临时有要事，绝大部分的同学也都到场了。转眼，又是十年了。

要说“同学”这东东，算算真是不少，小学、初中、中专、大专、本科……后备干部班、科级干部班、中青班、研修班、外语班……在教室里坐过一起的，全是同学。但想想我参加过的这些班，还有多少印象，其间“同学”我还认识几个？

小学同学都还认识还叫得上名字，但岁月远去枝杈疏离，说实在的同学的感觉已经不多了。初中，说来伤心，初一时满刷刷七个班的年级组，到了初三毕业考时，只剩四个班，冲刺中考的，只剩两个班了。当时极小比例的中专、大学升学率，对绝大多数的农家子弟而言，读书已无多大意义，小学文化、初中文化，即便高中文化，对于当时务农或者做工等大部分人的出路而言，其实是一样的，因而学生的流失数量惊人。也只有中专这四年的同学，吃住学都在一起，才最有“同学”的感觉——我这么说，我的小学、初中及其他班的老同学该不会和我疏离吧——至少看到我这篇文章的老同学您不在此列哈。

同学聚会在崇明一个宾馆如期进行。上一次的同学聚会已经是十年前了，这次聚会，是毕业后的第二次，上次聚会比较程式化，同学们交流得不够。因而这次聚会，同学们自然亲切融合话语不断。不能免俗，我暗里也留意着同学们“混”得如何？生活如何？是公职人员的处级解决了没有？做老板的身家几千万了吧？上亿了没有？做教师的职称高级了吧？当然，网上所说的“恨人有笑人无”“捧高踩低”的说法那根本就不沾边。其实，同学们都很豁达大度，没我这么俗气，相互之间，几乎只谈工作、小孩和家庭。同学们年近五旬，也过了人生和事业的巅峰，此次聚会，似乎与十年前的谈笑风生相比，多了一种纯粹，多了一种沉重。

十年前的同学聚会，是毕业二十周年时，也是同学们毕业分别后的第一次见面，大家很想了解彼此的工作情况、生活情况，官多大了？财富怎样了？同学们的“高度”“路径”是大家最想了解的内容。因此同学会上有个重要的程序，是每个人介绍自己的工作和家庭。记得同学阿忠的话语很轻松，满脸笑意，但内容却出乎意料。阿忠说："我没正式工作，爱人也没正式工作，孩子还在上学，请同学们留意下，给我介绍工作。"这样的发言，坦荡实在，内心非常强大，我一下生出敬意。大家都说，阿忠你没问题的，你很快就会有好工作的。这倒不是随便敷衍，当时大家都还年轻，感觉工作问题也是暂时的，凭借阿忠的聪明和能力，找个好工作不会有啥问题，阿忠发言完了，大家掌声非常热烈。

十年过去了，这次聚会，我特意留意着阿忠的工作，但从阿忠的轻松中，我感觉这已不是个问题了。果然，稍后我就得知阿忠现在已在"体制内"，还是"正职"，并且是人大代表，想必工作很是出挑，稍感遗憾的是，阿忠当时中考成绩进全县前十，如果当时还有别的出路，应该还有更大空间。

在后面的活动中，我与大顾、阿贵坐在一起，他们两位的话语都不少。阿贵告诉我，他有 16 套房。"哇，真的?"我大吃一惊。"不过现在没那么多了。"阿贵接着说。"那现在有几套?"我问。阿贵也没直接接口，只是说，先前他在机关工作，有个机会，就跳了，生意做得不错，曾"到手"过 16 套房。现在么岁数不小了，在家炒炒股票，蛮好。阿贵问我，你混得不错啊，是公务员。我说，是个社区小公务员，"不堪入目"，就是一个社区干部呀。

大顾说，最近把家里的房子搞了一下，说着让我看手机里的照片。照片里的房子是他的居住房，装修一新，确实不错，高大开阔，红顶灰墙。

我说别墅啊，厉害。他笑笑："不是，乡下房子，装修了下，再做了下外立面。"我说不比别墅差。他说这房子便宜，装修费用不贵，商品房那就贵了，儿子大了，总要谈朋友，房子总得搞好啊。他说现在还在私营小厂里做，说起来是负责人，但也只是个"打工"的。

同学里公认的成功人士大吴，依旧豪爽能干，却表现得与在校时完全不一样的沉稳。被问及事业，只是淡淡一笑，现在很轻松，做做"风投"，小做做，待时机。大吴的事业起步很早，凭着聪明能干，很快就是"成功人士"。我曾在上海广播电台的"990 访谈"节目中，惊讶地听到一个熟悉的名字，随后熟悉的声音证实确是大吴，当时他和上广的名主持在节目中侃侃而谈私家车的话题，声音语气依旧是在校时的影子，而那时我开的车是"建设牌"……

还有阿明，那可是公认的才子，目光敏锐，有胆有略，十年前聚会时意气风发，但低调内敛，身家好几千万。问及事业发达得如何了，苦笑，连连摇头。当然，只是暂时不太景气，企业依旧运转，身家依然不菲。

班里还有几位同学，三十年间的两次同学聚会，都未参加。我不知道他们的情况，传来的片言只语中，得知他们依旧努力，只是平平淡淡。

言谈间，老班长以羡慕的口吻说，我班现有十几位同学"吃公家饭"，他们是不错的。"吃公家饭"就算不错了？那么没吃公家饭的他们就不行吗？要知道，我们全班原本就是全部吃公家饭的呀，同学们都曾是正儿八经的"国家干部"。

这是怎样的一种宿命？那是一群靠努力和天赋，摆脱种地的命运，实现“书包翻身”梦想的人，要说这在当年是“金榜题名”也不为过。他们当年在中考中以各县排名两位数（有些是个位数）的成绩，考上梦寐以求的中专，摆脱小农民身份，跻身“国家干部”的行列。填写“干部履历表”时的那种兴奋与自豪，时隔多年，依旧历历在目。同学们中考平均成绩，与沪上排名第一的高中名校录取成绩相差无几。

这些毕业于上世纪八十年代中期的青年人，意气风发地走进了郊县工业企业的大门，他们早熟早慧，他们朴实勤奋，他们担当努力，他们以“知识分子”自勉，他们以“国家干部”自豪，在郊县工业的小天地里，设计工装，改进设备，优化工艺。他们向往学习，当看到昔日的初中同窗，经过三年高中昂首走进大学校门，他们祝福，却又不服输，他们中的一部分，走进了电大夜大，或是参加了自考，拿到了当时还算过得去的文凭。但也有大部分，乖乖地听从企业的安排，“以工作为重”，没有继续进行学业深造。

他们有一个自豪的专业：机械设计制造。他们有一个工作事业平台：郊县工业企业。

万万没有想到，短短几年后，郊县工业企业遭到重创，企业关停并转，“国家干部”的身份还是吗？没人说你是，也没人说你不是，说不是了吧？从啥时候开始就不是了呢？这么简单的事情，却比“哥德巴赫”还难猜……

当我们被告知要“自谋出路”的时候，社会追捧文凭，我们从设计桌前抬起眼，看到周边的就业环境已经不一样，到新兴的合资企业去应聘，被告知须本科文化、外语四级，被问及你是啥文凭，这都不好意思说是中专。

我们只能抬头望一眼青天，低头对妻子说，只怪自己当初没念好书，没有考大学！然后，扭头对儿子说，爸爸当初读书倒还可以，只是没念上大学……儿子的眼里，只有迷惑。

那么为什么没念上大学呢？这个问题很沉重，沉重得同学们从不去面对，更不会去回答，就像有人问你“当时镇上别墅五万，你为什么没去买”一样，这就是时代的产物，只和时间有关。

知天命的“小中专”们，他们睿智依旧但自信无多，他们谈吐从容但不能免俗，他们认为自己有文化但别人不一定认可。他们的文凭，多半还是“中专”，中专学历放现在那几乎等同没学历。网上总会看到些“八十年代的中专生等同于现在 985，九十年代中专生等同于现在 211”之类，有一次我神经兮兮把类似的内容发到同学群里，结果群里一片沉寂，我突然感觉自己发这些个内容是多么的不合时宜！

那晚，同学们谈到自己的子女时，个个眼神明亮。我们的后辈都非常优秀，其中不乏名校硕博。我猜测这不全都是基因，更多的，是不甘的性情在儿辈身上的体现。

（2024 年 10 月）

弧圈球

一直以为，一门才艺的高低，总有一个直接而简单的衡量标准。比如，能在台上脱了稿子口若悬河侃侃而谈的，那领导的水平一定了得；能在台上飙出高音，甭管龇牙咧嘴青筋暴出，那歌者的才艺也一定不差；还有，能在乒乓桌前拉出迅疾前冲的弧圈球的，不用说，那一定是乒乓球高手了。

老早就喜欢打乒乓球，特别喜欢弧圈球。偶尔在电视上看到两位高手弯弓射雕般地挥臂对拉弧圈球，总会莫名地兴奋。看乒乓球比赛所关注的，除了比赛结果，就是弧圈球拉得如何。没有弧圈球的比赛，感觉就像一出没有爱情的青春剧——那几乎成不了青春剧了。

念中专时，学校有两位乒乓高手，当然也是弧圈球的高手。他俩的比赛，总能吸引众多激动而惊奇的目光。一位是实习工厂的带教老师王师傅，体健貌端，是位美女，传说是市级专业队退役到老闵行某大企，代表企业队打球，基本是脱产打专业，后调入本校；一位是比我小两届的学弟，有着运动员的身架，名字现在已经想不起来，体校出身。他俩的比赛，近攻远防，提拉搓削，有力量有速度。最引人注目的，当然就是拉弧圈这正手进攻的利器。他们打球的每一个来回，大都以弧圈的对拉来得分，每当弧圈拉起，周边一片叫好声，一如当今小女生见了大牌的尖叫。

但那时学校仅有一张球桌。球桌边上，永远有着一圈手拿球拍的人在探头。可以肯定，全校人口密度最大的房间，就是这间放有乒乓桌的小房间。僧多粥少，便诞生了一个极不厚道的“丛林法则”：胜者留，负者下。结果就是胜者可以打得尽兴，负者排队几十分钟，只换来几分钟的上场。

因此，我等几个乒乓“屌丝”，只能在凌晨时分，相约到小房间练上一阵，并比划着拉几下弧圈球。就连这样的情景也难以保证，常常是没开几个球，便招来值班老师的训斥。

真正能从容打球并练上弧圈，还是近几年的事。单位乔迁配了乒乓房，午休时分或是下班以后，相约同事练上几下。有时节假日相约球友进行切磋，偶尔还会请来专业的乒乓教练进行指点陪练，通过教练的“多球喂送”，专练心仪的弧圈技术。后来，我参加了乒乓俱乐部，除了有众多的高手指点陪练，场内还有一台自动发球机。我常常在自动发球机上一练半天，不到手臂抽筋体力耗尽，一般不会停下，就像饥饿的水蛭附身宿主，不吸它个够是不会善罢甘休的。

我的弧圈球，也算是有点样了，但就乒乓球的水平，依旧不行，在俱乐部里的成绩，基本还是垫底。其实，这也不用奇怪，随着对乒乓球技术的理解深入，我知道，这“弧圈”，只是众多技术中一个小小的部分，就像传统作战中的大炮，炮战固然重要，但真正要在战场上取胜，还离不开机枪、步枪、手枪，也离不开近战、夜战、白刃战。

我能拉弧圈球了，乒乓球水平还是一般般；我还能唱高音，男高音的所谓极限“High C”也没问题，这能说明我的歌唱水平很高了吗？也未必。

同样，我还发现，我们的周边，许多口才滔滔者，其能力一定很强吗？我觉得，至少其中有些也未必。

（2014 年 9 月）

抢椅子

那年，父亲要动大手术。当天一早，我与阿哥两人在配合医生做好术前相关手续后，和护工一起把父亲送进了手术室，之后兄弟俩就在手术室门口寸步不离地等待。当时父亲六十出头，生的是大病，父亲的生命及以后的生活质量全指望这个手术。手术能否成功？是否有后遗症？费用大不大？这几块“巨石”压在弟兄俩的身上。而这一切，现在只能等，等手术的结果及下一步的治疗方案。

心一直悬着，腿一直站着，在手术室门口的分分秒秒都是煎熬。想到父亲病房里还有一把陪客椅子，我就七拐八弯地将椅子搬到了手术室的门口，和阿哥轮流着坐。

之后陆续又有几位病人被推进了手术室，门口等着的家属也越来越多，一下有了十几个，他们全都站着。

十几个人站着，而一把椅子却由两个小伙子轮流坐着，这个场景真是非常的诡异。有人开始用眼神扫着凳子，有人开始往椅子这边靠，其中有个中年妇女的眼神很是特别，先是看看椅子，再把目光移上来看看我，且每过两分钟就要扫视一遍，频次越来越密，眼神一次比一次凶。这阿姨不光用眼神扫射，还故意侧着身滑过我的身边，在我身边的时候，又一下子转身，让她的屁股最大限度地靠近我的脸。

没办法，我拿起椅子移到边上，尽量远离他们。但无奈手术室门口的空间本来就狭小，这群人依然在我的面前晃悠，并不时投来不友善的目光。

此时我切身理解了什么叫“公平”，它可能是世界上最美好的事物。一把小小的椅子，可以引发满腔的愤怒，“人有我无”的情况可以使整个环境充满敌意。

阿哥可能也感觉到了这个小环境的不友好，他不时出去抽烟，整个时段就我一个人独坐了凳子。

我相信，人在恼怒时智商可能真会出问题，这位阿姨可能还真联想不到，这把椅子是不可能本来就留在这里的，假如院方安排了椅子的话，也不会只安排一把椅子吧，那么这把椅子会不会就是这位老弟自己带来的呢？可惜在“人有我无”的“不公平”情绪中是不会有这个思考的。

这真是一种极怪异的氛围，我相信，我在这个环境中就是一个人人憎恨的另类，尤其是那位阿姨同志，她可能在心里已经把我杀了十次，尽管我和她毫无瓜葛，一定要找原因的话，那只能算是前世我可能得罪过她。在这种氛围下，我已无法说明，无法交流，无法谦让，即便我站起来主动让座也无法做到，因为“你早就应该让给其他人了”！

那么就熬着吧，但坐久了，还得起来走走，还得上个卫生间吧。我一起身，想象到的场景瞬间展现，可怕的是比我想象的还要来得迅猛。还没有舒口气，旁边这位阿姨在愣了不到半秒后，一下就冲到椅子前一屁股坐下，堪比以前那个抢座位的游戏。

当你不尴尬的时候，尴尬的一定是我。我尴尬地退到旁边，等大家都不注意我的存在时，才悄悄地走开。

等我再到手术室门口时，我依旧悄悄地站立一旁，仿佛椅子原本就和我无关。

阿姨不知坐了多久后，拉住边上她的同伴，让同伴站在她的旁边，当确认别人已无法来占这把椅子时，阿姨才起身让给这个同伴，整个过程无缝衔接。

其间阿哥进来，看到椅子由别人坐了，问我咋给别人了，我说我让座了，让人家也坐坐吧。

后来有病人开始陆陆续续做完手术被推出，手术室大门打开之际，家属一拥而上，别人的家属一般也会去看一看病人，只有这位阿姨，每一次都坐着不起身。

终于父亲被推出了手术室，我们马上迎了上去，看到父亲煞白的面色和眼角的泪痕，非常心碎，听到医生介绍说手术成功了，也有了宽慰。

也许是沉重的心情爆出了力量，我转身对阿姨做了个“请起身”的手势，阿姨有点惊异，呆呆地看着我，还没有反应，我感觉这样的动作不太礼貌，马上轻轻地对她说：“阿姨，这是我的椅子，我要走了。”

阿姨起身后，我大幅度地把椅子扛到肩上，转身向外走去。阿姨此时的表情，我没有去看。

（2024 年 8 月）

篱下树

散步到这里，我总会习惯性地放慢脚步，朝它看去一眼。那是一棵树，一棵很漂亮的椿树。

它躯干挺拔，树冠如盖，生气勃勃。它鹤立鸡群，与它身边红叶李、冬青、盘槐们的差距拉得很大。

我生来喜欢树，对这棵漂亮的椿树，更是珍爱有加。尽管是人家的树，但每次和妻子散步走过，我会习惯性地介绍这棵树的名称、习性和木质啥的。

前些日子，我散步经过，突然发觉环境有些异样，呀——椿树巨大的树冠被锯掉了！只留下两个“V”形大枝杈，像那个“胜利”的手势。

怎么可以这样！我的第一反应，是这树可能要移走了。可即便是移走前的修剪，也不能这样啊。这种只留主干的狠修，只能说明主人的外行和粗暴。

几天后，我又去看那棵树。“木秀于林”，暮色中，高大粗壮的树干、灰褐色的“V”，远远就映入了眼帘。树没移走，我稍稍有些放心。“人挪活，树挪死”，这么大的树移走，不光可惜，而且有很大的风险。

走近了，才看到树杈顶端已长出几根细细的新芽，发出椿树特有的清香。我的目光在树干上游走，猛然发觉：半人高处，树皮被切去了很宽的一条，深达木质，刀伤见骨，像一条要命的铁箍，深深嵌入丰润的树干内……我的眼睛像被狠狠剜了一下。完了，树完了！有人要它死！再强壮再茂盛的树，到了这份上，只有一条不归路了。

好好的一棵大树，怎会有如此厄运？

回想多年前，记得是个节假日，我在此处见到一位仪表不凡的中年男子，正指挥一群民工种下这棵树。“哟，是椿树呢，真漂亮！”我说。“对，是椿树！”那先生回答得也很得意。

只见他跑前跑后，观察着树枝的形状与走向，指挥民工调整角度，并亲自打下木桩，固定树干……看得出，他不光爱树，而且还是行家。

男没入错行，女没嫁错郎，这树也没入错人家，它福气好着呢！我心里赞叹。

感觉这也是一个幸福的人家。椿树下，两辆好车，油光锃亮；夕阳下，树的主人——一对气质不凡的夫妻，常常气定神闲，悠然漫步。

日落日出，时光在平和中悄悄滑去。几年后，渐渐不见了两人的并肩散步，也很少见着树下的车。有一天我突然发现，他们家木制栅栏上挂着的盆花，已经枯死大半……

后来，偶然看见小区宣传栏里贴着一张法院通知，大意是：因无法送达当事人，请当事人在某时到某法院参加某人的离婚财产分割起诉……

楼里的灯光暗了，盆花枯了，木栅栏倒了，空调架锈了……只有这棵树，依旧不懂风情地茂盛着。

可最近，楼里又有了灯光，枯死的盆花不见了，坏了的木栅栏也拆掉了……

那么，对这棵椿树下手的仁兄，是楼里的老主人，还是新主人？我似乎没必要去搞清楚，只是，我心痛这棵树。

见证过幸福与美满，经历过强盛与蓬勃，今天留下的却是一身疤痕与伤痛。

树犹如此，人何以堪！

（2013 年 6 月）

小竹园

每次驰过浦星路，总会习惯性地朝那个方向扭头望去，尽管我知道，那里早已是一家有名的艺术院校。校园里高楼大树，也已经挡住了我的视线，我所能看到的，只是蓬勃校园的一角。但依旧还会放慢车速，再看一眼。

十多年前在路上倒是可以看到的，那是一个小竹园，茂盛高大，远看是一片高大的浓荫，在满眼绿色的农田和绿化中，依然醒目，“竹”秀于林，很立体。那是我家的小竹园。

农村里竹园不稀罕，几乎家家都有，至少我小时候就是这样。当然这“家家”，是指可知的同一祖宗的一大家。竹园往往伴随着老宅，三四代内的同姓本家住在同一埭老屋，竹园因而“家家”都有了。我们村宅上，这样的竹园有四个，我家与伯父家算一家，合着一个竹园。我家的竹园大小，在四个竹园中算中等，竹子的长势也是中等，并不出众。放眼方圆三五里，邻近村宅的大竹园有好几个，它们不但面积大，而且竹子大，品种多。在不远处的南宅，就有一个大竹园，小有名气，那是一个大宅基，大宅基的老房子坐北朝南，一字排开有几百米，在房屋的后面（北面），也是一字排开的一个大竹园，在竹园的后面，还有一条东西走向的宅河，三者平行，“风水”自然极佳。

那个几百米长的大竹园，竹子品种也有好几种，有早燕竹、孵鸡竹、榉竹，还有一种长得不高但很结实，强度韧性都很好的竹子，连我父亲都说不出名字。这种竹子做钓鱼竿最好，宅上一起钓鱼的小伙伴都去“顺手”砍过，我当然也不例外。

我家竹园的竹子品种为“早燕竹”，这种竹子长得不高也不粗，做农具杆柄还可以，但做桩作椽就显得单薄了，劈篾做篮筐也不行，优点就是竹笋长得多，长得早，味道非常鲜嫩，作为农家的时鲜货，上镇售卖的价格会略高，因此在乡土竹子中还有它的一席之地。但对于以“用”为主、“吃”不算什么的农家，这样的竹子并不受待见，父亲常叹息自家的竹子“不灵”。但祖传的小竹园历史久远，竹子品种的调整也不是说改就改的事。

竹园在以往是小孩子的玩乐之处，当时“花蚊子”这种白天肆虐的外来物种尚未入侵，白天的竹园里阴凉清静，如果主人经常清除杂草灌木，倒也像如今的绿化地块，是休息纳凉的好去处。听说阿哥阿姐他们小时候常在竹园里爬竹竿玩乐，但到我稍长能玩的时候，已经满是蚊虫，令人害怕。后来的小竹园更是成为了花蚊子的集聚地，只要人一进入，花蚊子如幽灵般蜂拥而至。后来我闲着没事时，手拿电蚊拍进入小竹园，挥舞电蚊拍，只听见“啪啪”声不断，相当“减压”，也成为了我休息的好形式。

后来父亲终于下决心要对竹子的品种进行调整。有一天，他和爷叔两人扛回一根带着长长竹桥的竹子，种在小竹园的中心位置，以便它以后的蔓延，来取代现有的早燕竹。这年春天，新种下的榉竹边上长出了几只细细的小竹笋，因为引种的竹子才刚下地存活，提供不了更多的养料，连着母竹的小竹子长得极细，但这就是希望。果然没几年，榉竹的比例越来越高，我们家的小竹园，整个春天几乎都在长竹笋，三月开始长出的是早燕竹笋，五、六月间，榉竹竹笋也开始冒出了。

父亲去世后，我们姐弟三人商量对老屋进行修缮改造，以改善母亲的居住质量。完工后，我就想干脆对小竹园也“翻一翻”，挖除早燕竹，清理掉烂根和碎石垃圾，让竹园漂亮点，一同改善下环境。说干就干，在新千年的春节里，我开始行动。我到爷叔那里借来一把“山子”（镢头），进行深翻，计划简单但真正做起来很累。一山子砸下去，“咔嚓”一下，不是竹桥就是石块，根本不是翻土那样简单。竹子本身的根不深，也不像树那样有大量的根叉，但竹根连结的是密密的竹桥（学名：竹鞭），扎在泥土里，就像是混凝土里的密密钢筋，和着几十年没翻动过的结实泥土，竹园的地面因此不是一般结实。好在我年轻，本着不叫苦的脾气，慢慢地掘开泥土，翻起老竹桥，去除石块垃圾，保留新鲜的长势良好的榉竹竹桥。半天下来，已是腰酸背痛，母亲和阿姐都劝我不要干了。邻里看到我在竹园里死劲掘土，很是不解，问我是否准备铲掉竹园造“违章”，当得知我仅仅是想改良竹园，认为不值得。我一笑而已，一时似有“鸿鹄”之感。

四天以后大功告成，原先密密匝匝的竹园变得非常稀疏，像是一块刚种的绿化地，倒也干净平整。当年春暖花开，三月里早春的燕子飞来了，“早燕竹”静静地不再冒笋了；新孵出的小鸡在阳光下觅食了，人家竹园里的“孵鸡竹”也长得老高了，我们家小竹园也没动静；收麦插秧了，小竹园里不紧不慢地长出了一些黑褐色的竹笋，不多，也不粗壮，甚至还不如原先的早燕竹笋。这也在我的意料之中，新翻种的竹桥还未恢复元气，生长力还很弱。

我告诉母亲，前期长出的竹笋一个都不要挖，留着长成竹子。待第二年，长出的竹笋大了许多，多了许多，留着长成的竹子也高了许多。以后几年里，小竹园已经变了个模样，竹子大得出奇，邻居想要个竹竿做锄头柄，竟然找不到合适的竹子，找了一圈，全是粗得握不上把的那种。这就是榉竹的特点。榉竹高大粗壮，除了毛竹，它比其他本地的乡土竹子都要大出一圈，高出一头。它也是以前编制篮筐竹椅的主料。但此时不要说搭棚架草屋早已不用毛竹，菜筐竹篮也由更结实轻便的塑料材质取代，竹椅竹榻等竹制品的历史已经了结。竹子除了绿化和环保，在生产生活中的使用价值已经不多，但这并不妨碍我对竹园的持续打理。

榉竹虽然坚硬结实，但有个短板：容易有虫害。它的出笋及生长期都在夏季，各类害虫已经活跃，榉竹笋刚一出土，就有一种叫“竹象子”的甲虫，嘴就是一根长长的尖刺，它就用长刺扎进竹笋吸取笋汁，把个新出的竹笋扎得千疮百孔。它也会在孔内产卵，幼虫就在笋内噬咬，如果不去管它，这样的笋即便不死也就存半条命了。我每次回老家，都要去竹园里转转，拿上一把剪刀，让一头扎在竹笋里的竹象子瞬间身首两处。整个出笋期中，每次都能消灭大把的甲虫。榉竹笋出土较早些的，相对虫害也少些，越靠后就虫害越多，最后出土的笋一般不能长成健康的竹子了，当然做“油焖笋”的话，基本影响不大。榉竹有个土名，叫“蛀烂头”，说明竹子梢头一般都会蛀烂，成年后的竹子很少能“通梢”，虽然粗壮，但大都是无头无梢，且杆身上也是蛀洞遍布，在本地话中“榉”“蛀”同音，所以又称“蛀烂头”。

榉竹的笋有苦味，肉质较粗老，远不如早燕竹笋的鲜嫩，但我倒是不嫌味苦，它依然是我偏爱的食材。阿哥老说“太苦，不要吃”，但我每次挖好的竹笋，他拿得比我还多。我说“你不是说太苦不要吃吗”，他说“水里汆下，味道还可以”。真是此一时彼一时也。

母亲一天天地衰老，竹园里的竹子倒是一天天地茁壮，甚至比它娘家的那些个老竹子还要高大，而且杆梢通达，也少见蛀洞。由于后来农村也用不到竹子了，少了砍伐，没几年竹园里的竹子密度很大，人难以在里面自由行走。

随着村里的外来打工人员增多，也有人向母亲要根竹竿晾衣啥的，母亲都会答应。但也有些小朋友会来偷偷砍伐。常看到小竹园里被偷砍竹子后突然出现的大量竹梢和枝杈。这种事情在动迁的前夕达到最甚。有一天，两位外来人员模样的人手提竹刀走进我家竹园，母亲看到了劝我不要去管，但我迎上前去，问他们做啥。他们说想砍几根竹子。我说人家同意吗，他说不用打招呼了，竹园已经量好尺寸要动迁了，砍掉竹子不影响拿动迁费的。我说不管是谁的竹子，反正不是你的，你不能砍，你一定要砍，我会拍照还会报警。我的贼脾气在这时倒还有点用，来者没敢动手，悻悻而回。

但小竹园终究还是消失了，因为动迁。有道是“穷人翻身靠动迁”，能动迁我当然高兴，但面对修缮一新的老屋，面对蓬勃的小竹园，也有不舍的情感。特别是衰老的母亲对动迁的那种无助和担忧，也让我生出了许多的无奈。老屋连同老竹园都“卖”给国家了，“购买费”对于我这个不经大钱的人来说，已经够可以了。先辈种下早燕竹，父亲改种“蛀烂头”，我们砍过许多的竹子，吃过许多的竹笋，现在还拿到了够可以的动迁费，而父亲和祖父他们，却什么都没有。

（2024 年 9 月）

家藏利斧

几年前，曾在一位朋友家里，见到一柄斧头。斧头是以前的木匠砍坯料用的那种，木柄，偏锋，刀背油黑，锋口雪亮。

朋友是搞建筑设计的，还是设计院的领导，这柄斧头跟他的身份有些对不上号。他家房子的装修很温馨，厨房间里用料考究的料理台上，赫然横躺着一柄斧头，感觉有些突兀，还有些狰狞。

问及家里为何备有斧头，主人解释说，之前住在保定时，平时用来砍牛骨猪排等硬物，来沪后用得少了，不过，有时剁个猪爪什么的还会用用。我问，保定买肉时摊主不给剁好切碎？回答是那儿不比上海，那儿的摊主都不会给你剁硬骨，他们只管剁下大块的骨头和大团的肉，然后称重收钱。

听了这些话，我有了一些联想。

民以食为天，小民更以食肉为福。小时候我面黄肌瘦，还要天天割草养羊，在长辈的眼里，也有些不容易。一个冬夜，母亲上下瞅瞅我，摸出包钱的手帕拿出两元钱，说，明天早上你早点起来，到镇上去买肉，愿意吗？一听这话，哪有不愿意呢？我精神十足。

尽管带着竹篮子晨跑不方便，但我一大早跑到镇上的肉庄时，天上依旧还是晨星点点。肉庄门口，排队的人稀稀拉拉，却有好几只篮子和几个砖块代为“排队”。父亲曾经有过去晚了买不到肉的情况，我庆幸自己这么早就到，肯定是不会空手而归了。

没多久，人越来越多了。要命的是，后来的人不愿排队直接往前挤。等到肉庄的排门板被打开，开卖的吆喝声响起时，秩序彻底乱了，我被挤得喘不过气来，好在我身后一位好心的大叔一直帮我撑住并往前推，我总算没被挤出队伍。

终于轮到我买肉了，可案板上已所剩无几。没等我说话，营业员已经用秤钩钩起那块连带着骨头的肉，秤杆一翘还未停当，嘴里已报出了价格，肉也同时飞了过来，差点砸到我的脸上。其手法之流畅、心算之快速，令人吃惊。“这块的骨、骨头太、太大了……”我鼓起勇气，结结巴巴地说，恳求换一块骨头小点的。话还没说完，营业员的脸就板住了，手也停下了，眼神像两把利剑朝我射来，吓得我立即收住嘴巴，赶紧扔出“两块头”。当我胡乱拢起找回的零头时，感觉那眼神依然没有收回……多年后只要看到红烧肉，这眼神还会刺痛我。

近些年冬天，我发现附近菜场鱼摊前空间较大的地方，冒出一块用铁架子围起来的地方，铁架上挂满了等待风干的腌海鳗和腌青鱼。鱼肚用小竹片撑开，形成薄薄的一大块“鱼板”，上面挂有小纸片，写有人名、电话、重量、价格，有些还有“轻盐”“花椒”等“个性化”加工内容。原来，这是由客户购买鲜货后，委托店家加工的。我也看过几次现场操作，店家用大刀剖杀，然后清洗、喷酒、抹盐、上料，几道工序都非常仔细，非常到位，一切尽在顾客眼皮底下，没见传说中的“工业盐”或“防腐剂”之类。说真的，要不是家里已经有了腌货，这些个摊位，我肯定是老主顾。

看到鱼摊上的大刀和挂满海鳗的铁架子，我忽然想起先前设计师朋友家里的那柄斧头。已是有些年了，那些个肉摊店家的销售手段，已经不同了吧？他家里的那柄斧头，估计没了用武之地，已经锈迹斑斑，也许根本就找不到了。

不提那次伤心的买肉，单从“斧头”到“剖鱼大刀”和“挂鱼铁架”，间隔也就十多年吧？什么叫“民生为本”？什么叫“生活品质”？什么叫“为消费者提供贴心服务”？时代的变化正在慢慢诠释这一切。生活会越来越美好，那粗糙的、令人心酸的消费场景，就让它远去和消失吧！

（2014 年 7 月）

好事不足

这算是我做过的一件好事。但好多年过去了，现在回忆起来，却依然使我有些不安。

那是一个夏日的中午，少有的高温。烈日穿过稀疏的行道树叶，照得人头晕眼花。我匆匆走在大街上，估算着还能否赶上那班到医院的公交车，惦念着被重病折磨得尚存一息的父亲，昨晚又是如何的煎熬……在不得不停下脚步、擦拭镜片上汗气的当口，一个矮小的身影停在我面前。抬头一看，是一位老太太，乡下打扮，七八十岁样子，手里拿着个硕大的“黄金瓜”，另一只手拄着根拐杖。老太太衣容整洁，但满脸汗水，头发有些乱，衣服也已经湿了大半。她在我面前站定，努力睁大有些发红也有些眼屎的双眼，喘着气，半天开不了口。我一惊：这老太太有急事！

我接过老太太手里的瓜，没有急着催问，等着她开口。但老太太没有开口，在腾出了一只手后，从衣袋里掏出一块叠得方方正正的手帕，使劲擦拭着眼睛——显然，汗水流入了她的眼睛，难受却无法擦拭。擦完眼睛，老太太终于说了一句：“弟弟啊，问个路!”然后，又是停顿和喘息。

“好的奶奶，这块地方我熟的，你慢慢讲!”我给了老人一颗定心丸。

老人说："我要到莘庄医院……看人，找不到莘庄医院了！"

我连忙大声告诉她：先右转、再左转，过莘松路，就到了！我带着比划重复了好几遍。老太太直点头，话也连贯了："我是来看宅上的阿毛娘，阿毛娘毛病蛮重……"

但直觉告诉我：尽管我把路讲了多遍，老太太依然会找不到医院。我没有犹豫，对老太太说："奶奶，我顺路，带你走。"

"弟弟啊，谢谢你！"老人的眼里充满感激，"我在这里来来去去好几遍了，这医院就是寻不着……"

老人转变的好情绪感染了我，我掂了掂瓜，对她说："这个黄金瓜灵的呀，又大又香，是你自己种的？"老人说，是的，种了没几个，本来想拿两个，拿不动，所以挑了个大的。

"不容易。"我在心里思忖着。这"阿毛娘"看来只是宅上邻里，老太太顶着烈日捧瓜辗转步行去探望，确实是有情有义。

我意识到老人出门时间不短，一定口渴，就拿出包里的水递给她："奶奶，喝水！"我特意用了标准本地音"奶奶"。老人推辞了一下："唉哟，罪过了！"还是接过水喝了。

一路上，老太太谢个没完。很快，医院门口到了，我把瓜递给她，大声说："奶奶，当心点，我回去了。"

其实，一路上我心里一直在想：这"阿毛娘"的尊姓大名、她是什么病、住在什么床位，这些老太太未必说得清楚。一个昏花老人，要在偌大的医院里找这个"三无"病人，肯定周折不小。我陪着她找，可以快很多，但陪了父亲一夜的母亲，正等我去替代，如果我拖得太久，还会让父母生出担忧。“医院里人多，肯定会帮她找到的。”我安慰着自己，还是转身离开了老太太。

赶到父亲床前，我把方才做的讲了一遍。重病中的父亲睁开双眼，连连点头。只是，我“省略”了那几分钟的内心斗争。

好几年过去了，有两个问题时常在心里浮起：老太太是否顺利找到了“阿毛娘”？如果我花一点时间陪老太找“阿毛娘”，父亲是否会支持？

遗憾的是，已经没有答案。

（2011 年 5 月）

书有签名

即便年轻时，我也没有“追星”的习惯；人到中年，对于索求名人签名之类更是少有兴致。但有一样东西除外且孜孜以求：喜爱的书籍上，有喜爱的作者签名。

叶辛是大作家，星光耀眼，即便有缘见到，也是他在台上我在台下的那种。但是通过圈内老师，叶大作家每有新书问世，老师总会给我捎来一本。难得的是，在新书扉页上，总有叶辛先生工工整整、刚劲有力的字迹：“志维先生惠存。”然后是他的签名，口气亲近得就像朋友，那种被“提携”的感觉，很是受用。

名作家彭瑞高，我一直喜欢他的散文和小说，在我的电脑上很早就设立了一个文件夹，用来下载存储他的作品。先前到书店购书，总是先让营业员查找他的著作；后来有了网络，我就时不时地查找他的新书新作，多年下来，我拥有了他的绝大部分著作。彭大作家插过队教过书的乡镇，我也曾工作和居住过，听闻过不少关于他工作、生活和写作的点滴。照现在的说法，我很早就是彭瑞高的“粉丝”，只是多年无缘面见。

后来的相见极富戏剧性。有一次我在俱乐部打球，听某球友大声说“彭瑞高要写东西，不来了”。我忙问是否是作家彭瑞高，回答说“是”，并说：“他不是一直在这打球吗?”原来，常见到的那位球艺精湛、英姿勃勃的高手，就是久仰的彭瑞高先生！第二次，我就把家里他的著作全部搬来，请他签名。看到这些不同时期的作品，彭瑞高老师很是感动，连连感叹：“其中的几本书，我自己都已经没有了。”彭老师把不同的文字分别题写在那些旧书的扉页上，文字隽永，笔力遒劲，自有名家风采。

名作家褚半农老师，沪上圈内称他为“乡下”作家。其人其声，感觉还真是“乡下人”本色，他身处“乡下”却非常厉害，除了写下大量的“乡下”题材散文，还潜心于方言研究，论著颇丰。可能同是“乡下人”的缘故，所以在第一时间，我就会得到他签名的新著。

手上分量最重的签名，当属“大师”余秋雨。年初，“马兰戏曲工作室”落户闵行古美。事先我得知，作为马兰的夫君及“上戏”老院长，余秋雨先生将出席签约仪式。于是，我带上四本余秋雨的著作，特意找了个靠近他的座位，一俟仪式结束嘉宾起立，我就快步走到他面前请他签名。“大师”自有其气度，原本已经起立了还走了几步，见我请他签名，又重新折回座位坐下，在市、区领导和众多嘉宾的等候注目中，气定神闲地一本本签名。签完，又将书双手捧回，起立与我握手，霎时全场掌声不息。整个过程，全场聚焦，快门的“嚓嚓”声不断。事后领导开玩笑，说我比嘉宾还“嘉宾”。

这些有作者签名的藏书，被我一本本地放在了书架的醒目位置上，不时抽出一本，读上一阵。每次阅读，都会先看上一眼作者的签名，如同先与作者打个招呼，再去感受他们的心灵与智慧……

（2012 年 6 月）

民间号外

在一个春寒料峭的凌晨，我用手机向几位朋友发出一条只有一句话的短信：热烈祝贺北斗星八号卫星发射成功！

除一位朋友回复我“什么意思”外，其他几位都没有回复。其实我知道，收到我这条短信的朋友是不可能明白这条没头没脑短信的意思的，但我不能，也不想明说。

之所以“抢”在新华社之前向朋友“发布”此消息，是因为我此时正在刚刚升空、还散发着热力的火箭发射架旁边。

火箭发射升空的场面见过不少，除了配有解说词的宣传片、宣传画外，也多次在电视直播中见过“神舟”系列发射以及若干美国航天飞机的发射场景。但这一切，都是通过媒体“看见”的。而这一夜，想到“明天凌晨将到现场观看火箭发射”，我们都很激动，早早上床，却难以入眠。

凌晨一点半，我们已经安静地坐上了一辆挂有编号的大巴，有些小小的激动。大巴在指挥人员的安排下，与其他军用车辆组成一个长长的车队，鱼贯驶向郊外。我们驶离的城市位于川南群山腹地，为凉山州府，名西昌。

车队转眼驶上了高速公路。一路上，我发觉车队里又加入了好些车辆，有越野车、大卡车，都是一色军用车牌，全部挂有编号，全都闪着“双跳灯”。车队在疾驶，从车窗向外看去，每隔一小段路，就有两位戴着钢盔的军人，挥舞着双色小旗指挥车辆通行。车队里没有鸣号声，只有一路连绵着的双跳灯光。我们的车里也没有声响，只有一双双不断向外张望的好奇的眼睛。

约摸个把小时，车队下了高速，进入山间公路。随着山势渐缓，前面出现开阔地，也出现了灯光。这时，车上有人小声喊了一句：发射塔！

我向外张望，只见远处隐隐矗立着几幢搭着脚手架的高层建筑，旁边还有巨型塔吊，没看见发射塔呀？刚要开口问，只见其中一幢“高层建筑”特别明亮，脚手架上印有“昌卫星发射中心”，感觉缺了一个“西”字。此时张开的“脚手架”后面，已露出一截火箭的箭体。原来最上面那块张开的脚手架，正好遮盖了最上面的“西”字——原来“搭着脚手架的高层建筑”，就是正要发射火箭的发射塔！

离发射塔约一百米距离的地方，拉有一道红色的警戒绳，提醒人们不能再靠近发射塔了。我们下车站在警戒绳旁边，抬头注视正在缓缓翻转的围绕在火箭周围的“脚手架”。随着“脚手架”全部翻转打开，银白色的巨大火箭已矗立在眼前。白色的箭体上，印着蓝色的“中国航天”字样，在灯光的照射下，醒目而发亮。第一次近距离观察这庞然大物，已经有些吃惊，看到火箭不时喷出些许白色气体，更加感觉它的神秘与力量，想想不一会儿它将拔地而起的场景，心里不觉有些紧张和激动。

此时现场扩音器里响起了“一小时准备”的指令声。指令声连发两次后，现场响起了警报声。

“上车！上车!”警报声里，车长也向我们发出了上车的命令，我们随即跳上大巴。在温暖的车厢里，我们都使劲搓着冰冷的脸颊。这高原上半夜里的早春寒风，吹得我们浑身哆嗦，有人甚至咳嗽起来。

车辆继续出发，经过一段盘旋颠簸的山路，我们的车停在了山坡上一处简易的停车场。下车走过一小段台阶路后，看到一块有半个篮球场大小的场地，竖有“一号观察位”的标志。场地上排有几排临时安放的长条桌和长条椅，场地前面放有几块大屏幕。如果不是大屏幕上的火箭图像以及不时跳动切换着的数据，那场景就像居民小区的纳凉晚会。只是前方两座大山的夹缝里，刚好露出发射场里被照得雪亮的发射塔，距离这个观察位约千米远。

靠前的长条桌上都放有席卡，我们到得较早，座位还都空着。除了走动着的几位军人外，现场还只有我们几位“嘉宾”。我们在后面没有席卡的座位上坐下，就盯住了前面的大屏幕。屏幕上除了即将发射的火箭，还有许多数据以及一些图案的变化。同时伴有“＊岗准备”“＊位状态”“＊号测量船状态”“＊＊正常”“＊＊测量完毕”等或急促或轻松的应答声。我的眼睛耳朵都尽力捕捉着所有的信息，心也随着现场指挥员的急促命令而急促跳动。我感觉到了那种紧张而有序的工作状态，又感觉到了火箭发射那种万人协作四海协同的巨大“气场”。

当响起“三十分钟准备”的指令后，现场突然有些嘈杂，军人们开始移动，有的往场外走去，有的闪到了场子边上。回头一看，见几位身着军大衣的长者，在一帮军人的簇拥下，正气度不凡地依次步入。几位军人迎了上去，最前一位肩扛两颗“金星”的军人，对着长者“啪”一个立正敬礼，其余军人也都敬礼握手，随即依次入座。

我们几个已经在寒风中吹了几十分钟，浑身打颤，正想起来走走活动一下。看到这严肃的场面，只得作罢，继续蜷缩身子，以发抖抗寒。

当听到“十分钟准备”的指令声音后，大屏幕上图标数据不停翻飞，“*位检查完毕”“*位正常”的声音响成一片。屏幕上的火箭不时喷出一股股浓浓的白烟，仿佛它已经按捺不住激动的心情，急切地准备翱游九天。

当“一分钟准备”的声音响起后，现场瞬间寂静一片，没了一点声音，所有的人都屏息静气，双眼直视前方。我的视线在发射场里的火箭和屏幕上的火箭之间快速地切换，生怕漏掉一丁点的信息，错过一丁点的变化。

虽然我国航天技术居世界一流，但火箭升天，依然充满了未知和风险，美国以及前苏联的那些个航天事故，想来依旧令人揪心与胆寒。这一分钟里，我除了喘气，就是祈祷。

突然传来了“十、九、八、七、六……”的倒计时声音，全场一片寂静，只听到最后一声“点火”后，时间好像瞬间停止。猛然间前方火光喷射，刹那间，夜空彤红，群山雪亮，紧接着传来一声惊天动地的巨响，大地都在颤动。只见火箭喷着烈焰慢慢升腾，伴随着的，是持续不断的“叭叭叭”的声音，就像当年的“幸福 250”

摩托，成千上万辆一起加足油门，横扫过公路。

火箭以极高的加速度越飞越快，升空后很快就转变方向朝西北偏去，几秒钟时间，就消失在我们的视野里。这时我把目光移到大屏幕，上面依旧还有火箭的身影，只不过也在快速变小。屏幕上还有不断变化着的图标数据。现场全是“＊位收到信息”“＊位观测正常”的声响。当火箭发动机的身影只剩下一点火光的时候，光亮似乎出现了一个小小的停顿，正在提心吊胆的当口，传来“火箭第一级分离正常”的声音，我不由松了一口气。这时屏幕上的火光也已经消失，只剩下变化着的图标和数据，现场持续响着各个监测点的“正常”的报告声。尽管空中和屏幕上都早已没了火箭的踪影，但观察位没有人起立，更没有人离开，所有的人端坐原位，听着理解不了的忙碌的指令和回复声音。

有人带头鼓起了掌，一下子就响成了一片。而此时恰好传来“星箭分离正常”“卫星正常入轨”的声音，掌声再一次热烈地响起。那掌声快捷、有力，在我所有经历过的会场里，从没见过。

离开观察位后，我们的车再次驶入发射场，这时已经撤除了警戒绳，我们的车直接开到了发射架旁。尽管不能下车，我们还是打开车窗急切张望。现场还带着热度，满是烧灼的印迹，空气里全是火烧的气味。

在征得许可后，我当即向朋友发出了那条语焉不详的短信，一半是纪律要求，一半是有意为之。我想，这也许是关于北斗卫星发射的第一条“民间号外”吧？

（2014 年 7 月）

没去校庆

母校中专四十华诞前的半年，听闻将要举办校庆的消息。之后在特定的新媒体和班级群中，也有了正式的邀请。有同学私下问我是否去看看，我稍有犹豫后，回复：不去了。

母校校庆的消息在同学群和圈里，回应不多，反应平平。除了几位活泛的同学以及留校已经担任领导的同学有些响应外，连象征性地说几句祝贺的话语也很少，更多的只是默不作声，其实这也在我的意料之中。校庆，无非就是展示办校以来的成就，展示现任和历届领导政绩，提升学校名声，让校友产生自豪，让在校学生增添努力。我除了对母校怀有留恋，更多的是对自己青葱岁月的怀恋，那就是“稍有犹豫”的原因，除此之外，我实在没啥自豪之处，因此回复很明确。

在同学群里，只有阿良同学发了一段较长的文字，意思是当年成绩优异考入这所学校，见到的却是校舍破烂设施简陋，因而在校四年一直情绪压抑，待毕业，又到了一个厂貌破烂经营更烂的县办厂，没几年厂又关门，自己流落社会讨生活，整个青年时代就是从希望到失望的痛苦过程云云，这才在群里有了几个回应。我与阿良同学有着同样的感受，应该也是班上绝大多数同学的真实体会。人过中年的同学们长久讨生活的感受，似乎已经磨去了当年的自信和豪情，对于学校的过往和现在，已经有了长长的疏离。

八一年我们考入中专，从农民变成了“国家干部”，这荣耀当时确实充塞了一颗刚刚认识世界的少年心。在破烂狭小的学校里，艰辛学习，快乐实习。随后带着暴雨中踢球的豪情，带着图纸里策划的希冀，带着聪慧与勤奋走进了县办企业。

八十年代是郊县工业和乡镇企业的春天，机械专业的中专生，是技术人才上的“短平快”，在大学生非常稀缺的时代，很快成为了郊县工业企业技术上的中坚。但很快情况有变，后续专业院校毕业生源源不断，稀释了人才队伍。随即更大的困惑接踵而至，八十年代是小企业的春天，然而没有几年，“三十年河东河西”的说法完美呈现，而且根本不到“三十年”。什么原因我根本说不清楚，反正到八十年代后期，这些企业日子难过，随即纷纷趴下。此处不留爷，但在“留爷处”打工也是憋屈得很。“树挪死人挪活”的说法那是对有所准备的人而言的，我等同学，仓促下岗，中专学历已是毫无竞争力。我曾私下跑去一家合资企业咨询，被告知“可以试试仓库管理员”，这让当时已是“助理工程师”的我非常不爽。跳槽需要准备也需要机会，突然被通知下岗，对上有老下有小、后续工作还无着落的中专生来说，是何等的杀伤力。我当时虽没有下岗，但对风雨飘摇中的这家企业，能否在残酷的竞争中生存，成为我养家糊口的港湾，没有任何信心可言，因而也有过两段短暂的离岗打工，所幸企业未垮，外面打工也是非常不堪，回归单位后，有幸混入了体制，才有了今天的善终。如今二十多年过去了，当初对于工作岗位的担惊受怕，现在回想起来还是牵扯神经的。

可以肯定，同学们尽管非常优秀，但在社会大背景下的全员转岗，艰辛苦涩难以言表。别的不说，就我身边的同学阿施，品性能力皆出众，在老厂离职后，跳转一家乡办企业工作，后来还在小镇设摊贩卖黄鳝河蟹，钱多钱少未知，但这绝不可能是当年“书包翻身”后的满意选择。所幸阿施毕竟素质在身，不久就命运大转进入体制，还成为了领导。还有同学阿良，第一批七宝中学高材生，经过破烂的学校和破烂的工作历练，成为一名小学代课教师，之后凭能力进入了体制内，职场后半段也是稳定体面。无论阿施还是阿良，如一毕业就进入体制，起步就不一样了，凭借他们的优秀素质，仕途必然还会有很大的空间。

八十年代的县属工业企业，到上世纪末几乎已全部关停或转制，我所在的这家“骨干企业”，也早已面目全非，迁往外地，原址上，已是一个楼盘。当年同学们所在的单位，在社会大气候下的命运基本略同。可以想象，带着期待不安而又不甘现状的心情，在这段不长且长的时段里，同学们努力扑腾的身形，一定苍凉佝偻！

当然身居高位事业有成，或生意兴隆家财万贯者也是为数不少。他们的优秀素质和拼搏进取为社会所肯定，也是同辈的骄傲。

毕业后同学们有过两次聚会。第一次是在毕业二十周年之际，大部分同学毕业后都不曾见过，也不知各自的情况，很想知道大家“混”得怎样，操办聚会的同学非常热心和执着，当时有几位同学联系不上，有几位还没有手机，阿华同学专门开着车，一个一个上门去找寻。那次聚会来的同学较多，任课老师也大多来了，大家聚在教室里，轮着介绍自己的情况，还集中到大会议室里开了个会，由留校已任校领导的同学作了个集体发言，之后到饭店聚餐。整个活动安排紧凑，还都是集中行动，同学间的交谈时间不多，只是匆匆见了个面而已。当时同学们还未到不惑之年，个个意气风发满怀希望。而再过十年后的第二次聚会，安排的时间较长，也未安排官样会议，同学们兴奋之情依旧，但已少了几许朝气。我知道，这不仅是年龄的增长，还伴随着岁月的鞭打。闲聊中，阿明同学说："厂家关门后，我自己搞企业，但很累，不顺，后来打工，虽说是厂长，但也赚不了几个钱。"我完全能够体会到他的经历，感谢阿明同学的坦诚，我后来知道在同学中这种情况不在少数。想想我自己，也有着类似的经历。开心的聚会，平添几分沉重。

怎么说呢，严格来说，我们其实已经没有母校了，当然校址还在那，但"学校已经不是那个学校"了，当年的校名消失了，当年的专业消失了，母校已经消失在时代的变迁中。现在要进行校庆的学校，是在原来校址上的一所新的中专学校，尽管原来的屋舍还在，那也已经"过继"给了新的学校。现在的学校，按我的理解，更像是"继母校"了。学生也是不一样的学生了，我们当年会很骄傲地胸佩校徽出现在龙吴线、56 路公交车上，现在从那里走出来的学生，是否还有这份自信？

有父母的地方就是家，有爱的地方就是故乡。那么有老师和同学的地方姑且就是母校了吧？

当然爱屋及乌，对于这个"继母校"校庆，我们还是给予关注的。事后得知，校庆办得"非常隆重热烈，展示了几十年来的办学成就，也展示了历届校友的风貌与成就”。确实，从照片上看，许多的杰出校友，大多是一定级别的领导，还有有成就的企业家和名人，他们都坐在靠前的位置，座位上有席卡，而靠后的座位上，则是统一的标识“历届校友”。我想我如果去参加校庆，除了端坐在“历届校友”的区域，顶着如雪的头发，和边上意气风发的在校生一起拼命鼓掌，为母校以及“继母校”的巨大成就欢呼，还能干什么呢？

（2024 年 7 月）

依然纠结

哈姆雷特说：生存还是毁灭？这是一个问题。面对那些个场景，我也暗自纠结：给还是不给？还真是个问题。

第一次碰到此景，还是多年以前。

傍晚时分，我正骑车赶路。路边一位姑娘向我招手，我停在她旁边。姑娘操外地口音，支支吾吾对我说，出来找同乡，没找着，连回去的路费也没有了，是否……

感觉有些别扭，但看着她还算诚恳的略带羞涩的表情，尽管有些狐疑，但手还是摸向了皮夹子。

我在天安门广场驻足，低头对着脚下古朴厚实的花岗岩石板生出绵绵思古之情，一个女声打断了我的神思："大哥，真的不好意思！"然后停下，等待我的反应。我没答话，用眼神让她说下去。"说出来难为情，到北京来，钱包被偷了，想吃碗面……"面对这欲言又止的神情，再怎么狐疑，再怎么犹豫，一碗面的钱，一个不字没有说出口，手伸到了口袋。没办法，咱面皮薄。五块钱摸出去了，却怎么也没有做好事的所谓自豪，"可能"被骗的感觉，挥之不去，说真的，那感觉还不如丢了五块钱。

和同事外出，迎面上来一对男女，抱着个小孩。"大哥，能否给点钱，给小孩买个面包吃？小孩饿不起……”眼神躲闪着，口气倒是理直气壮。当着同事的面，我这没有退路了，连追问一下的勇气都没有，表现绝对是“毫不犹豫”。

这种情况碰得多了，慢慢的，我就让怀疑表现在自己的眼神里，并加上一些问话。这个手法很有用，有些人因此会扭头而去，但也有例外。有一次在一个大商场门口，一位漂亮时髦的姑娘叫住我，我还以为是推销东西的，原来也是理直气壮地表示：没钱了，请我“赞助”一碗面。

或许因为姑娘漂亮，或许因为那天情绪好，我微笑着请她出示一下身份证，那姑娘还真出示了身份证。本来准备难为她一下的，结果自己骑虎难下，于是追问她这“伸手”是怎么回事，结果这姑娘柳眉倒竖，开口就骂，我灰头土脸，就像自己做错了事一般。

自此，对这些高雅含蓄真假莫辨的“伸手”，一概摇头，另附送一句“可以找专业救助机构”，或干脆“有困难，找警察”。

打发衣着体面、“临时碰到困难”的伸手者，现在已经不纠结了。那么，面对那些手脚残缺衣衫褴褛或许还背着书包的学龄儿童呢？

从顾戴路上外环是我每天的下班路。路口等红灯，总会有一个身影出现在车旁，或拿一只搪瓷茶缸，隔着玻璃在你面前掂几下，发出零钱撞击的声响，再对你点几下头；或手拿一块抹布，把你车玻璃象征性地抹几下，然后端出茶缸……

没错，天有不测风云，人有祸福旦夕。是人，也会有走投无路的情况。在此，姑且不论“伸手”这古老的行为于人自尊于小孩教育的问题，单就真真假假的行为，对于社会抑或是对于人性，该如何对待？这，还真是问题。报章有云，职业行乞者，收入为我等工薪族数倍；日间伸手、夜宿宾馆云云，与我等得出的判断，基本一致。

同情已属善念，施舍固为善举。而这一切的对象，若是不真的表演，那么对于社会、对于人性、对于善良的人们，该是多大的亵渎！

（2014 年 2 月）

愿你好运

秋日里一个早上，我在院子里水斗旁忙活，冷不丁头上“扑啦啦”响起大鸟的振翅声，甚至都感觉到了翅膀扇起的风。

扭头一看，一只全身乌黑、个头不小的鸟已经落在了水斗旁，正瞪着圆溜溜的眼睛，晃着小脑袋，瞧瞧我，也瞧瞧水龙头里流出的水，停顿了一下，突然张了张嘴，发出一串响亮的叫声。我一下没转过神，今天怎么了？这鸟怎么了？

这事撞在某些人手里，还碰上个“清明”“冬至”的日子，真说不定会闹出“显灵”之类的传说来。

很快我就淡定了，我看了一下鸟，它神色疲惫，全身乌黑，头上竖着几根颜色稍淡的羽毛，个头比野鸽子小，比小时候常见的“黄春”稍大。我的第一反应是鸟受了伤落下来，忙伸手去捉，鸟吃力地起飞了，但没飞高，随即又落到原处，盯着水。

明白了，我忙用碗盛了水伸过去。它没有犹豫，直接就跳了进去，先低头仰脖喝了几口，接着干脆扑腾抖身洗起了澡，将水珠洒了我一脸。

我让妻子快拿点饭粒出来。刚一伸手，它就跳到我手上啄了起来。它的嘴细而长，啄饭粒有点吃力，没吃几粒饭，就开始狠狠啄我的手，好像要发泄它的不满。我问它："可以么？可以么？"没想到它"喔""喔"地回应；我再说"你好你好"，它回答一连串的"你好你好你好"……

我和妻子都惊呆了：天啊，那是只会说话的家伙，那是人家的宠物宝贝啊！

价值肯定不菲，我明白。说真的，我当时还真动了一下那个私心。

我家周边没人养鸟。"你从哪里来，我的朋友？"哲学家问过，毛阿敏也问过。

那天正好有事要外出，一下也不知该咋办，想想家里没鸟笼，装个纸箱关着？好像也对不住这位朋友。那么干脆，先不惊动它，让它在院子里活动，晚上再找它的主人去。想想它应该不会走，没惊没吓，和我还是"一见如故"，有吃有喝还能洗澡，该不会飞走吧？

一整天，妻子一直在唠叨，不会飞走吧？我说，不会飞走，有吃有喝有树有竹，赶它都不会跑。找到主人，送它回家，做件好事；找不到主人，我们就把它散养在院子里……

可惜那天回家有点晚，回家第一件事，就是直接跑到后院，怎么没有鸟了？打开手电找，也没有。于是摇摇竹子，赶它出来，还是没有。次日早晨再找，没有。一连几天，没有没有没有……

飞回家了？那当然是最好不过，那是你的归宿你的幸福；又逛出去，连这院子也找不着了？那你的命就不好说了。你养尊处优四体不勤衣来伸手饭来张口，你飞不高飞不远恐怕有"三高"更不懂

“人情世故”，你的幸福，不是这只笼就是那只笼。你的不幸，就是回不了笼子，成为美味……

这，倒还成了一份小小的牵挂，但真心希望你好运，水斗旁邂逅的小鸟！

（2013 年 11 月）

家有“宝甏”

一

家里不大的小院里，种了喜阴的枇杷树和柚子树，它们分属于两块泥地，由小路和瓷砖地面自然分隔。小路和瓷砖地面上，倒放着形制大小相近的几排大甏，围着两棵树码放，形成自然的围屏。有邻居爷叔问我，这甏是腌酱菜用的吧？我笑笑：“不是的，只是放着看看的。”

没错，这是村宅动迁时，村民都不要的旧物件，而我却是多方收集并借用货车装运至此。百无一用，还占据了不小的地方，妻子当时就嘀咕：“这些个破坛破罐要来干吗，还费时费力地运来！”

我说，这是老物件，说不定还是文物呢。说是文物那肯定不真，说是看着熟悉想留存，那倒是真的。

这些个甏，确实也没啥特别，就是农村常见的装米盛谷腌制咸菜的那种，但仔细看看，还是略有差异，那是我挑选时的标准。因为堆放的地方有限，不能收集太多的甏，因此我在选择上定有标准：完整无破损，形制规整好看，尺寸大小相近，还要是不常见的另类少数。农村最多的甏，都呈酱色或褐色，纵剖面近似长方形。但我收集的这些个甏，大都为黄绿色，以浑圆、球形居多。如果用手提一提，仔细看一看，也不难看出与农村大多数的甏是有差异的：这些甏胎壁较薄，分量也轻，形制规整，釉面均匀，整体的形状还不太常见。

但由于收集的时间短，收集范围有限，小院中这几十只甏，谈不上收藏，放着，也只是图个亲切熟悉。

二

老屋后的竹林边，堆有七、八只大小不一的缸、坛、罐，那是老屋翻建修缮后移出的东西，一堆就是好多年。不光我家如此，村宅房屋边上，几乎都有各家废弃不用的坛坛罐罐，自生自灭，谁也没当一回事。

村里动迁大会一开，怀着“穷人翻身靠动迁”的心态，兴奋之余盘算起旧物件的处置。老家具老物件破旧不堪一文不值处置非常痛快，收几个旧甏放小院里留作纪念，倒是个不错的主意。于是我就先挑选自家的，再在村子里转转，留意别人家不要的，再后来骑着自行车到别的村宅去转转。

但我的收集是有底线的。一是绝不“顺手牵羊”，看到中意的，就问物主是否还需要，是否能送给我。想想看，如果偷偷顺回家，主人必定发现，也必定知道是谁所为，因为全村只有一个傻傻的家伙在收集这些破烂罐子。二是不出钱购买，这缸那坛在农村早已过时，几无用处，本是日常用具，做工较粗，根本扯不上“文物”，你一出钱收购，“人为制造”文物，你还怎么向人家要？

靠着父母善良为人的余荫，几句感谢话以后，老一辈人都慷慨答应。乡亲们的慷慨善良，和这几十只大甏的古朴美好一起，已融进我的收藏记忆。

知道我在到处找甏，堂兄也是大力帮忙。有次他从动迁过后的废墟处，用自行车驮回一个大缸，兴奋地告诉我可能是“龙缸”，是“老货”，因为缸是黄色的，缸体外面有一条大龙。其实那只是一只仿旧的栽种类似五针松树桩的大缸。

但有天傍晚，堂兄兴冲冲来告知我，三里地外的河边，有只甏蛮漂亮。我一听立马驱车前往，果不其然，那是一只造型奇特、呈纺锤形、青绿色、釉面光洁、形状极规整的旧甏，很难想象这只甏怎会出现在远离村宅的野河边。

这只甏的外形我从未见过，连大我好多岁、见多识广的堂兄也从未见过。如今它被置于我家红木花架上，居客厅一角，静静地享受来客的注目礼。

许多年以后，我在盐城一个文化公园的草地上，惊讶地发现一只与我家这只几乎一模一样的甏，我问工作人员：“这只甏哪来的？有何特别之处？”可惜对方对此一问三不知。

三

家里红木花架上，还有另一只甏，也蛮漂亮。

这只甏在我家有些年份了，它偏置一隅，在柴间里静静地度过了六十多年。从我记事起，甏一直被放在柴间猪圈旁，盛放麦粞、鱼粉之类的精饲料，甏口上盖一块厚重的木板，以防猫鼠偷食。为了生计，父亲一生从事养牛、养猪、养兔、养羊等家庭养殖，甏几乎相伴了父亲一生。

这是一只骨甏。过去，人一过世，通常就入土为安了，但也有例外。因婚姻原因或冥婚需要，会迁坟，用甏拾骨另葬；也有后代遭灾或败家，为卖祖宗坟地，掘开祖坟收骨入甏，埋入“毁人滩”（公共坟地）。父亲年轻时，在野外车水抗旱，水干了，河岸崩塌，滚出一只甏，见怪不怪的父亲当然知道那是啥，看看东西不错，就拿回家作为器物用了。

每次喂猪，父亲有个固定程序，先在饲料桶里放进粗饲料糠和青饲料草、菜等，加开水冲泡调和，再移开甏口上的盖板，舀出一小碗精饲料麦粞，均匀地撒进饲料桶，小心搅拌。我猜测，一定是父亲怕早放了精饲料，会使精饲料沾在桶壁上，造成浪费。

甏里也会放进猪的营养品：鱼粉或小鱼。在我的印象中，那是猪饲料中的精品，甏因此也显得珍贵。可惜甏里如果放了小鱼，不几天，蛆虫肆虐，到后来干脆就鱼少蛆多。为防猪中毒，父亲用开水冲泡，味道熏人，但父亲是不管这些的。

甏里最后的臭水烂骨也不浪费，父亲让我拿到自留地里，给作物施肥。记得有一次，夏日炎炎，汗流浃背，当时瘦弱的我在施肥时竟一下两眼发黑，蹲坐在田头半天起不来。

后来长毛兔值钱了，父亲引进了种兔繁殖，甏里就放满了喂养小兔子的豆粉。长毛兔卖了一窝又一窝，柴间翻修了一次又一次，唯一不变的，是被父亲摸得油亮的这只饲料甏。

四

小院中，还有一只甏有点特别：球状、黄绿色，甏壁中段显眼处却有一个大拇指大小的洞，很是突兀。细看这个洞，明显是人为钻凿，不解的是，洞四周还留有锈蚀的铁铸痕迹。

我想起小时候见过的“修缸补甏”：补缸匠将缸的裂隙扩大，注入坩埚中熔化的铁水，再用骑马钉在裂隙两边固定。

于是一个假设出现了：因故需要对已故亲人迁葬，出于对逝者的敬重，后人用家里最好的祖传老甏，请匠人钻凿个洞，盛入逝者遗骨，葬入新的坟地。考虑到逝者需要重新投胎，骨甏必须钻凿孔洞以便逝者灵魂自由出入。多年以后，类似我父亲捡拾骨甏的场景再次出现，新主人不嫌骨甏身份，请补缸匠用铁水补洞以作盛物所用。又是多年以后，那修补的铸铁耐不住时间的侵蚀，孔洞又穿……又是许多年过去了，直至来到我家小院。

我在小院中，常会不自觉地凝望这甏上的孔洞，想象着凿洞殓骨、出土补洞、装米盛物、锈蚀遗弃的时间线，想象着这只甏与这块土地、与这块土地上的先人的瓜葛往事。我知道，要解答这个命题，可能需要一流的史学家和一流的考古学家的共同努力。

五

每当在博物馆中看到那些个精美的古陶旧瓷，常常为其古雅所注目，它们出身官窑，历久弥新而雍容，那是华美的“贵妇”。

我小院中的大甏，它们或许出自江浙山坳的土窑，船载以入，进入寻常农家，与贫穷的主人相濡以沫，历风雨百载，伴随农耕生活一路走来，她们勤劳诚实，那是善良纯朴的“村姑”。

她们身上厚重的“包浆”，那是数代人的勤劳摩挲，那是他们对丰收和幸福的希冀。

她们的时代已然过去，那就让我做些留存吧，留存那份勤劳和古朴，留存那些汗水与希望，在如今的温馨与宁静中，携手先辈。

（2023 年 5 月）

有木浸河

屋后的榉榆树越长越大，快盖在老屋的屋瓦上了。我对父亲说，现在也不需要料作了，是不是把树翻了？“翻”就是把树连根起底砍伐，这不同于用动力锯在树根的上部进行切割，一是保留了树干的完整，不浪费宝贵的树干料；二是不留树根在地底下，方便周边小树的快速成长，也少一些白蚁虫蛀的可能。父亲说，你爬上去修掉一些树杈，让树往上长，碰不到屋面就可以了。于是我爬上去修剪了些树杈，在屋面上留出了足够的空间。父亲看了说，这下没问题了，让它再长几年吧。

感觉父亲那是在对待动物，在对待他所饲养的猪、羊、兔，这棵榉榆树，长得这么好这么漂亮，怎么可以随便“杀”了呢？

说来也是奇怪，以前村宅上的树，凡是大家喜欢的，如榉榆、楝树、乌桕、枫杨，几乎都是野生的，而大队里发下来的树种或是号召大家刻意去种的，后来都不受欢迎也不成材，都是虎头蛇尾没啥结果，如当年种植的“木头树”、白榆、水杉，结果怎样了呢？当时推广“木头树”时，父亲与乡亲们一样，也是满怀期待。大队长说，“木头树”长大后，就是老杉木，可以造房做梁的。

老建筑的梁、柱、门、窗都是“木头”的，这“木头”是狭义的称谓，其实就是杉木。这些杉木本地产不了，老一辈的称呼叫“江西条”，想必来自江西。七十年代物资样样紧张，建筑用的杉木更加稀罕，有钱也无处买。村民们一听说这“木头树”长大后就是“老杉木”，呼啦一下，争抢苗木，为避免矛盾，后来决定只能大队里种植。于是新开的大寨河边，一排像花萁柴一样大小的“木头树”苗，给乡亲们带来了无限的期盼。但是很遗憾，或许水土不服，这种“木头树”竟然没有一棵成材，永远比旁边的野树杂树矮上一头。

白榆树倒是长得又高又大，但现在早已销声匿迹。我上初中时走的沈杜公路，也是连接浦东浦西的主干道，当时公路两侧都种了流行的白榆树，但是夏天的上学路成为我的痛苦记忆。满树的刺毛虫肆虐，树叶都被啃得斑斑剥剥，几乎没有一片完整的树叶，路面上也是满地掉落的刺毛虫。我们穿着旧凉鞋，简直难以下脚，哪怕已被车轮碾压，虫身上的刺毛威力依旧，风中还不时飘落刺毛，色彩斑斓的刺毛虫甚至还会掉落身上。冬天树叶落尽，树身上排满了一个个灰白色的虫茧，就像一个个小脓包，现在想来依然刺目。白榆树的材质更是差劲，质地松软且易变形，当柴烧还没啥火力，简直一无是处。这“探索时期”的“探索”行为，实在是太过浮夸了。

水杉的倩影倒是长在。水杉以它的挺拔修长，依旧是城市乡村的景观树。但在城市街区也产生了后遗症，它的小小树叶落下后，大部分流入下水道，现在经常出现的“百年一遇”的大雨积水和房屋渗漏，都有它的一份“功劳”。

本地建筑用材的主角是老杉木，家具用材的主角就是榉榆了。这榉榆树和当时外来的白榆树树叶很相像，它们都是榆科乔木，本质上相近。其实榆木在北方也是“好料”，是家具料的主角，家具史上素有“南榉北榆”的说法。北方的榆和南方的榉，各自撑起了家具的一方天地。以前本地及江浙皖一带的家具，以“苏作”为代表，十之有九是榉榆木，哪怕富贵人家制作精良的家具，也大多是榉榆木，它们的制作工艺与红木家具基本相同，木匠也舍得下功夫，圈椅、官椅、八仙桌、雕花床等，都是良好的榉榆料加上上好的做工工艺的产物。当时红木家具是上海滩西风东渐的新富人审美产物，在乡下并不多见。以“晋作”为代表的北方家具，用材就是北方的榆木。我曾有机会看过北方的“晋作”家具，也仔细看过北方榆树及其木料，与当时本地的白榆几乎相同，显然当时的白榆在此地是水土不服，“南为橘北为枳”罢了。

榉榆树成为“好树”是有原因的，在物质匮乏年代，“用处”是唯一的选择，榉榆树的材质优于其他树材，坚硬致密，纹路美观，油性足，有光亮，相对不易开裂，确是制作家具的首选，“苏作”称榉榆料有“宝塔纹”，这似乎还与佛有了缘分。楝树的质地也非常好，细腻光滑，且比榉榆料更耐水，无奈楝树不如榉榆树高大挺拔，出料少，木质颜色暗淡，花纹也没榉榆料漂亮，名分自然不如榉榆树，但也有它的独到之处。我曾在南通乡下作客，看到几个有些年份的上菜端盘，发现全是楝木做成，做工也相当地道，想想端盘接触的就是热汤热水，楝木料是最佳的选择。

榉榆树的树形也非常好看，树干挺拔，枝杈也挺直，每根枝杈都向斜上方伸长，角度也几乎一样，树叶不大不小，树皮光洁，很少虫害，整棵树给人一种端庄健康和蓬勃向上的感觉。“古不古，要看树”，以前本地乡村老宅，宅上都有上了年份的高大榉榆，构成一幅本地乡村的美好图画。

小农经济时代的农村老辈人，对树有着天然的感情，但他们很少种树，他们做的只是选择。宅边河旁，从不缺小树苗的茁壮，人们留下长得好、位置好的榉榆树，乌桕、楝树、枫杨材质也不错，但树形较差，一般也就任其自生自灭。朴树、构树等虽长得快，但材质差，在“以料取胜”面前基本一无是处，它们的成林，只是人们错过选择后的漏网之鱼。能入人法眼的，永远只有榉榆树。

我曾听祖父说，我家老屋的西侧，曾有一排非常高大的老榉榆，三十年代因家庭变故，当时都翻了变卖了，一同变卖的，还有祖传的几亩地。后来老屋动迁时，我翻出了“卖地契”，从而得到证实。与卖地契放在一起的，还有一份“租地契”——地还是这块地，种还是这么种，只是从“地主”变为“佃农”。农耕时代，田地、房屋、大树都是家产的主要内容，是什么样的变故，会让祖父他们兄弟几个变卖这么重要的家产？可惜当时我年少，对祖父的话没有上心，更没有追问。

彼时有女出嫁，就得备嫁妆，嫁妆中有家具，最好的家具材料就是榉榆料，一般都要提前几年准备。先要翻倒高大的榉榆树，把树干浸入河中至少一年，来年拉起，用拖车拉到公社锯板厂，锯开后将板材码放一年以上，待木料彻底晾干后，再邀请木匠精工打造家具。经过河水浸泡，虫卵以及木材内在的“火气”（内应力）已消除，晾干后做成的家具，不会蛀也不会变形，其以时间为代价的天然“时效”处理，毫不逊色于如今的高温烘烤工艺。当年为准备大姐的嫁妆，父亲和阿哥翻掉了河边的两棵老榉榆，我放学回家看到倒在地上的榉榆，想到大姐即将出嫁，难过得差点掉眼泪。

父亲去世后，我们把老屋进行了修缮。屋后的那棵榉榆已经老大了，我也只是把树枝修掉了点，还是“让它再长了几年”。可能是水土太好，后来树长得快得惊人，树根还损坏了旁边的化粪池，也为了竹园的整体美观，还是下决心把它翻了。

尽管我知道，以后再无可能把它锯成板做家具了，但还是按照老一辈的做法，和堂兄等几个人吃力地把树扛到河边，推入水中。树身在入水的瞬间，翻了个身，还向上冒了冒，然后才慢慢沉入水中，我估摸着树在水下的位置，心想着哪一年还能和儿子一起，把树再拉出去锯板做家具?

沧海桑田，如今这条河的位置已是一个重点艺术院校美丽的校园一角。多年前浸入河中的榉榆树，已被当时的施工机械挖出来了，还是依旧深埋泥中?我不得而知。但愿这最后的榉榆树，深埋在故乡的泥土中，我甚至想象它说不定会变成“阴沉木”，供以后的人们挖出后，细究这段关于榉榆树的古老传说。

（2024 年 10 月）

夜半三炷香

还是多年前的一次“农家乐”。喝了酒、唱了歌、热闹了一下，已近半夜。回到房间稍事洗漱，刚刚上床，感觉窗外有些动静，像是有人影晃动，还闻得到些许香味……

我掀起窗帘往外瞧瞧，看不见什么，没在意，又躺下了。但随后香味却越来越明显。我有些惊觉了：莫非还真让我碰上传说中的“迷魂香”了？

这里地处浙北长兴的顾渚山脚下，我的房间在底楼顶端。屋外是黑洞洞的夜，还有满山遍野的连绵竹海。风过之处，哗哗不绝……

我吸了两口气，拉亮了灯，鼓起勇气推门而出。眼前却呈现了怪异的一幕：我房间的门口正中，放着个小香座，插着三炷香，燃着的香被风吹得忽明忽暗，烟气也在门边打着旋。一位老太太佝偻着身子，拄着竹竿做的拐杖，睁着一双无神的眼，面无表情，一动不动地盯着我。

我背脊冒出凉汗，哆嗦着问她：“半夜，你烧、烧香啊？”

老太太说：“为你烧支香。”

“为啥？”

“你是个好人，菩萨会保佑你！”

一位耄耋老人深夜里颤颤巍巍为一个活得好好的后生烧香？我愣了半天说不出话。

待我平静下来，我想想自己应该算个好人，至少不是坏人。我老实本分遵纪守法规矩做人，连“防人之心”都没有，遑论“害人之心”，领导让我朝东我还不敢朝西。但我也会占点便宜偷点懒，争点荣誉推点诿，既不高尚，更不纯粹。就我这么个人，就凭白天在老太太处买了点东西，以及和老人家说了些不痛不痒的话，可以“好”到让一位老人深夜为你点香祈福？

先前出门不管公出还是私游，宾馆旅舍里都备有洗漱用品，爱简单的我一般只带一套换洗衣物就走人。哪知“农家乐”里比我还“简单”，卫生间里空无一物，所需洗漱用品只得临时购买。正好“农家乐”旁边有间小屋，门口写有两个七零八落的字：小店。

一位老人倚着门口，眼巴巴地看着我，我侧身进入小店。店里黑乎乎的，所有商品大都放在地上，有些则放在灶台上、饭桌上，甚至放在房间角落的柴草堆上。这里没有货架，没有价目牌，也没有计算用具。

这是什么店？能有好东西吗，刚想转身离开，却不想看到老人失望的神情。想想只是买些几乎是一次性使用的洗漱用具，就这里买一下算了，也算帮下老人。于是要老人给我找出毛巾、牙膏、牙刷……老人摸索着，像是配中药一样费劲地把这几样东西给“配”齐。算价钱时，又是哼哼唧唧地算了好半天。

这样的“店”，会有什么样的生意？放置杂乱的商品，会不会损坏、霉变或被老鼠咬坏？老人看不清保质期，商品会不会过期？这些品种不一、价格不一的商品，老太太会不会搞错？计算价钱靠心算，会不会出错？碰上贪小的顾客，会不会顺手牵羊？这么大年纪，老太太怎么还在开小店？老人的生活能不能保证……

我问老人："您年纪多大了？为什么还要开小店？"

老人答："八十八了，身体还好，不想在家'白吃'。"

我压低声音："小辈待你还好？"

老人答："蛮好，就像自家儿子。"

一问一答间，老人话匣打开。老人原先是有钱人的外室，没有生育，解放后丈夫被处理，女人吃了不少苦头，在城里待不下去，投靠亲戚来到这里；几十年间种田砍竹卖竹笋，早和主人家融为一体，也早已成了这家孙子孙媳孝敬的自家奶奶。可能是经历太多、苦楚太多，老人一辈子低眉顺目而又勤劳不辍，即便年老了也不愿伸手靠小辈……

结束与老人的对话后，我自己动手在小店里找出了一箱啤酒和几瓶黄酒，包装及酒瓶上全是灰尘污垢。我用抹布擦洗干净后，搬到了餐厅。打牌的同伴问我哪买的，我支吾着没有告知。

可能只是我听得耐心，脸上挂着微笑，眼里含着同情；也可能只是我没有嫌弃小店，两次买了东西，于是我就成为老人家心中的"好人"——原来，做"好人"还是挺容易的哦！

今年国庆长假，我再次来到长兴的"农家乐"，其间我告知了妻子曾经"夜半三炷香"的经历。妻说我们再去小店买点东西吧——当然不是为了"三炷香"。于是，两人步行去寻找当年的老人和小店。

三公里开外，小店终于找着了。小屋已整修一新，只是，没有了老人，也没有了门口“小店”两字。一问，方知老人已于去年仙逝。

我站在先前小店的屋前，怅然若失。回想那一夜，真想还老太太“三炷香”。

（2014 年 10 月）

夜跑变奏曲

晚餐后的时光，一般是走一圈，沿着小区周边的一圈马路。这一圈路，近两公里，不长不短，餐后漫步，正合适，二十多分钟，放松，散漫，还有风景。

这其中的一段，紧挨 S4 高速路绿化，宽阔，浓荫，傍晚时分还有小鸟归林的鸣啾。不大的浓荫小路，没有机动车的参与，造福了附近散步的人。

我是这段路上的常客。我钟情于暮色中的浓荫和浓荫中的夜色，也会有意无意地留意于这路上三三两两跑步的人。他们有几位戴着棒球帽，两耳戴着耳机，气定神闲，表情轻松，脚步轻快。看得出，他们享受着暮色，享受着微风，享受着这轻快的运动，或许还享受着音乐与故事。

我发现，这些跑步者，年轻多于长者，女性多于男子，黑夜里多于黄昏时……

无论性别年龄，他们都匀称健美，健康轻捷。常见一位年轻女性尤为出挑，紧身运动装，头戴棒球帽，面容姣好，目不斜视，神态怡然，若明若暗间是小路上一道流动的美丽。

我留意这些跑步人，留意他们的身姿和脚步，只是因为，我也是一位跑步人。

少小身体羸弱，当然那和营养关系密切，但被老师长辈灌输，身体强壮要靠锻炼，自己那时当然也深信不疑。

于是，寒冬清晨北风扑面，一个瘦小的身影早早掩门而出，从坎坷泥路拐上煤渣大路，一路向前。早早出门买肉的汉子、上镇喝茶的老伯都会见到一个单薄而矫健的小小背影。这冬夜星月里的长跑者，还成为了当时乡间志向高远的励志传说。

成家了，寓居小镇一隅的旧屋，进出居所的一条小道，逼仄脏乱。夜幕降临后，杂草丛生的小道漆黑一片。环境如此心情也会如此，也就几无溜圈散步一说。晚间再有空闲，也只有躲进陋室，看一些无聊的书，听一些无趣的歌。此时，窗外走调的录音机里飘出一串舌根僵硬的普通话："胆结石，去掉去掉！胃下垂，升起来升起来"那是醉心气功的邻居们正在努力练功。

此时，我唯有换上运动装，悄悄地掩门而出，以高弹腿脚尖踮地的步法，沿横泾港边的小路，转入同样漆黑的北吴路，一路向东，一直到淡水河桥再折回。我习惯于黑暗，习惯于夜色中踮起脚尖的高弹腿，轻捷无声，像黑暗里一只蝙蝠在飘忽。北吴路的另一端是光亮如昼的沪闵路，但我从不去明晃晃的路灯下夜跑，因为那时的小镇，可能还不习惯一位年轻人的夜跑。

乔迁了，也是小镇。马路整洁还有人行道板，绿树如荫，香花簇簇。此时时光的年轮已经转了好多圈，当年各类时兴的气功功夫早已不再，胃下垂是否能升起来、胆结石能否去掉，早不是麻子他大姑说了算——其实他大姑有疾患，因为只练功、只喝"信息茶"

已经仙逝。此时，我依然在黑暗里奔跑，习惯已成自然。不光在黑暗里跑，还习惯看完电视临睡时跑，有道是临睡不能剧烈运动，否则影响睡眠云云。这对我倒不是这样，气喘吁吁疲惫不堪反倒成为睡前的习惯。跑步本身谈不上是一种享受，享受的，是一种在黑暗里的孤独和几十年坚持的自我肯定。

又一次乔迁，环境当然是更美更好，小河，小径，绿树，花草。没多久，我就发现了一条心仪的夜跑小道，那是沿横泾港边的小步道。步道很长，其中约一公里长的小段，毗邻我的家居。小步道一边是笔直的横泾港，河对岸是居民区绿化，另一边是沪闵路边的宽阔绿地。小道没什么讲究，水泥的路面水泥的栏杆，可能是靠河而建顾及安全，质量上乘，路面几无丁点小坑点蚀，这在偏僻不引人注意之处，倒是极少碰上。小道很窄仅容一人通过，浓浓的树荫阻断了沪闵路上的所有光影，只有天上的星星月亮以及河面上映衬的天空淡色，才让人知道小道的存在。如此偏僻黑暗，刚开始我真有些心慄，黑暗鬼怪我倒全然无视，只是生怕这黑暗里还容有不法之徒或社会上的藏污纳垢。

宽心的是，几年间此类情景从未有过。原本估计尚有你侬我侬的恋人，结果也未碰上。碰上的几个，感觉也是我等夜游徒，侧身而过之际，想必彼此的心情和脸上都写满了诧异。在这都市里的另类小道上，我只跑了一年，一年间黑暗里“邂逅”的人，可能还不足百人。

社会日新月异，生活蒸蒸日上，我又一次搬家了。新家安定以后，照例晚上到四周逛逛。因为这块区域还在建设中，四周还有好些路段没有亮路灯，但道路设施及绿化已到位，黑暗中的路面，除了有少量临时停车，剩下的，只有散步的人。作为黑暗里的独跑者，我依旧开始每晚的夜跑。年岁长身材变白发添，跑步越来越喘，渐渐还真成了一种负担，多年的习惯俨然成为了面对这种负担的武器。还好有夜色，没人发现我夜跑时的疲惫。

不知不觉间路灯亮了，夜色朦胧中散步跑步骑行者越来越多，而我只是夜间缓行漫步的一员，只是观赏跑者的一员。这熟悉的跑过无数次的小路上，只有别人在跑，而我自己的跑道，已是家里的跑步机。

也许几十年的积习，我只习惯于黑暗里的小道，我只习惯于黑暗里孤独地奔跑。

（2021 年 5 月）

鞭炮声稀疏了

今年春节与往年最大的不同是什么？年年岁岁花相似，岁岁年年“炮”不同，没错，鞭炮声明显稀疏了。外环以内是一点没有，外环以外还有，但明显减少，亲朋好友都有这个感受。绝大多数人都说好，是进步，是文明，体现了政府依法治理的努力，也体现了尊重习俗和传统的用心。

怎么做到的呢？依法严管，还有多管齐下。

今年元旦前，市人大正式通过了《上海市烟花爆竹安全管理条例（修正案）》的文件，规定从今年元旦起，外环以内区域全面禁放烟花爆竹，重点是“全面”，通俗的理解就是全部区域，全部条件，没有例外，没有空白。而外环外的区域，则是以柔性说理加以引导，广大的环线外市民也明白了烟花爆竹可以放，但“非必要就不放”，体会到春节在于“美好”，而不仅仅是“热闹”。

法律当然是刚性的，但总有些观念还没到位的人士，会认为不放鞭炮，没有年味，“我们从小放到大了，也不见有什么后果”，警察也管不了那么多地方吧？偷偷放了就溜，也就几分钟的事就完了，怎么可能被抓到呢？

其实政府对此早有预案，令行禁止既体现了法制的威严，更体现了政府依法治理的决心。烟花这东西，一人放万人知，违法漏网者的一时之快，对于社会的负面影响，那是极其巨大的。因而，首先在外环内不能有漏网之鱼，织密法制的网络，成为了执法部门与社区服务部门的共同责任。

除严格执法决不姑息之外，还有重要的一条，就是充分发动和组织志愿者，积极参与宣传、防控和监督，社区的党员、楼组长以及广大的学生都成为了志愿者，成不了“禁放”规定的衷心拥护者和推动者。事实证明，在多管齐下的努力下，“禁放”规定的实施，效果非常显著。

过年是什么？是祈福，是团聚，是憧憬。春节，是我们最为讲究的一个大节，既然是“大节”，自然有它的内涵和承载。千百年来，挨饿、贫困、夭折……始终是我们普通民众的生活日常。“日子过得难啊，终于又熬过了一年。”“孩子也长大了一岁，种地干活更有力气了。”“本年也就这样了，来年一定会好点！”这种愿望和祈盼，正是一代又一代人努力生活、努力熬下去的“不竭动力”。祈福的形式除了祭拜叩头，劳苦大众也讲不出啥动听的话，更写不了文章吟不出诗，那就放鞭炮吧，鞭炮的大嗓门“说”起来太厉害了，把我们心里的祈求“说”得铿锵无比。鞭炮，在以前就是大人的祈盼和孩子的热闹，至于“喜庆”的含义，可能与富贵人家的关联更多点。“爆竹声中一岁除”，可见“除岁”和“爆竹”自古就紧密相连，这就是民俗。

但时间毕竟已经到了新的时代。时过境迁，新的观念、新的认知让我们知道放鞭炮固然开心，但，背后的问题和代价也太大了：

消防、环保、卫生，哪个都是现代城市最重要的治理内容。当然这些个问题以前也存在，只是乡村粗放的生活方式以及大地的硕大包容，使得这个民俗依然千年流传。举个例子，我小时候割草养羊，春节时一般也是母羊怀孕的时候，这鞭炮声常使得母羊流产，让原本贫困的家庭雪上加霜，但有这个传统，我的父母又能怎样？

按理说，今年外环内禁放了，但没涉及郊外，那么郊外的人们应该是格外“珍惜”才对吧？再说现今大家条件也不差，按理在郊外应该有所反弹吧？但并非如此，真实的情况是，市区禁了，郊外也同步少放了许多，我想原因还是现代文明意识，在政府的努力倡导下，已有了更多的群众基础。我所在的小区地处外环外，大年三十临近零时，还是有许多烟花爆竹骤然响起，但数量有了明显的减少，更大的不同是，放烟花的大都集中在小区大门口的空地上，一则清扫方便，二则周边也没有车辆的停放。燃放时，也没有更多的旁人观看。对我家而言，还有个好的情况，就是不会产生两声炮仗的半截残留，落到斜屋顶后滚落到下水道造成堵塞。这种情况以前发生多次，现在依旧担心，所幸今年还真没有。

现代人生活节奏加快，心理也随之产生更多的焦虑，亲情、团聚、宁静、安详是消除心灵焦虑的最好办法。在这个意义上说，过春节，其实是在过“心”节，外在的热闹已慢慢转变为内心的宁静。

安安静静的春节，真好。

（2024 年 8 月）

希望引起更多的关注

看了 2 月 25 日“笔会”上褚半农先生的《关注又一种老房子》，深有同感，并也想说几句。

正如褚先生所言，上海住宅建筑书籍中少有“绞圈房子”的记载。我也曾查找过上海老建筑的资料，就是没有绞圈房子的描述。翻阅上海建筑“老照片”，满眼“老洋房”“石库门”。后来上网搜索，也只有寥寥几个名称，没有什么实质介绍。

石库门房子是旧上海城市的产物，是中西合璧的作品，它的产生和作用，有其文化和历史的原因，其地位和影响已毋庸赘述。但与之相对应的旧上海乡下老房子，最具代表的，无疑是绞圈房子。但绞圈房子目前的名声和民俗历史对其的关注，相比石库门房子，真是天上地下！

其实绞圈房子离我们并不遥远，上世纪八十年代，上海乡下还有许多。褚先生文中“凡自然村落，其间也必有绞圈房子”，完全是事实。我家邻村，就有一座“三进大绞圈”，非常有名。“大绞圈”白墙黛瓦，飞檐斗拱，青砖石板，很有气派。门框是由三块花岗石架起，进入大门（镶铜的大门已失，毁于“大跃进”）是三只“庭心”，构成了墙门间、客堂、正间、厢房等几十间房屋。“大绞圈”周边还有五六米宽的一圈空地。如此“豪宅”，其主在当时必是“巨富”。解放后，“巨富”的几位后代子孙和十多户分得其房屋的农家一起住在“大绞圈”里，生息劳作，彼此倒也相安和谐。我的“小奶奶”（祖父的弟媳）当时寡居，也居住在里面，“大绞圈”里也留下了我许多童年的足迹。在我家南面邻村，还有三座绞圈房子，虽然房屋质量没的说，但相比“三进大绞圈”，普通了许多，也无甚名气。

从大类上讲，乡下老房子其实就分两种：单埭头和绞圈房子。单埭头分“七开间”“五开间”，较为普通，档次较低；绞圈房子档次就高了，如果是“三进大绞圈”，照现在的说法，就是“豪宅”了。

昔日熟悉的乡下好房子——绞圈房子，那些耳熟能详的庭心、厢房、墙门间，已从我们眼前消失。消失固然遗憾，更遗憾的，是消失得无影无踪，连图片资料中也难觅其影踪！

希望民俗文化学者们的目光，在聚焦上海城区、研究海派文化的同时，多看看“乡下文化”（绞圈房子市区也曾有过，只是都被拆光了）。希望建筑学的专家们在关注城里“石库门”的同时，关注一下乡下的绞圈房子。让曾经熟悉的绞圈房子，和它的“后辈”石库门一起，走进“上海的历史”。

感谢褚半农先生大作提出的一个大问题，我同他一起呼吁。

（2012 年 2 月）

附：

关注又一种老房子

褚半农

上海的特色住宅是哪种？各位一定会说是石库门。不错，石库门是一种，但不是最古老的，它也仅分布在市内部分地区。上海还有一种更古老、更有特色的传统民居，比石库门出现要早得多，从形制到结构也更具特色，且分布范围比石库门广得多。这种砖木结构、特色多多的住宅建筑就是绞（方言读音 gāo）圈房子。

上海住宅建筑书籍中有老洋房、石库门，甚至连贫民窟中的滚地龙也作为一种类型收入其中，但对绞圈房子却没有点滴记载，好像上海从未有过这种特色建筑，或者说上海的建筑物中是不包括这种特色房子的。在关于上海的其他出版物中倒有若干条记载，只是由于写作者对其缺少感性认识，熟悉程度不高，记载过于简单，甚至连名称写法也因记音而不统一，但从表述内容看，所指就是绞圈房子。

两年多前，我参加方言学术研讨会时，意外得到 120 多年前有记载材料的《松江方言教程》。书里两处写到绞圈房子，其中一段对话是："五开间四厢房个一绞圈房子，自备料作，包工包饭，规几好银子末，肯造个者。"这是指一幢两进的五开间绞圈房子，正屋前后两进各五间，再加东西各两间厢房。对话意思是，如要造这样一幢绞圈房子，东家自备材料，匠人包工包饭，那么需要多少钱，匠人肯做这个生活了。这是笔者目前看到最早记录有绞圈房子的公开出版物。此书出版于清光绪九年（1883），是一本传教士为其同伴编写的学习上海方言（当时称松江方言）教材。

上海城区有没有过绞圈房子？我生也晚，没有看到，不好随便发表意见。但此书记载明白无误告诉我们，在今朝的上海城区范围里，是有过绞圈房子，清光绪年间还在建造，不然，外国传教士是不会把建造这种房子的内容作为方言练习材料的。只是它们在城市化进程中都被拆除了。郊区的绞圈房子，我看到过很多。在当年上海农村，凡自然村落，其间也必有绞圈房子，只是数量和破旧程度不同而已。我村上的绞圈房子全部拆毁于1980年代初期，周围的绞圈房子（包括其他类型老房子）也基本在此前后拆毁，原因是掀起了学大寨、搞规划、大造农民新村的热潮。老宅的绞圈房子我没有把它们拍摄记录下来，当年没有相机是主要原因。后来，我赶在拆迁前把其他村一幢绞圈房子拍摄了下来，这可能是上海唯一存世的绞圈房子照片了，它可作证。有趣的是，最近几年出版的非建筑专业著作里，提到绞圈房子的多了起来，名称写法也统一为“绞圈”了，如闵行区的《浦江村宅》（上海人民出版社2010年6月版）三册书中，仅“陈行篇”一书明确“绞圈”名称的就有19次之多。再如浦东新区的《南汇老地名》（上海辞书出版社2011年7月版）两册书中，既有不少绞圈房子中的仪门及仪门头老照片，还有具体记载。从我已掌握的文本材料看，绞圈房子的分布，地域上已涉及上海市区、郊区和江苏；时间上涉及清代、民国时期到20

世纪 60 年代。材料足以证明，绞圈房子不仅在上海地区，在吴地也一直存在着，想要不承认它也不行。这是老祖宗对我国住宅建筑作出重大贡献的证据。

同为上海民居的石库门上了邮票，但现在鲜有人知道绞圈房子。我们在把本地老房子拆除后，再千里迢迢、万里迢迢到徽州、到丽江去看老房子，欣赏它、赞美它，这自然没错。殊不知，可以同那些老房子相媲美的绞圈房子却实实在在是用我们自己双手拆除的。我想，我们村庄及周围那么多绞圈房子如不拆除，哪怕只留一两个村落的话，完全有条件、有资格像广东开平碉楼、福建南靖土楼一样去“申遗”的，也可为上海留下一笔丰厚的遗产。从非物质文化遗产角度讲，不仅是实体的绞圈房子消失了，连其营造工艺也一并消失了，想重新恢复都已不可能。现在还有几个人能知道这种特色住宅建筑各部件所有名称，以及繁复的建造工艺要求？我们往往是在某项工艺要失传了，才猛然惊醒想起它的珍贵，想到挖掘保存，想着寻找传人。众多事实表明，绞圈房子在上海（包括吴地）想立身都困难，遑论对它的研究了。

三

腌酿日子

“建设牌”

每当在长长的车阵里蹒跚而行，或堵在路上寸步难移，我总会想起我那曾经的亲密坐骑：“建设牌”。

那时，我的身边已满是“建设牌”。柏油路上、石子路上、小土路上，奔跑的都是“建设牌”；屋场角、弄堂里、厂门口，停着的也都是“建设牌”。我的同事亲友，清一色“建设牌”，连贵为校长的章叔，也是身跨“建设牌”，来去一蓬浓烟……

如同骏马对于草原汉子，“建设牌”对于我们乡下男人，同样是心仪之物。那是一款轻便摩托，单缸两冲程 50CC 排量，价廉、耐用、省油。既不用重金拍牌，也不用复杂路考，花个三千多，捐个郊区牌照，过个简单路考，即可上路驰骋。

成家后，看到路上那些快速的身影，满是羡慕，便说服妻子，想购买这个“大件”。尽管主意已定大半，想想还是去请教下单位上司，当然多半也是马屁：“领导看看，我这种人该买啥车型?”上司冲我一句：“不要多想，‘建设牌’!”

有了“建设牌”，就是不一样，“说走咱就走哇，你有我有全都有哇”，正像刘欢唱的。上下班时的工厂门口，“建设牌”是绝对主角，轰隆隆一片，黑烟青烟一团，蛮有气势。如果有位漂亮的女同事盯着我说：“唉哟，潇洒来!”那我这一天的心情，更是不消说……

那时正念电大，一周三个晚上加周六半天上课，因为在小企业当个“中层”，下班铃声响过了，要有些“形象”，不能立马走人，回家还得接儿子、烧晚饭。有了“建设牌”，来去一阵风，省力省时间。

最大的好处还体现在每周回老家的探亲路上。原先回村，风雨自行车，那份辛苦自不消去说。现在有了“建设牌”，算是鸟枪换炮，再大的逆风、再高的大桥都不在话下。父亲种的大米、爷叔给的大豆、堂兄送的冬瓜，蛇皮袋往上一横，一溜烟就回到了我的小家庭。尤其是开上了“建设牌”，感觉父母看我的神色也有些变了，以为儿子有出息了，竟买得起摩托了……

最劳苦功高的，是在九七年那阵。那一年，父亲罹患重病，检查、住院、手术直至去世，半年多时间。那段日子，我天天上医院、到老家，每天行程四十多公里，陪伴我寒来暑往风雨无阻的，就是这忠实的“建设牌”。

“建设牌”排量不大，但在机耕路上、石子路上，它的速度能发挥到极致。它借着慢车道行驶，不与强势的机动车为伍，安全有保证。它如风的身影、翩然的英姿，使我们的生活大增异彩：接娘子、送小孩，买化肥、卖蔬菜，去闵行、上松江，走亲戚、访朋友，看风景、兜圈子……仰仗的，都是“建设牌”!

也曾见过女士们骑着“建设牌”，那感觉就像淑女打架一般别扭。“建设牌”，这朴实的黄牛般的“劳动车”，无疑只属于乡下男人。

也羡慕人家的本田“花猫”、铃木王、雅马哈125，那和畅的声响、强大的马力、绝尘而去的身影，我只能伸长脖子牵引目光，那属于有钱人，我挨不上。

买“建设”，骑“建设”，建设我的家庭，建设我的人生，这就是我的人生和幸福。

（2013年6月）

钓天塘

一根竹竿一盒蛐蟮，往农作物深处一钻，在野河水边探头伸竿，不一会儿，星漂点动，挥竿提起，一条小鲫鱼凌空飞起……这就是那时候的钓鱼，现在的说法叫“钓野河”。

引朋唤友，郊外某地，钓箱钓竿，塞满汽车，风和日丽，欢声笑语，一路而去，轻松随意，到了鱼塘，从容准备，下竿不久，浮漂窜动，潇洒提竿，呼呼有声，不消半日，鱼获沉沉，过磅结账，筹划送人，友邻招呼，满脸自豪……这就是现在的“钓斤塘”。

钓野河固然好，鱼是野生鱼，还不用花钱，但鱼获不多啊。现在老百姓生活安逸了，有闲有钱，附近野河里钓个鱼，随意又方便，因而适合钓鱼的地方不会闲着，连不适合钓鱼的地方，也不乏钓者，位少人多。虽然大河不少，六磊塘春申塘俞塘港，一“塘”春水向东流，但潮水的质量不尽人意，往往一钩下去鱼漂半天不动，大病初愈的水系生态，鱼儿刚刚收复失地，生存状态只是苟以活命，离鱼丁兴旺，尚需时日。

钓斤塘固然过瘾，但就像饲养场里的鸡鸭，洒一把谷子蜂拥而来，下竿不多时，鱼护里已是哗哗有声，有些鱼塘还因鱼的密度太大，钓上的鱼有些还是病态的，想放回鱼塘，老板自然不会乐意。

现在我和我的钓友们，很少涉足野河边，环境差蚊虫多不算，收获全靠运气，两手空空也是常态。当然也很少钓斤塘，老板为了利益，会把塘里鱼的密度搞得很高，让你收获多多，鱼获将会毫无悬念，有时为了钓得爽，鱼获多得难以处理。所以除非需要些鱼或是带生手玩，“高手”一般不去斤塘混。圈里有句粗俗的比喻：钓天塘就像找情人，质量好但有挑战；钓斤塘就像去发廊，很方便但没质量。

当然自诩“高手”的，还有一种钓法，充满激情和挑战。

凌晨三四点钟出门，天刚亮，车已停在数十公里外的远郊野地。接着探水情，看风向，找钓位，打“塘子”，稍后鱼钩悄然入水。待太阳初升，老板笑眯眯过来，打过招呼收下钓费，转身又去忙别的了，留下你施展十八般武艺。无论鱼获多少，按天付费，这就是近些年流行的“钓天塘”。

这些个“塘”，都是些大浜，是一些巨大的人工或天然河道，鱼就散养其中，因此这也叫“钓散养浜”。大浜都有几十米阔、几公里长，外面是海，中间是海堤，海塘和大浜伴着海岸一路展开，一路蜿蜒，明显就是当年围海造田、取土筑堤而成。大浜的内侧则是星罗的人工水塘，养虾养蟹，也有一望无际的连绵稻田。那里地处偏僻，远离城市人群，我们经常出没其中，出没在大海边、长江边、泖港边、阳澄湖边。那里没有详细地址，地图上没有地名，那些个浜没人叫得出名字，只有我们圈里“赋予”他们的名字：“老俞浜”——老板姓俞，“老兵浜”——老板当过兵，“女人浜”——经常是女人来收费，“浑水浜”——河水常浑，“螃蟹浜”——河里螃蟹很多。

这里白鹭翩翩，野鸡扑楞，老鹰环伺，野鸟啾啾；这里不见村宅，远离城镇，树木森森，旷野犷厉。

这些散养浜里的鱼，都是野生，虽有人放养，但只放不养，小鱼苗一俟入水，“遵守”的便是“丛林法则”，上有鱼鹰虎视眈眈，下有蛇鳗张口就来，弱肉强食，适者生存。其生存环境，哪是斤塘小河所能比拟，能在这些河里生存下来的鱼类，可真得有金刚不坏之身。这些散养浜里所钓的鱼获，出锅后的味道可以让你重温久违了的“小时候味道”。

钓天塘充满着不确定性。首先是天气，大水面无风都有浪，有风就不必说了，大浪、逆风、逆光、下雨、暴冷、闷热，每一个变数就足以毁掉你满心的希冀；其次还有钓位的选择，水底水草、流水、深浅等都是影响上鱼的因素，这些都需要你去选择、判断。这些用时间、金钱和精力为代价的付出，是你钓技提升的最好手段。

林子大了啥鸟都有，河水大了啥鱼都会有。大河大水几年甚至几十年不干，一茬茬钓起一茬茬放，总有好多年的“存货”让你见识下什么叫“巨物”。立标的一个小小点动或一个慢慢的黑标，都会使你充满希望。提竿，或竿如巨弓，鱼线如北风骤起，凄厉尖叫；或鱼竿轻扬而又轻轻落下，如牧羊女挥动羊鞭。

天塘，以天计，不管收获。这就表明了你与塘主间的博弈，使得以概率为依据的这份经济项目得以生存。说简单点，塘主总得有钱赚，钓鱼人大概率不会“赢”。但输赢不在乎鱼获多寡，钓鱼的魅力正是在于这份野性的搏击。

天塘的钓鱼人，他们敏捷有力，自信寡言，鱼获多寡不形于色。他们装备个性化，选位、备饵、打塘、遛鱼，一招一式专业规范。即便几小时没鱼口，也不急不躁；中了大鱼鱼线呼呼有声，也从容不迫地遛鱼入网。

在那个环境中，在那个河边，满怀中鱼的期盼，感受中鱼后的力量，我们追求鱼获，但不唯鱼是求，期盼中鱼但接受“白板”，我们明知收获不大而拒斥塘，我们研究饵料味道，我们研究天气温差，我们与鱼斗智斗勇，我们演绎着钓鱼翁与鱼的故事。

不写了，早点睡，明天周六休息，钓天塘去。

（2024 年 10 月）

农家乐

生活好了，有了几个闲钱，还有了点空余时间，自然想到“出去走走”。所谓旅游也有好多种方式，有周游世界感受异国风情，有到极地探险“领悟生命真谛”。那是旅游的高境界，我在电视里看看可以，但无法实现，物质保障和精神追求都缺了一大截。当然祖国的大好河山、悠久的历史文化是可以去看看的，雄伟的长城、巍峨的泰山、宏大的兵马俑、神奇的三星堆也都去看过了，确实不一般，开眼界，长知识，滋润心灵。但行程中的变相购物、景点缩水、吃住不佳等等不如意也是比比皆是，出门时兴致盎然，回来时小缺憾不少，“许上等愿结中等缘”，几乎成为了常态。但近年来“农家乐”的旅游方式倒是广有人缘，我也厕身其中，感觉不错。

尽管低端、不上档次，但农家乐的发展却极其快速，可谓异军突起，其背后的市场更是巨大。普通老百姓还有许多人没坐过飞机、高铁，没去过漓江、华山，但他们大多去过农家乐。我不光自己去还带我的长辈也去过几次，最基本的感受是：实在，温情，低价，物有所值，少有缺憾。

我最早体验的农家乐已是十多年前了，当时听闻西南市郊有家饭店开在自家屋里，用自家的柴灶烧些个农家菜，在自家的吃饭间里用餐，感觉就是小时候父母带着去走亲戚的那种。于是在一个休息日，与妻子驱车前往走走看看。

普通的农家，只是场地上多了几辆车，如果不是房屋前面有个“某阿姨饭店”的招牌，还真看不出这是家饭店。一位上了点年岁的阿姨在门口忙活，见车来了，她就迎了出来。“吃饭是吗?”“是的。”“好的弟弟，里厢坐。”阿姨把我们迎了进去，这场景还真有点熟悉。走进屋里，见堂屋里放了几张大圆台，朴实干净，像是乡下人家有喜事办家宴。灶间里除了液化气灶，主角还是一个乡下人家家家都有的烧柴的大灶台。灶间台面上放有青菜、蚕豆和洗净的鸡、鸭、鱼。女主人介绍，蔬菜是自家或乡邻种的，鸡鸭鱼都是小镇买的，都是些小时候期盼的“高档”家常菜。因闲着没事抑或场景熟悉，妻子还和阿姨一起捡洗蔬菜，我则在旁边坐着和阿姨闲聊。阿姨手里忙着，脸上笑着，嘴里还不停地说着。看得出，是个勤快又和善的长者。午间菜肴上桌，都是熟悉的乡间菜，熟悉的菜肴，熟悉的场景，连阿姨也像是我小时候的亲戚长辈。餐后，到宅前屋后走走，田头河边，竹园桥头，微风拂面，轻松自在。

有此良好的体验，没过多久，我带了丈人丈母两老又去。起先两老一听要去农家乐，没感觉，没多大兴致。两老大半辈子生活在“农家”，已经感觉不出有什么“乐”。可能为了不拂我的“孝心”，才答应了去。但是去了之后，他们的感受还真不错。回来的车上，两老说：“像走亲戚，长远不走了，蛮好。”当他们知道了这顿饭的价钱之后，脸上更是笑眯眯。

后来我还带了工作的小团队去吃了个农家饭，姑且作为团建内容，感觉小伙伴们都很开心，吃了农家菜，购了点鸡蛋蔬菜带回，还享受了一次小郊游，开心还省钱，远胜在小饭店的“小聚”。

去了几次，我和阿姨已是十分熟悉。阿姨总会说：“弟弟你来了?”亲切自然，是农家待客的自然流露。现在十多年过去了，不知那位阿姨身体可好，她家的农家乐是否还在营业?

后来我和朋友一起去了次浙北山区的农家乐。此地的农家乐起步较早，以价格低、性价比高著称。一般的“三天两晚”，总价不到一般宾馆一宿的价格，因此一经面世，便势如燎原。在一个山清水秀的小山村，有一间卫生方便的小房间，有几个简单的农家菜；景点嘛，谈不上，但有屋外的茂林修竹，有村旁的淙淙小溪，还有村口的祠堂老屋，就是非常好的景点；吃嘛，旅游景点的团菜啥样大家都有体会，这农家现买现做的农家菜也是不错的，再说我也不太在乎吃，卫生干净即可。泡一杯好茶，和三两好友聊聊天，也可以背一只小包野径看竹，或提一只小袋采购农家食材，也可以三五人扑克争个高低，或是自个卡拉OK陶醉一番。待到吃饭时分，主人一声吆喝“吃饭了”，可以眯眼小酌，可以大口米饭，“自家人一切随意”。这农家乐完全是平常生活和平常餐饮的延续，轻松悠闲，心情自然风轻云淡，那些个工作上的烂事生活中的烦恼，早已烟消云散。待到结账，预算还大量盈余，回家的路上，笑得大黄牙都藏不住。

餐后村里逛逛，也会碰上农户兜售“偶然”捉到的野甲鱼野黄鳝之类“好东西”，以我“童子功”眼光，是否“野”已毫无纠结，不过品质一般倒也不会太差，只要价格不“野”，还是值得掏钱，回去孝敬丈母娘很是合适。至于路边满是的“土鸡”“土鸡蛋”，以我的眼光，感觉与小区对面小超市里的东西基本无二。

以前旅游，节假日我是不去的，受不了那种热闹，人挤人不算，除了排队就是等候，心浮气躁，哪来的心情去欣赏山水体验文化？而农家乐不赶时间景点，不担心食宿无着，一切尽在掌控中，说得文雅一点，就是吃得随意，玩得随性。其实现在出门谁也不会刻意讲究个吃，简单就是美好，轻松就是快乐。

如今农家乐还被我赋予一项新的功能：徒步，当然只是简单的徒步。在农家乐附近的山道野径上走走，一般也是半天来回，顶多一天来回，吃住还是在农家乐，也没必要搭帐篷野外留宿，安全，简便，还不累。此种徒步，最适合我等不善酒局牌局，又喜欢近处走走的菜鸟徒步者。

有钱有闲坐个飞机高铁出个远门“旅个游”，那固然喜欢，但花点小钱利用小暇近处去个农家乐，还能搞个“微徒步”，那份轻松自在，也是非常享受的。

（2024 年 9 月）

儿行千里

近些日子，家里人的心绪都不太宁静，为着远在千里之外的儿子。

在经历了“三日大考”、等待发榜、关注录取、盼来通知等上天入地般的心理折腾后，9 月，儿子在我们的陪同下，登上了西去青海的列车，开始他那漫漫五年的求学之路。

离开学还有几星期时，妻子开始筹办儿子上学所需的东西。大到电脑、手表，小到指甲钳、风油精，还有诸如身份证、兵役证，一一写在纸上，一张 A4 纸，写得密密麻麻。备好一样便划去一条，每晚的比对，成了妻子的必修课。那段日子，“添减衣服”“多吃水果牛奶”“与同学友好相处”成了家里的关键词。

中秋前夜，我们步出西宁火车站。昨天还是黄浦江畔的“秋老虎”，今夜已是西北高原的凛冽深秋。这扑面寒意，让我们都深吸了一口气，头顶着一轮格外皎洁的明月，匆匆走在这满街清辉的陌生城市里。

“这里的空气有点甜”，儿子突然冒出一句词不达意的话，竟引得妻子的一阵夸奖和感慨。“原来儿子很喜欢这里！”妻子在我耳边轻声说道，似乎如释重负。

由于送儿子报到与我工作上的事务安排有冲突，我没能等到儿子报到办完手续便先回了沪。同时，学校在新生报到后，立即安排学生集合参加军训。妻子来不及当着儿子的面把行李一一放入柜子，以方便丢三落四的儿子寻找，甚至来不及告知寒衣该如何清洗、衣服该如何换季，校方就“军号已吹响，部队要出发”了。

带去的那些东西儿子需要时找得着吗？他还会不会流鼻血？水果他会记得吃吗？于是她拿出一张白纸，百般叮嘱的话语，化作笔底小字，确定已无遗漏，再慢慢折叠好，轻轻放在儿子的枕边。

分别的时候，儿子身穿迷彩服，挥着手，背转身去，嘴里像电影台词般地连声说着“妈妈再见，妈妈请回，妈妈走好”……“挥手告别时他的那个帅呀，啊呀……”妻子回来告知我这一切时，脸上全是笑，眼里含着泪。

当夜，我们都收到了儿子长长的短信，大意是非常想家，但为了学业，将努力学习、“创造奇迹”云云，豪气胜于柔情。妻子流着泪看了好几遍，还一一转发给了儿子的舅伯姑姨。

于是，短信、电话成了每日必须。有时，对方的关机、无人接听、短信没有及时回复，都会让妻子魂不守舍而生出无限想象：儿子在干吗？手机丢了？身体好吗？有时手机里传来一声咳嗽，会让妻子追问半天，提醒半天。

关心西宁的天气成了妻子每日必需，甚至还收看起了以前根本没印象的《青海卫视新闻》了。单位里发了水果，恰是儿子喜欢吃的那种，妻子会叹息儿子吃不到；菜场里看到儿子喜欢吃的菜，妻子会叹惜儿子这些年没有这个口福……

我喜欢唱歌，曾有两首保留曲目《牵挂》《儿行千里》，自从儿子远离，我就没唱过。国庆节与朋友唱歌，我还是点了这两首。只是，我注意到，旋律刚刚响起，妻子已悄悄起身而出……

（2011 年 10 月）

胶水生活

可能是习惯自己动手修修补补的缘故，家里的工具箱里备有不少东西：榔头扳手凿子、钢丝钳尖嘴钳斜口钳、内六角外六角十字批、手枪钻冲击钻手摇钻……如果铺开来，像是一个五金修理铺。

有这么些"宝贝"撑腰，家里打个孔、装个架子、换个水龙头之类，自己动手立马可待，快捷还放心。我还在念初中和中专时，左邻右舍穿的套鞋，大部分都是我修的。修个自行车属于"毛毛雨"，后来骑的"建设牌"，维修保养大都自己动手。这是"穷人的孩子早当家"的产物。修修补补是当时生活的常态，由常态而固化成为一种生活方式，照现在时髦的说法，那就是"价值取向"了。

当然如今的生活今非昔比，市场分工造就了专业化社会化的细致服务。燃气灶坏了，一个电话就可上门维修；汽车有点小毛病，一般也直接进 4S 店了。现在真要动用那些工具的机会，已不是很多了，但有一样东西，却成为了我家里的必备。

那就是：胶水。

燃气热水器下方的水管有点渗水，想修却修不了，因为管子封在柜内，管子钳放不进，要修，必须先拆了柜子。纠结之际，朋友告诉我，用专门粘铁的胶水——环氧树脂试试。我搞来环氧树脂后，按要求 AB 两组调和后准备涂上，但因空间太小，只能直接用手抹上，强大的黏合力撕掉了我手上的一点皮，但问题解决得干净利落。

家里的装修比较简单，许多现做的家具都是木皮贴面，时间一长，常有木皮开裂壳起。似乎是“处女座”心理作祟，我总想把问题解决，就会用白胶把木皮粘上，再贴上透明胶带帮助固定，直至白胶固化；家里老旧的凳子，经不起坐无坐相的儿子折腾，嘎吱摇晃，就用白胶灌入木缝，不日就固若金汤。因此，多年前装修留下的白胶，仍被我密封存放以备不时之需。

家里用得最多的，是那种有点像金霉素眼药膏的“百得超级胶”。自称“超级”，倒也并非虚名。水样的液体，流动性好，可以顺着缝隙流动到位并快速固化。它黏合力强，还有一定的延展性，耐冲击，能弯折，性能优异。裂开的手机壳、摔坏的茶壶盖、松动的扫把手柄……处处是它的用武之地。特别是家里的鞋，全靠“百得”来延年益寿。我有一双价钱不便宜的所谓名牌旅游鞋，可能放的时间太久了，偶尔穿上出门远足几天，回来都得用胶水伺候。花掉几支“百得”之后，原有的黏合处已经被沾了个遍，反而造就了它的金刚不坏之身。

家里常用的，还有硅胶。阳台顶上的玻璃与墙之间的连接处、窗框折角处、窗框与墙立面之间，常会出现渗漏，不时需要窜上爬下地打硅胶。每每此时，如果儿子放假在家，我就让他做我的下手。我开玩笑对他说：“你得认真学着点，等我老了上不了房顶，你要接上老爸这一手！”

儿子尽管心不在焉，但还算给我面子，眼里望着别处照样点着头。相信年龄渐长的儿子，很快会明白这个道理：常用胶水的生活，卑微、草根，却安然而又舒坦。

（2014 年 10 月）

悬坠立钩

我觉得，小孩应该在农村长大。农村是个广阔天地，小朋友可以“大有作为”。天高地阔可以自由玩耍，鸡鸭猫狗可以共同相处，小朋友对大自然的万般感受，化为大脑皮层深深的褶皱，这“褶皱”的某一部分，可能还是关于钓鱼的。少小时的我，就属于这样。

那个时候，屋后河水清清，河边芦苇丛丛，河岸野花片片。那些个夏天的晨曦黄昏，我总是出没于河渠沟汊。钓鱼带来了乐趣，也带来了美味和营养。

“童子功”加上长期的实践，我对自己的钓鱼技术一直感觉良好。但近些年参加钓鱼活动，却感觉到了不对劲。人家许多装备我都没见过，也不明白那些“调标”“雾化”“状态”等是啥意思。问问左右同行，大都语焉不详。感觉昔日的“老钓鱼”，已沦为了外行。

走进渔具店，也是刘姥姥进了大观园。除了竿、线、钩还算识货，大小不一的“立标”，大瓶小罐的“小药”，五花八门的饵料，眼花缭乱。想开口问问，一时还无从问起，就像上了一堂啥也没弄懂的课，老师请同学们就不明白的地方提问，能问个啥？

看着老板面善热情，我请他介绍些钓鱼的知识。老板热情也内行，他请我坐下，泡上茶，说起了新式的台钓（台湾钓法）技术。随着话题展开，感觉眼前一扇窗户次第打开。时针绕了两圈后，我意犹未尽地起身告辞。从此，店主成了朋友，在一次次的喝茶中，我弄懂了台钓的核心技术“悬坠”，明白了台钓缘何不用“打塘”，明白了那些个“小药瓶子”的用处，明白了“调标”的操作。

台钓技术绝非浪得虚名，风靡一时确有其事实支撑。但熟悉的“传统钓”我没有放弃，于是，我做了一番动作：用质量较好的浮子，配以电工保险丝作坠子，在马桶水箱中作浮力调校，并在实战中进行检验，反反复复后，融合了台钓与传统钓的“钱氏钓法”横空出世，其核心技术是“悬坠立钩”，在台钓“悬坠”的基础上增加了“立钩”。台钓用的是团状的拉饵或搓饵，它首先考虑的是钓饵的“离底”“触底”还是“轻触底”；而我用的钓饵一般是蚯蚓，如果穿着蚯蚓的钓钩“躺”在泥底，那“状态”肯定不佳。想想就明白，河底是淤泥，在淤泥和水之间，还有几许浮泥。小小的钓钩带着蚯蚓，大半没入了浮泥，被鱼发现的概率就会小很多；如果能“立钩”，那钩尖外的大半条活蚯蚓就竖了起来，并不断在河底晃动招摇，这样的“状态”，对鱼儿该是一种怎样的吸引？

想象总是想象，收获才是硬道理，不用说，这“悬坠立钩”确是利器。尽管也有走麦城的时候，但总体而言，收获与之前的“躺底”钓相比，不可同日而语。我常常在渔场老板的恭维声中，心甘情愿地“钓”回一大兜菜场的翻倍价，却连送人都感到不好意思的杂交鱼。

“豪华标配”固然应有尽有，使用起来也是得心应手，但我还是习惯于简单。我所有的装备只需两手一提自行车上一挂，便出没于郊外野河，也登临专业渔场。有“悬坠立钩”打底，扬竿频频。近来妻儿也被我鼓动起来参与几次，还兴致不小，看来他们在“广阔天地受教育”这一课，也缺少不了。

（2014 年 6 月）

想去爬山

自从长假里从余杭农家乐回来，一直有个执念，想去爬一把当时已是近在咫尺的杭州最高峰，海拔千米出头的窑头山。

长假里与亲友组团参加三日游农家乐，最后一天早餐后，一个人出去走走，来到一个名叫“彩虹谷”的景点门口，想随意走走打发上午时光。一看景点介绍，游玩时间还不短，门票也有点小贵，就放弃了入园打算。与保安闲聊中，得知这景点也是窑头山的主要入口。回农家乐问及老板，证实了保安的介绍。老板告诉我，从彩虹谷出发到窑头山，有简易小路，来回需要七八个小时。他还仗义地表示，可以带我到彩虹谷门口，省掉门票。

这窑头山不是个旅游景点，也无多大名声，但竹海茫茫间以层层茶园，自成田园与自然之美。有小道可行，一天可来回，非常适合我等“爬山者”。我只怪自己得知这个消息太晚，只能下次成行了。

三天时光里，大家基本都以麻将为主，我则去爬了几座山。农家乐周边的小山，一二百米的高度，说不上高大，但主打一个方便和自然。因为不是景点，上山的路，没有台阶，类似以前村里的田间小路，是农民兄弟肩扛手提的通道。这样的小道，野趣自然。

第一天下午，冲着农家乐老板“毛笋可以随便挖”的许诺，一个人沿着进山小道行进，一直走到道路尽头。道路尽头处，只有一条依稀的攀爬小道，是伐竹和挖笋的人留下的。小道沙石泥质，有点陡，但徒步鞋能对付。沿着似有似无的小道上行，头顶是密密的毛竹枝叶，身旁是熟悉或不熟悉的灌木小草，偶尔的一丝风，吹来草木气息。快到山顶的地方，出现了一块平台，周边用石垒成，像是以前房屋的台基。而平台上，已长出了特别粗大的毛竹，让人感觉到人与自然的沧桑轮回。

而第二天爬的那座山，有点邪门了。农家乐房屋背靠的那座山，很有气势。我问当地大妈这是否是这里的最高山，大妈说不是，最高的山在那，她指向西北方向：“叫窑头山。”“远吗?”“有点远。”我指着眼前的山说：“那这座山能爬吗?”“能，不过要小心点，路不好走。”于是我就选了眼前的这座山，开始攀爬。

这上山的小道，是溪水旁的乱石。溪水带走了山体表层的泥土，留下大小不一的乱石，山民稍作调整，就成了上山的简易台阶。沿着这样的溪流小道，虽然难行，但没有迷路之忧。每隔十多米，是先期的徒步者在毛竹上系的红丝带。伴随着奔流的溪水和一路的红丝带，我一点都没有孤独。只是可惜了沿路无数的毛笋，既无法挖，也不能带。

一路向上，溪流逐步变小了，毛竹也变小了，我估计快到山顶了。正当我想象着“一览众山小”的畅意时，眼前却出现了一片开阔地，还有一条路。这场景有点怪异，爬了一个多小时了，怎么还是平地？这让我的成就感一下全无。

看到路我又有点兴奋了，想着如果开车上来，不就可以大大地挖笋？于是我决定沿道路步行下山，以便找到上山的车道入口。尽管路面被雨水冲刷得沟沟壑壑，但沿着道路下山很是容易。但盘旋而下了一段后，感觉又不对了，明显是与我原先的起点背道而驰，但我想那也没关系，下了山，从别地方打车回目的地也是方便的。

又是一段长长的山路后，终于见到了人，一位在路边采药的人。在这里碰到个人，我有点惊讶，他也惊讶。他老远就和我打招呼："咋回事，一个人走？"我说我从山下上来的，要回凌村坞。他说这里往下是临安的白水涧。

什么？瞬间我有点懵了，我竟然从余杭翻到了临安？

"妾在临安北，君又生余杭"，莫非我是来寻找传说中的"花妖"？

花妖不花妖还是次要，现在我怎么回去很重要。

交谈中得知，他是一位来自贵州的打工仔，工作就是在山里伐竹。这次因伐竹受了伤，就在山里采草药增加点收入。他答应稍后用他的摩托车带我下山。

小伙子真心好人，他拖着受伤的腿，勉强驾驭着破旧不堪的摩托车，在峡谷砂石路中蜿蜒而下，行驶了十多公里才到一个能打车的村庄：横畈村。我塞给他车费，他坚持不要。祝这位善良的小伙子早日康复，以后还能挣上大钱。

我喜欢爬山由来已久。我曾独上黄山、三清山、九华山、北高峰、虎跑山和其他众多不知名的小山峰，除了欣赏沿途风景，更是以登顶揽胜为乐。在我看来，散步是放松的活动，徒步是野外的赏景健步，而爬山登顶则是“野外多角度赏景的高强度健步”。随着高度的变化，满眼是平时未见的景致，植被的垂直变化，仿佛身处不同的纬度。至于登顶，这种感受更是非常的好，俯瞰连绵山色，极目苍茫云海，虽无“天地悠悠”的感怀，却有“一览众山小”的豪迈。

比“爬山”层次高的是“登山”，两者意思相近却有云泥之别。“登山”很正式很专业，“国家登山队”“北大山鹰登山队”等等，名声赫然，他们主攻名山雪峰，剑指珠穆朗玛。如果称他们为“爬山队”，指不定会招打。年轻的时候，我曾幻想参加社团“登”入门级的雪山，如川西的四姑娘山之类，但还未进入实质性的准备阶段，就发现自己的金钱、时间、勇气等，每样都缺得太多，就此断了此念。

但是爬些小山，还是有兴致的，一般也是独自进行。爬山是脏苦累的活，和我一样喜欢爬山的并不多。我参加过不少团队游，大家一起吃饭唱歌很是开心，但乐意和我一起爬山的，不多。有些伙伴出发时信誓旦旦，一爬就打退堂鼓。每次的团队出行，一起爬个一二百米已是稀罕，上个小山都是索道上索道下。我曾两次登临泰山，都是随团队乘索道，一下到了山顶，固然有“一览众山小”的气势，却少了“会当凌绝顶”的体验，就像不劳而获的“一夜暴富”，终究心虚气短。

因此，更多的是我的独自攀爬，下次去爬窑头山，也是。

（2024 年 6 月）

平台时代

一

科技日新月异的今天，以科技为支撑的“平台”早已走入寻常百姓，来到我们身边。“平台”是个好东西，改变了我们的生活，提升了我们的生活品质。有了平台，你就有了施展才华的舞台；有了平台，你就有了实现自己目标的社会条件。说句通俗的话，有了平台，你就能在平台上做自己的事，满足自己的需要，实现自己的目标。

那么“平台”是什么东东？平台本意上是“舞台”，是表现自己的舞台。如果你是个歌手，有了舞台你才能在台上尽情表演。如若没有这个舞台，哪怕你音若黄莺初啼，舞如嫦娥翩翩，也只能去街演或是唱堂会，其实街演、堂会也是平台，也是机会。所谓“给你一个平台”，其实就是给你一个“机会”，至于你如何用好平台把握机会，那就看你的努力和天分了。平台还是一个“群体”，一个你进得去融得进的团队，在团队中你们可以做同一件事，唱“同一首歌”。傍晚的广场舞团队、活动室里的麻将、球馆里的乒乓伙伴都是“平台”，只要有兴趣就可以融入，就可以找到同类，就可以

“挥洒激情”。

如今我们几乎都是在“平台”里工作和生活。工作是个“大平台”，你在各个岗位和项目“小平台”上努力，将成就你在工作“大平台”上的作为。工作中，平台就是我们的资源，平台就是我们的天地。

二

在业余生活中，双休日约上球友，在单位活动室打上半天的乒乓，大家在一起练球、切磋、锻炼，非常开心，如若感觉技艺有所长进，更是有点自我陶醉。乒乓房地板、球桌、灯光专业化，上卫生间、洗澡也都方便，单位给了我们一个很好的娱乐平台。

也有更大的“平台”也在身边。我曾参加过一个乒乓球俱乐部，那里高手云集，沪上名宿常有光顾，连曾经的“国字号”也偶有现身。平台组织者人脉广为人好，我等菜鸟的水平，与俱乐部的名气不符，但教练也不低看，为每位成员搭建了一个很好的硬件和软件平台。在这个平台上滚过后，球技咋样先不说，球风球品就不一样，“大平台”的效应已然显现。

还有更方便的“平台”就在隔壁小区，隔壁小区活动室里有一间乒乓室，三个桌子两只空调，借光学球的小朋友，集球网、发球机、捡球器一应俱全，即便打球者来的多，也不会等候太长时间。如果只有一人打球，也可以在发球机上练练基本功，这样方便的“平台”，还到哪里去找？

三

本人喜欢唱歌，花过些学费，了解些基本技能，但终究学不“出世”。以往平台不多，实践机会不多，水平有限，有时在台上装腔作势，但只能骗骗“野人头”（外行），也有人说“很专业”，但那是礼貌性的抬举，真正的斤两只有自己知道。

虽然人人都会哼几个歌曲，但要把一首歌完整地唱下来，对一般人而言可能并不容易，因而唱歌的平台相对要少一些（对我而言）。专业上台不够格，业余出演机会不多，社区里以及老年大学里的自娱自乐，自己的年龄倒还不到点，三头不靠有点尴尬。好在如今是互联网时代，有歌友给我推荐了一个“全民 K 歌”的平台，试着一用，果然又是一番天地。平台上有歌声、有伴奏、能唱歌、可录音，录的歌自己满意了，就可以发到平台上供你的粉丝“欣赏”，还能收获一大把的赞扬话。这是一个虚拟的有音乐为你伴奏，可以唱歌，可以发布自己歌声的平台。

早先年有些歌，自己很喜欢，但找不到原唱，手头更没有伴奏，在平台上这些都不是问题，都可以轻松找到歌曲尽情欣赏，还能找到伴奏。当然平台上的伴奏一般也是简略的，离真正的演出版本还有差距，但如果仅作为练歌，已经能够应付。这个平台对喜欢唱歌的人而言是一大福音。平台上有海量的歌友发布的作品，虽然绝大多数像我一样水平一般，但也不乏高手名宿，有几位我认识的专业人士，我也在平台上发现了他们的踪影，还有些是我工作生活中的领导或朋友，平台让我知道了他们所蕴藏的内在技能，在线下也会拉近彼此的距离。

这个平台还是非常好的老师。因为能听到自己的歌声，我就知道歌声中存在的问题，就可以按照以前老师的教导去努力地改进。其实这些问题当时老师已是反复指出，但由于听不到自己的实际声音，不能与正确的声音有比较，以为自己已经改正，实际上许多问题和缺陷长期存在，影响了歌声品质。直到进入平台，才真正知己知彼，自我革命。这种学习方式，在以往是做不到的，效果当然是没得说的。

四

渔猎耕种自古就是生存之本，钓鱼作为“渔”的一种，就是谋生手段，和种田割麦并无二致。要说是娱乐活动，也是近些年的事，我也没见过古时皇家贵族去钓鱼娱乐的说法。只有“左牵黄，右擎苍”这种很明显的玩乐，还被大诗人赋予了“奋发进取”的政治含义。当然也有“独钓寒江雪”的描述，明显是艺术提炼，现实中独钓翁很可能就是个衣食无着的孤寡老人，寒风中浑身颤抖着在江边觅食而已。在我们的上辈那里，钓甲鱼、钓田鸡等行当还有，农闲时他们时常为之，有收获时当然也很高兴，但满头白发的黑脸老汉，半夜出没于荒郊野田，想想也不是个娱乐活动。

如今钓鱼的内容非常丰富了，钓具琳琅满目，即便是专业人士，有些产品也是闻所未闻。现在是什么样的鱼情就有对应的工具，极具个性化，你只需上平台了解就行，所有的器具都能手到擒来，哪像我们以前钓鱼器具都是自己制作，到了一定水平甚至还能“自主研发”。钓场也能在平台上找到，服务项目和规则清晰明了；借助导航平台，再偏僻的角落都能准确到达。如你收获满满，不出两天，“钓界”尽知，你总有好友需要场所信息共享吧？即便你保密，鱼塘老板也会借助平台，广而告发。各个鱼塘都有钓友群，有些还有一群、二群、三群，上千人之多，各个钓友自己也有若干个钓友群，“钓界”几无秘密。

说起群，我的群就有不少，除了几十个工作群，还有几十个朋友同学群，朋友群如无特殊情况，平时很是平静，但钓鱼群不一样了，大多热闹，资讯众多，发声和回应也多，当然群里认识的不多，熟悉的更少，彼此没啥瓜葛，话题只有钓鱼，纯粹而轻松。

如今的钓鱼活动，早已成为一个产业。产业化的成品钓具姑且不论，饵料、线组这些易耗品也都是厂家生产，自己已经不再动手，我从小练就的动手能力已基本退化。钓场也是产业化，“黑坑”（以时间计费）、“天塘”（以天计费）、“斤塘”（以斤计费）是最平常的去处，至于小时候到河边去钓鱼的做法，现在叫“野钓”，在本地已少有去处，当然如果驱车上百公里，并通过平台，在当地有了接应，在“野钓”中大有收获，那是没的说的。

平台也推进了钓场的“进阶”，十多年前随便钓的野浜，现在已收编为收费的“天塘”，当时钓者寥寥的“天塘”，如今已是钓友密布的“黑坑”，当时鱼品尚好的野生鱼，如今大多是昨天放今天钓的“洗澡鱼”。这些都是平台带来的“负面效应”。

五

互联网时代，让我们拥有了众多的“平台”，平台催生了众多的娱乐项目，让我们的生活多姿多彩。我们可以融入其中也可以陶醉其中，但更多的是需要深刻地认知、精准地把握和妥善地选择，只有有效融入，方能收获良多。

（2024 年 9 月）

腌酿日子

一

千百年来，食物要长久地保存，简单的办法就是用盐腌制，比如金火腿咸鱼、萝卜干咸菜，前者在先前的日子里与之打交道不多，后者倒是如同大宝几乎天天见。食材要脱胎换骨使其升华，就得酿制，比如全汁赤霞珠、土制糟烧酒。同样，前者只曾听说，后者倒是尝过不少。

这腌酿的手法，固化了我们的味蕾，如今日子蒸蒸日上，我们依然沿着前辈目光，体味着生活的香辣，这腌和酿的食材依然滋润着如今这美好的生活。

二

我自小吃咸菜，长大直至现在快要老了，还在吃咸菜。小时候吃的咸菜，由父亲腌制，但父亲腌制的咸菜，少有鲜亮酸香，常是那种不黑不黄半酸半臭的那种，食之难下口，售卖难出手。年少及长，在自行车上挂两只装满咸菜的涂料桶，上街售卖，经常蹲守一整天，带回一大半。其实那带回的部分，下次更难出售，后来就直接在回家的路上，倒入河边泥滩，引得众人争抢，甚至有人滑入河中死活不知。

后来父亲四处打听求教，明白了根本原因是“密封”。腌咸菜做不好“密封”，一切无从谈起。

掌握“关键技术”后，父亲重新购置了腌咸菜的大缸，并在咸菜入缸后，在封泥上天天喷水，保持封泥的湿润，每天用一根竹片刮平封泥，就像泥水匠浇水泥地坪的那种。天天如此，直至开缸。从此，家里的咸菜质量，一日千里。

我腌咸菜的起点，比父亲要高得多。本着对“密封”的深刻理解，腌起咸菜省时省心品质好，且从未失手。

清明过后，过冬的蔬菜开始抽苔，雪里蕻、芥菜等个大体壮碧绿喜人。我一般在菜市场购回五斤左右雪里蕻，放太阳里晒上一天，如没出太阳需吹晾两三天，使菜叶蒸发掉大部分水分，当菜叶发蔫菜梗变软了，将菜放入盆里加盐反复搓揉挤压，直至盐粒溶化菜叶渗出汁水，就可密封了。现今的“密封”手段，也已变得相当简单。密封的器具首选是可乐瓶，一来可乐瓶干净方便，二来瓶子做工好，特别是瓶盖质量好，完全达到密封标准。

将已搓揉挤压渗出水的雪里蕻按条撕开，塞进可乐瓶。其间可按各人喜好，放入辣椒、花椒等香料。一定要塞结实，空隙越少越好，塞满腌菜后，在瓶中再放入水，目的是填充空间，将瓶中空气（氧气）减少到最低，然后拧紧瓶盖放入避光处，待一个多月左右打开就算成功了。

所放香料种类不必过多，我一般只放些辣椒。辣椒在发酵过程中，既释放了辣味提高咸菜口味，其本身也成为了一种极好的泡椒(我曾专门做过泡椒，口味极佳)。有人想再加点调味品，如味精、酱油、糖等可否？不可，这些调味品也会在咸菜发酵过程中发酵，改变其性质，因此调味品只能在后续的咸菜油炒中放入。还得注意检查瓶盖的质量，因发酵时会产生不小的气体压力，很容易顶松瓶盖造成前功尽弃。

如果你想一下多腌点，可用家用的五公斤装的食用油空桶，步骤一样，只不过有两点一定得注意。一是油桶内部得用洗洁精清洗干净，瓶口处形状复杂，得用刷子刷，不能残留一点油腻，油腻影响发酵；二是一般“金龙鱼”之类的油桶瓶盖质量较差，拧得稍一用力就滑牙，你得小心拧紧，并用布条将瓶盖上下兜底缠绕几圈后扎紧。因为桶大菜多，发酵产生的气体压力更大，不作如此处置，瓶盖肯定被顶开，等你闻到家里有一股酸里巴叽的味道，不用说，废了，你就直接拎桶送到湿垃圾处。

清明时节雪里蕻上市腌制后，大约在“六一”前可破瓶取出洗净炒制了。注意是“破瓶”不是“开瓶”，只有破瓶才能取出咸菜。至于味道如何，只要你按我说的去做，那肯定是不消说的：蜡黄结实，酸香扑鼻。

当然，破瓶后，得一下将咸菜全部炒制完毕，没有炒制的咸菜，其发酵还在进行中，一旦失去密封，很快就坏，哪怕放在冰箱里也没用。

三

记忆中，有一样东西难忘，样子像坏了的粥，味道却很美，没错，那是酒酿。

那时尽管粮食紧张，母亲却常舍得用珍贵的大米（粳米）做酒酿。

常有这样的场景：一个冬天的夜晚，母亲烧好一大锅大米饭（平时常吃籼米饭），冷却后，将饭一层层地放入钵头，放一层饭，均匀撒上少许酒药，层层叠加直至装满，然后用铲刀柄在饭层中间插一个半深的眼，盖上纱布，放入旧的棉絮被里保温发酵，如在冬天，还得在棉絮被底下放入“汤婆子”加温，隔天将“汤婆子”换上热水，两天后，打开棉絮被看饭眼里是否有水，如有水且有香味，那大抵酒酿就算做成了；如气味发酸饭色干涩发黄，那基本上就报废了。虽然母亲做得极细致周到，但这样的情况却十之常有三四，常令父母心疼不已。

现在想来那是酒药的质量问题。大队“下伸店”（供销社下伸至大队的小店）的酒药，大小不一，如玩泥巴搓的“泥弹子”，颜色白里带灰，也从没“保质期”一说，若进多出少，上年份的都有可能。

我外出念中专时，有一个外乡人，用自行车载几只钵头在乡间兜售酒酿，品质比母亲做的好，我家也成了其老客户。小贩是个中年人，生意诚实可信，我家有时也成了他休息的地方，喝口茶，和我父亲互递香烟，到我家卖酒酿不用斤称直接说价，好像 2 元钱一碗的价格，没有变过。要是周末，小贩必定到达，有时我家没人（一般不锁门），小贩就自己进屋取碗装上放到菜橱里。有时我碰上周末不回家，父母会预先告知其不必送货了，因此其送货的节奏与我回家的时间高度一致。也有例外，有时碰上风雨天气难出货，小贩也会上门请求父母再买点。善良的父母，几乎从不拒绝。

几年后，有次在轮渡上碰到小贩，和他举手打过招呼后，他吃力地停好自行车，挤过密密的自行车和人群，走过来，告诉我准备不卖酒酿了，一来太累身体吃不消，二来也赚不了几个钱，要回老家启东了。显然他是特意过来与我道别的。一个五十多岁的男人特意挤过来与还是毛头小伙的我道别，我心头发热。看着他紫黑的脸色蓬乱的头发，我与他握手，诚恳地说了声“再见”。

回家告诉父母“卖酒酿的”不卖了要回启东了，母亲说前几天他来过，也说要走了不卖了，盛了一大碗送进来不要钞票，塞给他也不要。

三十年过去了，那位小贩的脸色身影我还清晰记得。但愿他健康长寿，有一个幸福的晚境。

四

当然，现在做酒酿这档子事，于我已是小菜一碟。如果说腌咸菜的关键词是“密封”的话，做酒酿的关键词是“保温”。

将平时烧饭的米，先行淘洗半小时，为的是让米粒渗透水分，避免饭粒夹生，煮饭的水比平时煮饭略少，饭粒略干。干，是为了制作时饭粒饱满自然分离，便于加工，成品的样子也会好看。将米饭打松冷却至常温（冬天则冷却至不烫手即可），盛入容器，先在容器中放入薄薄的一层米饭，撒上酒药（酒曲粉），再加一层米饭，一层酒药，直至放满容器。再将容器放入保温的泡沫箱保温发酵，两天左右，品质优异的酒酿就做成。这里面的关键点是温度，户外最低气温高于 20 度时，基本不用热水袋加温；低于 20 时，在容器底部放上热水袋加温，24 小时换水保温，冬天则需 12 小时换水。与腌咸菜不同的是，做酒酿不用密封，只需保温，让酒曲在适宜的温度下将淀粉转化，一密封，反而有股酸气，影响品质。至于酒曲的使用量，直接参照其使用说明即可。我也曾用制作酸奶的器具制作酒酿，效果不错，只是器具容量太小，做出的东西也太少了。

酒曲的购买现在非常方便，大点的超市都有，如网购，就更方便。但千万不要买便宜的，酒曲的质量很关键，一下没用完的，得放进冰箱冷藏，保证品质。至于保温箱，建议用海鲜大礼包的泡沫箱，用的时候倒着放，盖板作底板用，使箱子的上半部分无缝，利于保温。

我的做法还是以简单为主，很是粗放，如果你要做得精致点，那也未尝不可。可以用糯米替代粳米，将米浸水一晚上，放锅里蒸熟，米饭用纯净水洗沥，晾干饭粒后拌入酒曲，再放入容器保温。优点是发酵均匀，粒粒干净彼此不粘连且汤汁清亮。如果要讲究点的话，也可在饭粒里拌入少许干桂花，那可就真正成了儿歌里唱的“桂花甜酒酿”了，但太讲究的事情一般我不愿做。我阿哥可能端着厨届高级职称的架子，做酒酿就是上述讲究的做法。上面描述的，全是他指导我的说法，我自己倒是没有做过。

阿哥有时也送我点他做的酒酿，品相确实可以，但味道和我做的也没多大差异。老实说，我们弟兄俩做的酒酿，感觉都没超过父母向那位启东大叔买的。

（2020 年 5 月）

美味三样

一

“食堂的洗水槽里全是鱼泡，下水道都堵塞了！”办公室同事的随口一句，听得我一激灵。一到下班时间，我立马拿了一只面盆直奔食堂。只见一长溜的水槽里，全是鱼鳞鱼肠和像玉米芯子一样大的白花花的鱼泡（鱼鳔）。我快速捡了一脸盆拿到办公室，又拿了一只同事的面盆，跑到食堂边又装了满满一盆，招呼同宿舍的伙伴阿荣一同捧回。

那是上世纪八十年代末，我住单位集体宿舍时，春节放假前的美好一幕。

那时我们企业经营效益不错，平时会发点水果衬衫啥的，临近春节，也会给员工发放十多斤的草鱼一条。草鱼是湖州的协作厂送来的。作为“乙方”，过年给“甲方”送点特产且计入企业成本，这在当时也是惯例。

拿到大草鱼，为什么不在自己家里宰杀而放在单位里杀好？为什么珍稀美味的鱼泡，却被员工们等同鱼鳞鱼肠一同扔掉？第一个问题年轻的你可能有些不了解：住在城镇或是市区的住户，七八十年代他们的厨房有多大？不说大小，只要能住厨卫独立配套的住房已是令人无比羡慕，要在非常狭小或者几家合用的厨房里宰杀这条十多斤的大草鱼，那是要费点周章的。第二个问题其实是个习惯和认知问题，先前尽管生活贫困食物匮乏，但人们在吃东西的选择上反而有点谨慎。比如我小时候，人们都不吃泥鳅，不吃乌龟，也不吃蛇，现在生活富庶食物充足，反而啥都吃了。当时的“体面人”更是讲究，鸡鸭血、鱼籽、鱼泡这些全不吃。我还听说过当时江西某地闭塞农村的农民，尽管面黄肌瘦营养不良，却连水田里的黄鳝田螺都不吃，直到知青来了大吃一通才有所改变。而当时我们家，无论是出于父母的“高见”，还是为贫穷无食所迫，倒是完全放得下“身段”，敢吃一些蛇、龟、黄鼠狼之类，可能这还是我小时候蛋白质的重要来源。

那晚已是小年夜，宿舍里只有我和同事阿荣。就着简单的佐料和简易电炉，烧成了两大盆汤汁浓稠、肥糯美味的红烧鱼泡。在窗外震耳欲聋的鞭炮声里，在万家团聚的过年时刻，倒满浓烈的“乙级大曲”，两个孤独的小青年，对着“鱼泡大餐”，两眼放光，也无甚言语，直至喝到面红耳热豪气满怀，把离家工作的愁苦和抑郁，一齐抛在了无尽的寒风中……

当年吃的全是草鱼鱼泡。鱼泡中品质最好的就是草鱼鱼泡，个大不算，还壁厚、肥软，红烧后软糯，不腥。鲢鳙的鱼泡虽大但质硬，鲤鱼和鲫鱼的小且薄。我平时买鱼杀鱼，鱼泡当然也不会丢弃，只是混在鱼肉中，不成气候。慢慢的喜欢吃鱼泡的人多了，鱼摊老板也会在杀鱼后的鱼肚垃圾中，选出鱼泡鱼籽，打包出售。我成家后，每逛菜市场，总会到鱼摊上问问有无鱼泡，碰到运气好，老板说“有，两块钱拿去”，拿出一小袋。回去洗干净，连带着鱼籽，按自己的方式红烧，放点蒜头或蒜苗，凑成一盆。那顿饭，有滋有味，那个双休日，也会特别滋润。

不过那是许多年前的事了，现在菜市场上的鱼泡价，最便宜也要二十多元一斤，还夹杂有许多鱼籽，鱼泡不够，鱼籽来凑，虽说鱼籽也不错，但比起纯正的鱼泡大餐，感觉还是差了点。现在到鱼摊，已经难觅鱼泡，偶尔一见，除了夹有大量的鱼籽，一般也是鲢鳙鳊鱼的居多，很少有草鱼鱼泡。因为草鱼鱼泡都由饭店包收，鱼摊也能卖个好价钱。

二

河蚌这东西，以前是不上台面的。记得小时候和同学说起“昨天烧了咸菜蚌肉”，同学故意露出惊讶的神色：“这东西也能吃啊?”搞得我非常自卑。其实同学说得也是，父亲在河里摸的河蚌，扔在墙角一大堆，母亲拿起，用刀剖开，挖出蚌肉，扔给围上来的几只鸭子，鸭子们便伸头缩脑地大吃起来。我小时候一直以为，河蚌就是鸭子的食物，只是我家穷，才“偷偷”吃这种东西。你看，这黑乎乎的东西，很脏很腥，里面还有黄色的很细很尖的小蚂蟥，蛮吓人的！鱼泡在当年也是贱物，但河蚌比鱼泡还不如，至少鱼泡干干净净没虫子，而河蚌很腥还有蚂蟥！记得母亲吃了河蚌肚子疼还呕吐了，因而我小时候对河蚌有点抵触，跟着父亲吃河蚌，也是迫于大人的压力。

但河蚌实在是太多了，多得鸭子吃不完，那时是没什么可以浪费的，祖父说：“人吃不也很好嘛!”

于是父亲挑大些的河蚌放入锅中“出白水”，待水开河蚌的两壳已经张开，捞出蚌肉洗净，这时，腥味的黏液没有了，瘆人的蚂蟥也没了，只有被煮过缩了大半的蚌肉。将出过白水、洗去“蚌须”（蚌的卵膜）的蚌肉，放入锅内红烧，烧制过程类似红烧肉，等快收干汤汁时，再放入咸菜，煮开就可上桌。这也等同于几十年后我们在“农家乐”里吃的河鲜名菜“咸菜蚌肉”。反正当时家里红烧鱼的话，不管大鱼小鱼，一律放入咸菜作“附头”，否则人多鱼少“呒吃头”。自然，蚌肉也不例外。

其实，父亲的蚌肉烧法，味道虽然不错，但还说不上美味。现在到“正宗土菜馆”里品尝小河鲜，“咸菜蚌肉”“蚌肉火锅”的品质也是有点令人失望。真正要发现河蚌的美味，还要注意几个关键点。

一是要生杀，二是清洗要到位。购买河蚌时，要请卖家当场剖杀，自己清洗时，要完全去除蚌须，再挤出其腹中内容物，然后放入盐，并充分挤捏，洗净，再放盐重复一次，直至将蚌肉中的黏液彻底洗去。购买河蚌时，尽量挑大个的，摊主会忽悠你“个大肉老”，其实个大与肉老关联度不大，与烧的方法倒是关联密切。个大的河蚌在处理蚌须和挤出脏物时，都方便快捷。最不好的就是将河蚌直接“出白水”，那种传统粗放的做法，因两次加热，对河鲜海鲜，都最为致命。洗净后的蚌肉可以放点生粉拌一下，再放入生姜、盐和酱油，小火煮就可。和红烧鱼泡一样，最好也要放点蒜头或蒜苗，味道绝对错不了。按我所说的办法烧制的蚌肉，味道如何我不再赘述，各位可以自己去体会。

我所烧制的浓酱咸鲜的红烧蚌肉，比之“老版”的咸菜蚌肉已有“质的提升”。我阿姐、阿哥等大家庭成员，因为有“老版”蚌肉的基础，每有小聚，看到我烧的这道菜，都会发出赞叹。

我们小时候常吃的不上台面的蚌肉，因其“内在价值”被人逐渐认识，价格已是一日千里。如今烧一盆红烧蚌肉，费时不算，价格已远超基围虾、白米虾。

三

当老鸭子成为我家保留菜后，我就和鸡鸭摊的老板熟悉了。每次走过摊位，老板娘就会招呼：“今天的鸭肠不错，你来拿啊!”“好，谢谢!”

刚开始在鸡鸭摊买老鸭子，杀好鸭子时，除了自己买的鸭子内脏留着，我会向老板再要点鸭肠（包括鸡肠），老板都会爽快地答应。后来不买鸭子经过摊位，老板也会主动让我进去挑鸭肠。我也不客气，进屋拎出放鸡鸭内脏的大桶，在外面光线充足的地方，定定心心地挑选鸭肠。

在混有大量内脏污物的垃圾桶里上下翻动，味道够可以，买菜的路人纷纷掩鼻，有些人问我这是做啥，我说找可以吃的东西，他们都是侧目无言。因为鸭肠的可用物不多，要烧一盆鸭肠汤或炒鸭肠，差不多得找出大半马夹袋。要忍受肮脏和气味，还要忍受路人的睥睨，内心没有足够“强大”，那是吃不到这好东西的。

当然，这些鸭肠拿回家后，还有大量的事要做，先用剪刀剖开去除里面的污物，再放入盐挤捏，去除黏液，方法等同河蚌的清洗。这实在是个费时费力的活，在水斗边一弯腰就是一两个小时，要是在冬天，还要用掉大量的热水，实在是个“功夫菜”。因此我烧制鸭肠，一般以煮汤为主，汤里配以蒜苗或韭菜，那是极香的一道汤，味道之美可能出乎你的意料，还可以省些食材。

现在菜市场里活禽已是少见，新鲜的鸭肠更是很难找到。当然超市里也有鸭肠的半成品，我买过，但烧制后的味道非常一般。一是鸭子本身就是“速成”；二是已是用热水焯过，并且焯的时间过长，鸭肠早已熟透，用熟食再烧制菜品，味道自然不咋地。

先前在小镇老街上倒是买到过两次鸭肠，那是一家规模稍大的活禽店，剖杀鸡鸭后积存的肠子较多，老板娘就用剪刀剖开清洗后售卖，很便宜，五元一斤，真正的白菜价，回归了“低档货”本色。老板娘说，闲着也是闲着，挑出来动动手，赚点工夫钱。我感觉这是真话，再一看食材成色不错，虽鸡鸭不分但也没啥关系，看看存货不多，就全部买下，回家按份分袋冰冻，真正的价廉物美。之后又去买过一次，东西也是不错。没想到小镇很快改造了，鸡鸭店早已不知所踪。

四

你发现没，不管鱼泡河蚌鸭肠，还是猪肝牛肚大肠，凡是味道不错的，一般也是腥味很重的。从很腥的料到美味的菜，这过程中剖洗极其重要，这几样原始食材各有各的剖洗方法。这些菜品在各家土菜馆里大都有，但味道并不出挑，这和他们的剖洗及加工烧制的方法有直接的关系。依本人的体会，清洗离不开盐，配料离不开大蒜，用熟食烧制那基本就废了。

如今吃喝不愁，鸡鸭鱼肉早已不在话下，传说中的“燕翅鲍”也不过尔尔，如今的吃，就讲究一个健康与个性。这三样先前根本上不了台面的农家菜，已从我的祖父、父亲那里形成了我的固化味蕾，现在无论多生猛的海鲜、多私密的私房菜，终究没能超过我家这保留下的“土菜”。

在锃亮的红木桌前，在妻子忙碌的身影后，端上一碗盏“私房”红烧鱼泡，抑或一盆红烧蚌肉，倒上一杯黄酒，体会这属于自己的美味，这种感觉，说与谁听？

（2024 年 7 月）

退休三友

工作忙乱压力巨大的时候，时常想假如我退休了，这些个烂事烦恼就没了，我也可以开开心心地干喜欢的事了。但那也只是想想而已，感觉退休还是很遥远的事，自己与“退休”还不相关，但光阴倏忽，转眼就到了可一眼看到退休日子的时候了。妻子以前问我你退休后干点啥呢，我总不以为然，因为我从未考虑过这个问题，感觉也不需要去考虑。但我倒是时常想到早已退休、但依然很忙碌很充实的三位老师和朋友，他们体健脑灵，勤奋不已，都在忙于自己喜欢的事，着实与一般退休者不一般。

第一位是“褚老师”。褚老师教师出身继而入职教育管理部门，对我也是实实在在地多方指点和引领，尊其老师，发自心底。他长我二十多岁，依然把我视为同辈朋友，他时有大作赠我，称我为友，平时微信联系，时常唤我为“兄”，惶恐之余，感受到他的谦逊低调和质朴为人。

褚老师退休快二十年了，满头白发但身材挺拔，声如洪钟，手中的笔如同他年轻时的教鞭，挥洒自如。还未退休时，繁忙的工作之余，其美文时常在《文汇报》《文学报》《新民晚报》等刊出，出版了散文集《过去不会过去》。退休后，更是佳作迭出，思想深邃、文风朴实的文章不断见著报章刊物。褚老师还潜心地方志书的撰写和上海方言的研究，以一已之力，撰写了四十多万字的《褚家塘志》和近九十万字的《东吴志》，皇皇巨著，心血无数。查阅资料，收集史料，内在工作量之巨、难度之高，一般人实难想象。他还撰写了某大型企业的志书，参与《闵行方言志》的撰写。其志书的文学价值不说，也为上海农村的村、队发展和村民的真实生活状况留下了详实的史料，功莫大焉。复旦名家蒋凡先生夸赞“《褚家塘志》是全国第一部自然村村志”，“也是第一个将‘绞圈房子’记入上海地方志”，出版了全国第一部专著《话说绞圈房子》，成就了“两个第一”。他也在上海方言研究领域硕果累累，先后出版了《金瓶梅中的上海方言》《明清文学中的吴语词研究》《上海西南方言词典》等上百万字的著作。褚老师无论是在志书领域还是方言领域，都成就非凡，成为了一方翘楚，称其为“乡下大儒”（其自称“乡下人”）也并不为过。

褚老师说自己年轻时为了家庭生计耽误了心中的“想法”，退休后，家庭幸福身体好，故得以精力充沛地醉心于心中的目标。我对他说：你退休了怎么还如此勤奋努力？不用太拼了。他说：我已经蛮放松了，大热天我都没怎么写了，太热了。但成果依旧不断。褚老师这样的退休生活，是他人生中的又一个巅峰。

第二位是“丁兄”。丁兄长我“一圈”，却黑发如绸健步如风。丁兄早年赴崇明农场工作，主业种田，但文学梦依旧，进取不止。代课做班主任、做土记者、搞宣传，一样样接着干，到“一刀切”返城时，居然已成半个“文化人”。返城后，几乎被打回“原形”，成了一名辛苦的公交售票员。但丁兄凭着骨子里的进取心，不安现状，写作不断，在公交售票岗位上，以“记者”的视角写了不少文章，后来竟然在《文汇报·社会大学》上开设了“车厢与社会”的小专栏，写尽了车厢视角的社会百态，读者好评如潮。又几经努力，成为市级行业媒体的主角，在新闻界扎下了根，最终成了“资深媒体人”。

照理，退休可以消停了，况且，“文化人”退休后高谈阔论的发挥空间大了去，最擅长的谈点文化、喝点小酒、写点“豆腐干”不也很好？但丁兄却还是搞得有点大，他成为了一家社区刊物的执行主编。刊物虽是社区级，但其品质不俗，影响不小，最近还成为了区融媒体的共享宣传内容。丁兄一点也没闲着，搞发行、做推广、搞征文、搞评奖、写歌曲、录视频，忙得“晚上已不写文章了”。疫情封门时，刊物照出不断档，还在家里写出了15余万字的长篇纪实文学《磨难的岁月》，之后，还在读者中搞了个读后感征文，专题编了一本《读后汇编》的集子。作为社区刊物，他经常思考探索社区刊物的特点和出彩点，为不断提升刊物质量而努力。年近七旬的丁兄，跑社区单位，走居民团队，采访社区达人，他不是在写作，就是在策划栏目主题。他说，年纪上去了，有时也感到累，所以晚上要喝点小酒放松一下，但喝得实在少，“黄酒只能一两，二两就要醉了”。所以，别说丁兄样样行，这酒量还真不如我。

第三位是“强哥”。强哥长我没几岁，刚退休，与我算是同龄人，也是我的同乡。相同的出身、阅历和“三观”，我们成为了密切的朋友。强哥退休前是体制内的人，在他的工作范围内有点影响力，当然也有点权力，但他不该拿的绝对不拿。强哥对我说过，钱这东西，只能“想”不能“贪”，一旦出事，自己半辈子好日子全部废掉，家里人也跟着遭殃，这是不敢想象的事。光这点我们也是相通的。但强哥家底殷实，且“来路”非常清晰，就是合理投资，合法收入。强哥也有炒股套牢基金亏损，但这些都是小意思。他瞄准旧厂旧房空置地，承购接盘，推陈出新，规避风险，内在门道合法合理，转战商海如鱼得水，有名言“赚钱要在退休后”。强哥上对国家经济走势和方针政策极为敏感，下对街坊店铺及融资事宜如数家珍。虽未大富大贵，但家底早已傲视众人。

强哥平日里最大的爱好是出门小旅游，或小聚“农家乐”，打个红五星搓个小麻将，但不沉湎不上瘾极自律，他发现自己血糖有点高了，就自觉节制饮食，偶尔与朋友小饮一下，菜极平常，但对酒倒是有点要求。他农家出身，身体又好，蔬菜种得非常好，我也经常借光获益。

我的三位退休了的好朋友好兄长，未退休时是工作骨干、岗位能手，为单位为社会作出了应有的贡献；退休后少了在职时的羁绊，心态更平和，追求更多样，更显出几分个性和自我，他们退休后为社会作出的贡献一点也不逊先前。他们与我亦师亦友，是我的榜样和标杆，我是他们的追随者。

我天资平平，努力更是不够，今生也不可能达到他们的高度，但有这么些个优秀兄长在前面引领，我在以后的退休生活里，按照“近朱者赤”的说法，或许我也会更“赤”一点吧。

（2024 年 9 月）

静默的手机

晚餐后，岳父告辞回家，没多久，又匆匆折回，喘着气，神色凝重地拿出一只手机，告诉我：刚刚在路上捡到了一只手机，问我怎么办？我接过一看，是一部新款“三星”，开机着。我问他：“还掉，还是你自己用?”岳父说：“我不要。”我说：“那好，还掉吧。”岳父说：“还掉的好，你去还吧，我不会弄。”岳父走了，手机留在我处。

于是，我开始激动了，我等着手机铃声响起，盼望失主焦急而感激的声音。我希望失主是个有身份的人，或许可以跟他交上朋友；甚至期待失主是位美女，可以多一个异性朋友……

说实话，看到这部新款手机，倒也不是没有“心动”过。毕竟，这部手机的款式、档次都要胜过我和妻子现在自己在用的。只是，“做好事”“有腔调”的感觉盖过了我那点“小心思”，享受被感激、被尊重的感觉胜过了自己占有的想法。

且不管自己是否真正“高尚”，反正在第一时间，我就决定还掉手机了。

于是我等待手机主人的来电。半个小时过去了，手机没有响；一个小时过去了，手机还没响。我试了试手机，没问题，很好使。我有点纳闷了，想想这主人还真够马大哈的，手机掉了，难道自己不知道？三小时过去了，手机还是没有声响。

我一路下楼，走到岳父捡手机的地方，转了转，四处张望，期待碰上失主。可是空空的人行道上，只有个别匆匆行人。

手机电量只有两格了，我也没有匹配的充电器。为尽快找到失主，我开始用自己的手机打那手机里存的号码，告知对方“您朋友的手机丢了，正在我这儿”，希望找到失主。几十个电话打出去，“认领”的回电蜂拥而来，我接了半夜的电话，竟无一个认领者对手机的描述对得上号，妻子嘲笑我“比雷锋还雷锋”。

第二天，又接到几个电话，依旧不是“错领”就是“冒领”，而真正的主人仍隐而不见。我眼睁睁看着它的屏幕因电量耗尽而熄灭。我百思不解：那主人是怎么想的？他（她）究竟是个什么样的人？这部手机毕竟价格不菲啊，对我等平头百姓而言，丢了肯定心疼，我以前也丢过一部手机，尽管那是部老手机，可丢失的那晚，我心疼得半夜没睡好。

第三天，我能想出的牵强解释是：这失主记不得自己的手机号码了，没法打自己的手机，或是没发现手机已丢失，或者……想想真是沮丧，好不容易有了一次表现自己“非常高尚”的机会，却硬是失去了。

小时候，雷锋黄继光的英雄事迹常在耳畔，我成天盼着能像他们那样挺身而出；人到中年，也曾报名参加骨髓捐献，但极低的配对率让我的梦想一直那么遥远；现在这手机……唉，看来要做件好事，还真不是那么容易！

（2015 年 2 月）

皮鞋四十年

在苏北亲戚家作客，餐后坐在沙发上与客人闲聊。客人看着我翘起的脚，话语突然停了，盯着我的皮鞋看了好久。其实我心里已经明白，知道他在看什么，也知道他接下来要问什么，就故意把脚抬高，让他看得更清楚，还翻转鞋底，让他看看鞋底的品牌和工艺。他仔细看了以后，说：这双皮鞋蛮老式噢？我说：对，有年份了，快有四十年了，还是父亲“传代”给我的。他有点惊讶：噢，不容易，这皮鞋质量这么好啊！

显然，客人很“懂经”，有经历还有眼力，不愧曾任教扬州大学。这是我穿这双皮鞋几十年了，第一次听人说“老式”，也说明这双皮鞋的品质和保养确实不错。

上世纪八十年代，我中专毕业分配进厂，有了自己的工资，感觉有点“翻身”了，想着报答下父母，寻思着给年已六十的父母买样上品的“大件”，考虑给母亲买件羊毛衫，给父亲买双皮鞋，当然东西不能差，要体现档次。当时我的工资大头都给了父母，自己只留小部分作为零用钱。既然孝敬父母的，也只能在零用钱里省出来，积满了数目，就跑到“市区”闵行，给母亲挑了件羊毛兔毛混纺的开衫，母亲很是开心。

但给父亲买怎样的皮鞋，一直没敲定。想到冬天里有元旦春节，喝喜酒走亲戚也大多在冬天，就考虑买冬天穿的款式，再说冬天款的皮鞋才显得出档次。跑了闵行、莘庄的百货商店，没有中意的，没料在颛桥发现了一款：高帮、整皮鞋面、圆头、喜喜底，还是蜡线制底，一见就满意，价格四十元五角，比一般皮鞋贵了不少，但货真价实，在仔细试了尺寸大小后，毫不犹豫地买下了。

周六回家拿给父亲，父亲却说：我不能穿皮鞋，痛得受不了！

原来这是父亲对第一次穿皮鞋的一次不佳体验，父亲先前有过一双皮鞋，这双皮鞋让他吃过苦头。

当时乡里新开了一家皮鞋厂，试制了一批皮鞋样品。姐夫不知从哪里弄来了一双样品孝敬父亲，那是一双“三接头”，款式很洋气，很有气派。一辈子没穿过皮鞋的父亲很高兴，试都没试就直接收藏了起来，等到我阿哥结婚时，隆重穿戴出门。经过两个小时的车船步行，到阿哥家时，父亲已是龇牙咧嘴不能走路了。但阿哥家在“上海”，来客都是“上海人”，场面上不能坍台，皮鞋硬是穿了一整天，只是当夜回家后连呼上当。

当时我觉得这不过是新皮鞋打脚，可能还是父亲“赤脚穿皮鞋”的缘故，但后来我拿皮鞋一试，感觉确有问题：原来样品皮鞋皮质干硬，形状也不规范，鞋面太长直接顶住脚腕。我穿了没走几步就难受，父亲却穿了一整天，还走了那么多路，一定痛苦之极。

父亲看到我买了皮鞋，才有了这个反应。其实在我试鞋的时候，已经意识到这个可能，因此除了选择尺寸大小，非常留意皮鞋的形状与舒适度。可能父亲还是不太放心，当场就试穿了，穿上走了几步，感觉不错，面露喜色，说“蛮好的”，随即就出了门。半小时后回来了，问他还可以伐？他说：“蛮好的，感觉人还长了许多。”说完还挺了挺身体。我说那就直接穿上吧，不要脱了。他说不要，地上是湿的。其实他已经在宅子上兜了一圈，可惜“锦衣夜行”，没碰到几个人。

以后，每逢冬天喝喜酒、走亲戚，父亲一定会穿上这双皮鞋，如有人说这双皮鞋好看，他会说是儿子买的。平时父亲不穿这双皮鞋，但他会拿出来晒一下，再放起来。多年后，皮鞋依旧锃亮挺括，鞋底也没有多少磨损。

父亲病重了，那是在寒冷的冬天。我每天骑“建设牌”在单位、医院和家里三面跑。

那天早上，我穿上大衣戴上头盔准备上班去，父亲突然对母亲说：我死了以后，我的皮鞋和大衣不要烧掉，给志维，他以后来看你，浦东浦西来回开摩托车，很冷的。

当天下班后，我先回了趟老家。找出父亲的大衣和皮鞋穿上后再到医院。父亲看到我这身打扮，有点惊讶。我对他说：“很暖和，样子好吗?”他说：“好看的。”

后来父亲的这两件“大件”，的确没有烧掉，大衣给了爷叔，皮鞋我留下了。每年的冬天，特别是走亲访友的时候，都要穿上几天，“车子在于开，皮鞋在于穿”，穿穿不会坏，既是为了保养，也是一种炫耀。母亲年岁大了后，眼神不好，有时也会看着我脚上的皮鞋问我：“这双是不是你爷的皮鞋?”我都说是的，哪怕确实不是。

现在这双皮鞋已是高龄，皮已发硬，里层的驼绒也掉了不少。我每年给它上上油，吹吹风，去年发现有点脱胶，就送到专业店去修理，现在依旧挺括不走样，鞋面也是锃亮，没有起皱，除了鞋带褪色断裂换了新的，其他还真没啥问题。所以今年春节我穿了出远门，除了翘脚后被这位亲戚看出，其他人谁也没有看出这是双古董皮鞋。

想想这日子也是够长了，父亲母亲爷叔都已故去，我也是从购买皮鞋时的刚刚工作的小青年，到如今已经看得到退休的日子了。但是皮鞋未老，我也未老。

（2024 年 7 月）

两代人的喜酒

久未走动的表哥表嫂突然摸索着找到母亲住处，喜孜孜地告诉她，表侄婚事已定，邀我们全家喝喜酒去。

于是母亲戴上老花镜，在日历上仔细寻找那个日子，并在那个时间上做了一个醒目的记号，计算着离那日子还有多少天……

我回老家，母亲和我说起这个将要结婚的表侄，很是感慨，感慨时间的流逝与他的成长，面对将要赴的婚宴，也是兴致颇高。知母莫如儿，我知道，母亲所期盼的，是婚宴的热闹与久未见面的亲戚们的交流。

其实，我也是。在乡下喝喜酒，一直是我情感记忆中的大事。

少不更事时，真正可以放开肚子享受大鱼大肉的，也就是跟着父母吃喜酒。乡下喜酒讲究“三日头排场”，时间长，规模大，吃得我塌胸凸肚，饱嗝连连，才会依依不舍放下筷子。在撩起衣袖擦那油嘴时，心里思忖着的还是下一次大吃，不知要挨到哪年哪月。至于喜日里婆家房子娘家嫁妆之类，我听过就忘——那是父母们关心的事情，我关心的只是吃。

大鱼大肉早已不再是我们的期盼了，而亲友间的婚宴喜酒，却依然是我的期待，特别是乡下的喜酒。所期待的，是一份亲情的融入与交流。

毕竟生活节奏快了，现在的乡下喜酒，已没有了“三天排场”的做法，一般就是中午晚上各安排一顿酒水。两席之间的小半天时间，则是八仙桌与棋牌桌通用，满屋都是甩牌声和吆喝声。

打扑克搓麻将于我没吸引力，这看似无聊的小半日，我却感觉最有味道。在各张酒席上走动一下，与不常见面的长辈同辈小辈聊天攀谈，然后拉上小时候的玩伴，邀上长辈，泡一杯茶，撮一碟瓜子，点上一支烟，聊一聊身体，说一说世情，亮一亮收入，“晒”一下家底……长凳竹椅，壁脚廊檐，无拘无束，轻松随意。

坐久了，聊长了，还可以去村里走走逛逛。高高的榉树、浓荫的香樟、蓬勃的稻麦、新鲜的菜蔬，碰上丽日和风，那种旷达与松闲，赛过在古迹名胜的徜徉漫步。

还是要说到吃。乡下喜酒的两顿席间，还有点心，一般是菜肉圆子，荠菜肉馅，野生的荠菜，口齿生香。肉糜用刀剁成，不像绞肉机出来的那样没嚼头；那皮面是糯米水浸加工而成，粗而有咬劲。这样的圆子，个大馅足，朴实无华，远非“龙凤食品”能比！

宴罢告辞当口，按习俗，热情的主人还会为你准备一份伴手礼：“馒头糕”，就是菜肉馒头和蒸糕，都是东家隔夜邀人手工制作，清清淡淡，无油无腻，同样是我的最爱。但遗憾的是，近些年，为了省事，越来越多的主人开始购买成套的糕点，虽款式新颖，但内容、口味与我记忆中的味道相去甚远。因此，对于传统的手工“馒头糕”，我格外“珍惜”，甚至还会厚颜另索一份。

如今，要出席的喜宴真不少，场所越来越富丽堂皇，桌上的菜品也是山珍海味应有尽有。但恕我不敬，面对那冗长繁复的程序，喋喋不休的司仪，款款不断的套式敬酒……让人无法放松与享受，这种仪式，让我感到似乎还在参加某项工作。

母亲终于去参加了那个喜宴。但我看到，整个过程，她除了保持微笑，也没说过几句话。

（2011 年 7 月）

有客自青海来

大年三十下午，在妻子的催促声里，我正晃悠悠地擦扫拖抹。突然儿子大喊一声："他们到上海了！"

我问："不是说明天到吗？""他们来电说已到上海，有八人，正在外滩，是不是还要请他们来？""八人？不是说好是两人吗？""别的班级的几位也一起来了！"儿子说道。

都大年三十下午了，一下子要来八人，这吃和住倒确实有点问题了。

和妻子商量了几句，我对儿子说："来吧，请他们一起来吃年夜饭！"儿子飞快地拨起了号。

他们是儿子在青海的同学。寒假回家时，儿子说，班里有两个同学在苏州打工，春节不回青海，是否请他们来上海玩？我说没问题。电话联系后，儿子对我说，春节里他们不来上海了。小小年纪不远千里来苏州打工，春节都不回家，这多不容易。我让儿子继续邀请。

我听见儿子在电话里高声说"我老爸都安排好了，为什么不来？"果然，挂上电话后，儿子说，他们来的，说好了，初一到上海。

我对儿子说："他们在苏州吴中区打工，春节有假期，离上海又近，怎么会不愿到上海玩？说不来了，那是客气，怕打扰我们。"妻子拿出被褥，晒好太阳，并在儿子的房间里腾出一个地铺位置；儿子也打开电脑，查找上海的游玩处。

天已擦黑，路上行人车辆寥寥；商家店铺门前，也是空空荡荡。

全家立即分头行动，儿子去地铁站接同学，妻子负责借旅馆，我负责订年夜饭。一个小时后，消息汇总：附近唯一没打烊的旅店里，剩有八个床位；"象山小海鲜"的大厅里，还能加唯一的一桌；只有儿子在说定的时间里，没接到同学。原来，同学们到了一家商场准备去买礼品，给儿子劝了回来。

饭店门口，迎来了八位来自西北高原的小伙子。他们又黑又瘦，长发凌乱，怎么都不像个"211"的大学生。他们脸上带着朴实的笑意，见面就说："不好意思，添麻烦了！"我故意说，好像听说过一句"有朋自高原来，不亦乐乎"。他们笑了，说是孔子说的，是"有朋自远方来"……

订到的这个"象山小海鲜"，应该是歪打正着了，用小海鲜招待西北小伙子，算是有"地方特色"了。为给儿子添点面子，还特意开了瓶洋酒。给每位都倒上一小杯后，我说大家是大学生，就少喝点吧，但今天是除夕，所以一定要喝一点。他们也不推辞，脸上满是笑意。喝了一小口，都说喝不惯，味道有点怪。我说海鲜味道怎样？他们也说不习惯。当最后要上米饭时，小伙子们直接就说，想吃面食。

看得出，这顿年夜饭，他们不习惯。海鲜不太习惯，洋酒不太习惯，米饭也不太习惯。但其实为什么一定要“习惯”呢？在家最“习惯”了，干吗还要旅游、尝鲜、探险？在“不习惯”中，尝到新鲜、尝到热情，不也很好吗？或许这顿“不习惯”的年夜饭，在他们青春的年轮上，会留下些许新鲜的关于“海”的感觉，带着这份感觉，抖擞着走上人生的航程。

第二天一早，儿子和同学们就出发去玩了。晚上回来时却只有儿子一个人了，儿子说他们回苏州了。我问怎么就住一晚就走了？儿子说他们很节约，还有可能是旅馆钱由我们出他们不好意思。儿子说他们回去都给家里长辈买了礼物。我问啥礼物？儿子说你猜猜看。

我猜了五香豆、皮带、领带，儿子都摇头。儿子说，是香烟，他们都买了香烟。我问什么牌子的香烟？“红中华。”“两包？”“一条！”“哟，啥价钿？”“五百元一条。”

我问儿子，你同学对自己对朋友对家人的态度你看懂了吗？儿子说，你以为我还是小孩？

（2015 年 5 月）

“无底洞”“古佛洞”奇遇

九华山名扬天下，佛教和风光并重，游人如织。但大家可能都没听说过其中的“无底洞”“古佛洞”，更不会“游”过这两个洞吧？当年我和我的伙伴在不经意间，领略了九华山“无底洞”“古佛洞”的“魅力”，留下了极深的记忆。

那天我们一早出发，午后差不多就游完了全部有名的景点，从最高峰“天台正顶”下山。因为没走回头路，下山时走到了山的背面，正沿着一条荒僻的小道转悠时，见不远处有个和尚在打柴，好奇心让我们走了过去。

没等我们走近，和尚倒是先开口招呼我们，问我们怎么给手表上发条。只见他手里拿着一块手表想上发条，但是他一拧旋钮，表针就跟着转动，表走动了，但时间全乱了。原来，他不知道上发条不需要拉出旋钮，直接拧旋钮就可，他把上发条和调节指针时间混为了一谈。

我们很快给他上了发条，对好时间，并告知他上发条与调节时间的差别。和尚如释重负，连连点头道谢。看得出，这问题困扰他已久。

不会给手表上发条，不问同伴，还单独出来暗暗研究，这背后的原因我们已经猜出了八九分，但当时我们毕竟年少腹浅，尽管没直接问，但脸上的疑虑可能没有藏住，于是和尚反复向我们解释：表是向方丈借的。

我们询问和尚，这附近是否还有好的景点，和尚热情异常，说有，有好地方：无底洞、古佛洞！他还仔细为我们指点了线路。

很快我们就来到了“无底洞”的洞口，看见的是一垂直向下的石洞，洞外是一小块石质平地，初看像是没有围栏的井，只是三角形的洞口很是狰狞。往洞里看，一米左右的下方是一个小天台，旁边是斜着往下的通道，通向“无底”深处。这哪里是个“景点”？感觉就是整一个的“白骨洞”！

进还是不进？疑惑了半天，想想不进的话，以后可能会被单位的伙伴嘲笑。于是还是横下心：进。我撑着洞口的石头，双脚踏上了半人深处的小平台，低着头，慢慢往下行进。

待眼睛在暗处有所适应后，盯着简易凿出的石阶，手摸着湿漉漉的洞壁，大着胆子摸索着往下走。走了几十米后，感觉越来越冷，洞里深处还吹过来一股烧柴和点香的味，有时还有“呼呼”的声响，于是我们停了下来。

我们都是农家出身，熟悉烧柴的味道，但想想在这洞里烧柴好像不太可能，这不时传来的“呼呼”怪声又是怎么回事？这洞里到底有什么？里面是人还是妖？

只能继续走。这时洞上方的滴水越来越多，冰冷的水滴不时滴入脖子内，让人浑身打颤。往前走了一段，光线反而有点亮了，抬头往上看，上方洞顶处有一条裂隙，光线由上而入。这裂隙时有时无，勉强可以看见脚下的台阶。

再走了一段，突然发现洞壁上有个像神龛一样的凹口，好像放着折叠起来的被子，凑近了看，确实是红色的被子，壮着胆子伸手摸了一下，确实是棉被，只是潮湿得几乎挤得出水。

“洞内有人。”我们两人同时脱口而出。伙伴用颤抖的声音连着叫了几下“有人吗”，但无人回答。这时柴火味、香火味还有这一路的“呼呼”声越来越大。我估摸着我们已经走了上百米了，这洞“有底”还是“无底”也该见分晓了。“师傅，我们来看看哦。”我大声喊了一下，也没有回音，我们干脆加快了脚步。

随着洞拐了一个弯后，一扭头，这猛然跳入眼帘的场景，使我吓得一激灵：地上摆了一圈红烛，烛光摇曳，红烛后面是一尊佛像，在烛光的映衬下，满面红光，似笑非笑，特别是两个眼睛，跳动的火苗在他的眼睛里闪烁……

看见了烛光和佛像，我正纳闷怎么没人？刚想扭头打量一下四周，黑暗里猛然一声断喝：“你们干啥?!”

这般晴空霹雳，两个人差点一屁股瘫软下去。

半晌回了点神，寻声望去，原来是一个尼姑正盯着我们质问。见我们半天没声音，就不理我们，自顾自地用一根长竹筒往灶膛里吹火，发出呼呼的声响，灶头上正在煮着伙食。

这下明白了这气味和声响的由来。我们连声说“不好意思”“只是进来看看”。尼姑也不再理睬我们，只顾埋头呼呼。我本想再搭理几句，见这架势，怕自讨没趣，便慢慢退了出去。临走再细看了下这洞底一眼。发现这“无底洞”的洞底，是用石头垒平的一大块空间，供着佛像，尼姑在洞里吃住修炼。而洞的前端，被石头垒起堵住，石缝里还透着丝丝光亮。显然，所谓“无底洞”，是一个连通山体两端的通道，只是在下面的顶端被封住了。

往回的路上，尼姑在后面超过了我们。我们再次向她表示歉意，她冷着脸没说话。快步走到放被子的地方，夹起被子飞快地往前走。我们也加快步子，跟在她的后面一同跳出了洞口。

只见尼姑把被子晾在洞口的石头上。阳光下，我们打量了尼姑：三十多岁，脸色灰白，满脸浮肿。

她为何独自在地底下修行？想不出答案，直到晚上回到客栈。

然后，我们又出发前往古佛洞。心想以“佛”为名，还是“古”已有之，猜测这个洞应该要比无底洞“正规”吧？

沿着和尚指点的林间小路，我们躬身而上。说是路，其实只是林间草丛中有人走过的一点痕迹而已，有些地方连痕迹都无法分辨。我们很是担心回去的时候会找不着路。伙伴掏出小刀，每隔十多米在树皮上削出记号。

这样一路走一路削一路向上。我们发现这块区域有点特别：一是一路都是泥路，而九华山的上山道几乎全是石道；二是这一带林木遮天蔽日茂密异常，地上还全是灌木野草。我在想还好是泥路，如果是石头路，加上草木稀疏，这条“古佛小道”可能不会有啥痕迹了。

估摸着走了近千米的路了，道路变平坦了些，树木也稀落了，猜想可能快到了。

果然，拐了个弯后，出现了一块平地，有半个篮球场大小，场地的尽头靠着一座九十度的垂直山体，高几十米。山体是黄褐色的花岗岩，细腻平整，颇有气势。山体上有三个横向的大字“古佛洞”。清瘦的行书，流畅洒脱，有点“佛性”。大字凹痕内依稀的朱红显示着时光的久远。

把洞口围住的是一个石头垒起来的小院，靠着山体，占了场地的一大半。小院的墙体垒得较粗糙，全是乱石，为了找平，石与石之间夹着许多小石片，一看就是院主人自己动手垒成的。

小院的粗陋搭配着雅致的古佛洞，就像高贵的老洋房前搭了个柴房。这也是兴盛与衰败的交替，曾经的香火已淹没在这荒山深处。

小院有个双对开的木门，轻轻推门，里面插了门栓，说明里面有人。轻敲木门，没声响。从撑开的门缝里可以看见“古佛洞”，洞口如窑洞一般，装有门和窗，这木门还半开着，站在院外，已闻得到洞里飘出的缕缕香火味。

我鼓起勇气敲门，没声响；喊了几声师傅，也没声响。感觉有些奇怪，明明有人却没有应答，想想这荒山野地里一般没人打扰，对外人的声响应该是非常敏感才对。

一路摸索到这里，就此打住，这太不心甘，于是决定翻围墙。这围墙用杂石垒成，石缝很大，脚尖可以插入，我很轻松地翻了进去。

跳进围墙的第一时间，我快步从里面打开木门让伙伴进来，然后站在原地，对着半开的洞门里喊了几声师傅，还是没有任何声响。

我慢慢凑近门口朝里看，发现门口右侧就是一张床，床上挂有蚊帐，红色的被子随意铺在床上，被子里是否有人，一时看不清。正当我举手轻轻敲了一下门的同时，耳边猛然响起一声：出来！我顿时像被人猛击了一下，懵了半晌，竭力支撑着已瘫软的双腿，想寻找洞里发声的人，一时还没找着。这时，耳边又传来一声：快点出来！

这下我听清了，是同伴在院外喊我！这时我才意识到，刚才那声把我吓得魂飞魄散的声音，也是这家伙在喊我，我真以为我们的翻墙入内震怒了洞里“大仙”！

原来这家伙胆子比我还小，趁我凑近洞口观察的时候，早悄悄地开溜到了大院外，把我一个人晾在这神秘的险地。

由于伙伴的临阵脱逃，我一个人再也没有勇气进入洞内。“古佛洞一游”无疾而终，铸成了我几十年的“遗憾”！

晚上回到客栈，与老板娘说起这“两洞奇遇”，她非常惊讶于我们找到了这两个洞，竟然还进了洞。老板娘告诉我们：“无底洞”里住着的是一位希望出家而未能如愿的俗家姑娘，尼姑打扮，但还不是正式出家，在洞里苦修一段时间后，由庵里主持根据其“表现”决定其皈依与否；“古佛洞”原先还有香火，后废弃，一位老尼决意要在这“苦庵”里修行，其衣食物品由弟子逐月送入。

与这两个洞的“邂逅”已经过去了三十多年，每每与当年的伙伴小聚时，毫无例外都会说起这十多天的自行车之行，我们也会重复这传说般的“两洞游”。每次我们还会许下从不兑现的诺言：再去看看“无底洞”“古佛洞”。

（2024 年 6 月）

四

蒹葭苍苍

阿　强

那天去探望一位亲戚，问路时见边上有一人很面熟，想起这是阿强，忙下车和他打招呼。阿强脸上表情无多，我问："你还认得我吗？"阿强说："认得。""认得不跟我打招呼？"阿强脸上有了点笑意，像是羞愧，说了句什么我没听清，再问，他也只是笑笑。随后我挥手告别。一路上我心情有点沉重：阿强怎么会变成这样了？

阿强是我从小的玩伴。那一年，他的父亲，一位极老、走路僵硬晃荡的老人，手牵着一个小男孩来到我家，说让我明天带他去我们小学读书。没等我反应，母亲已替我点头答应了。他们走后，只听母亲说：罪过啊，年轻时"垫身体"（入赘有孩子的寡妇），老了再回来，六十多岁了还带个小人！

他们家里的房子在村里是最破，那是他父亲的祖屋，出门"垫身体"几十年，一直无人居住，爷俩回来后，大队里给免费修了一下，勉强能住，他家的住房一时也成为同学们谈笑的话题。那时我读四年级，阿强插班进了二年级。一口"西头闲话"，加上破旧的衣服，常招来同学的欺生。好在他成绩和表现还不错，还有我这个"大队长"帮衬，小学时光也就平静过去了。

初中时，阿强的头发越来越长，很快就披了肩；一顶两耳海虎绒的棉帽子在某个冬天戴上以后，接下来的两个春夏秋冬愣没脱下过。这形象在学校很特别，遭人取笑不算，老师也反复找他谈话，“压力”应该很大，但阿强倒是“扛”了下来。后来到底还是辍学了，一头长发、一顶棉帽却是依旧，远看像是《阿 Q 正传》里的“假洋鬼子”。村里人可算是多了个话头，有当面说教的，有人后评论的，都当作笑话趣谈。可怜他的老父亲，红着眼，哆嗦着，一遍遍跟他念叨，一遍遍对别人解释。而阿强对此一概视而不见、不发一言，仿佛高人。

仗着大他两岁和考上了中专的成就感，我上门和他聊，准备拉开架势开导他。哪知提到他的头发帽子，他态度一下转变，话题无法继续。我起身转转看到他的床，吃了一惊：大冬天，床上还铺着草席。我说冷吗，换条被单很方便的。他说有被子，不冷，蛮好，睡席子不用洗被单了。我俩正说着，他的父亲进来叫他吃饭，说是今天专门买了肉。他不答话，冷眼以对，长久才说了一句：“你吃吧。”人却依然没动。

后来我才明白，这是青春期的叛逆，加上自卑心理，产生过度自尊和对外界的封闭。还有一个因素：他父亲年岁很大了，没文化，认知和技能也没到正常水平，和青春期的儿子根本无法交流。村里的人们给他的，都是异样的目光和取笑的眼神……他的心理，就更加与环境对立起来。

我和阿强都喜欢音乐，休息日回家，我常去他的小屋聊天。他买有一只 walkman（随身听）和一对有源音箱，还有许多磁带，听着听着我们时常和着音乐一起高唱，我还时常卖弄一些刚从声乐老师那里贩来的术语，他听得满脸惊奇。他试图跟着我学唱，但终究被我吹怕，只能羡慕地听着。

后来，阿强突然换了个人样：天天一辆“凤凰牌”进出，皮鞋锃亮，头丝清爽，春风满面。原来，他在母亲家的出生地被征，进厂成为一名大厂职工，成了响当当的工人，拿工资有福利，羡煞种地的三村邻里。他趁休息日，将父亲遗留的柴草杂物清理干净，在房屋周边种上一片那时还不多见的棕榈树；门口泥地上，铺上了不知从哪儿搞来的旧地毯。家里家外，面貌一新。一时，说媒的串门的也多了起来。看到他的这种精神状况，我很为他高兴，和他闲聊时我建议，将两间房屋修修好，再装修一下，结婚算了。他不语，但含着笑，算是默认。

没想到阿强随后的“大手笔”，出乎我意料：他竟出手买下了邻村人家一幢三层的楼房，成为全村为数不多的拥有三层楼房屋的人家，令人刮目相看。

他搬去了邻村以后，我长久没见到他，偶然听母亲说他现在不上班了，整天不出门，在家烧香吃素。我感到有些奇怪，于是决定去看一看。一个休息日，我上了一次他的新家。进门见阿强剃了个光头，屋里上着香，放着佛乐，烟雾夹着香味，那环境和庙里无异，只是没了佛像而已。阿强对我的到来很高兴，照面几句，夸过他的购房、他的能干后，我说你现在怎么搞成这样了，想做和尚？阿强说玩玩。问及工作，他说下岗了，随后提高声音说，领导是欺我，我完成工作蛮好，却轮到下岗！我说要不再找一找领导，他说没用的。那你烧香啥意思？他说心里烦。我问女朋友有了吗？他说现在不想找。

阿强整日烧香，也不干别的事，偶尔见人也是不理不搭，小时候的“病根”好像又犯了。于是，村里有传言说他生“毛病”了。阿强平日基本不出门，倒是有几个人却经常去他家。去他家的是些什么人呢？不是看低他们，全是智商低一点、反应慢一拍，众人眼里不入流的几位。

因为这种环境，我自然也不去他家了。但阿强却够哥们，那时我父亲去世，可能是出于我父亲的仁厚或是和我的情分，他竟“破例”出门，到我家送了份不薄的礼金，交给记账的人后，回头就走。我得知后特意去请他来吃个白事饭，阿强却死活不肯。

有道是“物以类聚人以群分”，但阿强现在与这些人的交往，却是个例外，阿强与他们也不是同类，这一点，我非常清楚。他看不得异样目光，听不得轻慢的言语，他在自己的家里，感觉是一方安全的天地，在那些个人的“圈子里”，没有嘲笑，没有高低，找得到自尊自信，在香烟缭绕里有心灵的宁静，而这一切在外面，却很难找得到。于是，他把自己的心缩得很小很小，再包上一层自尊的硬壳，来抵挡外部世界的一切。

我对母亲说，我要去看看阿强，母亲让我不要去，我还是去了。见到阿强时，他明显有些意外，他说你还来看我？我说我们是老朋友嘛！在香烟袅袅中，原先就在阿强家里的“那几个人”，可能感觉到我和他们不是一类的，就起身而走，连告别也省略。

我和阿强几乎找不到话题，许久，我说：“还是找个工作吧？”阿强说：“有啥找头？”我心里还想说，那找个女朋友吧，想必更无结果，于是没有开口。

一晃又是几年过去了，现在房子拆了，村庄没了，我已无法联系他了，但我心里一直念着一句话——

阿强，你还好吗？

（2013 年 12 月）

戴眼镜

可以肯定，我的祖上都没戴过近视眼镜，连老花眼镜，也可能只是从祖父以后才开始戴的吧，到我这，倒是开始戴近视眼镜了。这戴眼镜形象，在书中、影视中，都是读书人的“专利”，似乎戴了副眼镜就有了“文化”。我文化不高，读书时也不算用功，理应不会近视，却最终还是在临近毕业时，离不开眼镜了。

我也揣摩过自己近视的原因，先天遗传谈不上，最大可能是在光线太暗的地方长时间用眼，造成眼睛疲劳。当时在学生宿舍里，下了蚊帐躺在床上看书，一看半天，武侠小说、言情小说床上放了好几本，看得头晕眼花，直到想起来今天的作业还没动，连忙起来蓬头垢面拿出作业本，脑袋和眼睛已是一样的混沌。营养可能也是个原因，正是长身体时，每晚晚自习后，还要跑步练唱，十点多躺到床上翻来覆去睡不着，为啥？饿呀，什么眼睛健康必须的维生素ABCD，那都是以后才知道的事。

同学中戴眼镜的有好些个，但我从来没想到过自己会与近视挂钩。直到有一次看电视，感觉画面有些模糊，人家都在发笑了，我没觉得好笑，反应慢了半拍，随手拿起旁边同学的眼镜一戴：哦嚯，咋这么清楚，完了，近视了！

想想这只是刚刚近视，还不至于戴眼镜吧？但我低估了它是会“发展”的。近视也是“病”，病就会变化发展。没多久，终于撑不住了，配了眼镜。

对于斯文的同学而言，戴个眼镜也不算啥，也影响不了什么，但我偏偏非常不“斯文”，踢球打拳练沙袋，拷浜捉鱼钓龙虾，还要参加家里责任田的收种施肥打药水，戴了副眼镜，非常碍事。最痛苦的是，与泥水相关的事情，如车浜捉鱼，鱼一扑腾，泥浆飞你一身，眼镜上也是一片泥水，还无处清洗；插秧时满脸汗水，头一低下，眼镜就会滑落，用手一扶，镜片上满是泥水；在长途卧铺上躺下，眼镜拿下来没地方放；夏日汗流满面低头干活，眼镜又会滑落……

诸如此类数不胜数，戴眼镜的种种不便无处不在，徒呼奈何。书没读多少，眼镜倒已附身，也算是运气不佳。

这些个慢慢倒也习惯了，更为伤心的是，当年报考警察队伍，连续两次过笔试而体检未过，就是近视的原因，这是我职业生涯中的一个痛点。

有了这个教训，后来我对儿子的视力特别上心，“身体坐直”“保持与书本的距离”更是不离口，还给他戴了好长一段时间的“背背佳”。但无论怎么提醒，在他的高中阶段，视力还是出现了问题。可能为了顾及我的感受，他尽管视力已经受限，依旧说“还可以，不用配眼镜”。直到我参加家长会，班主任老师提醒我该同学得配眼镜了，我这才认了这个结果。配好眼镜他平时也不戴，后来要出远门念大学了，我提醒他“耳聪目明”最重要，长戴眼镜没关系。当然他也不用插秧捉鱼之类，眼镜带来的不便还算好。

那儿子的近视原因算啥呢？还真不好说，他电视看得不多，当时也无手机、电脑，营养也不缺，可能就是沉重的学习负担，损耗了宝贵的视力。

不知道是不是所谓的“事物二重性”，华发满头的当今，我竟然体会到了戴眼镜的“好处”来了：眼睛老花了，原本该戴老花镜的时候，我把近视镜往上一推，裸眼看得清清楚楚。我现在是：拿下近视镜相当于戴了老花镜，如看近处的东西，近视眼镜拿掉就看得清了，而别人正常的眼睛因老花反而看不清了。当然这并不是说老花了就不近视了，其实老花和近视是一并存在的，只是你拿掉近视镜的时候，在某种程度上相当于戴上了老花镜。这里还有个近视和老花的“度数”问题。有些情况是，近视的人拿掉了眼镜，看近处还得再戴上老花镜，两副眼镜都不可替代。以前我们老单位有位领导，本是深度近视，到了一定年岁后又是深度老花，每逢开会作报告，滔滔宏论之际，两副眼镜上上下下不停切换，我们小年轻看着都替他着急。

当然我还算幸运，近视和老花的度数都不算高，当别人为没带老花镜无法细看时，我只要轻轻把近视镜往上一推，近处的目标焕然一新，这倒是我几十年眼镜岁月中最有“收获”的一处了。

（2024 年 10 月）

乡下人

如今是信息时代，人人都是宣传员，个个都是自媒体，网络新名词层出不穷，在此已无需举例。但原先有些词语常挂某些人口中，如今却逐渐淡出甚至几乎消失了，如“小瘪三”“乡下人”等。前者纯粹是骂人的话，城市里的穷人，吃得差，自然就“瘪”，“三”就是干些不入流的营生，不上品，也是鄙意，“垃三”“红头阿三”等都是此种；“乡下人”听上去“客观”些，但说话者满含高傲和鄙视，被称者是贫穷、闭塞、傻气、木讷的代名词。与骂人的称呼毫无二致。

本人出生在乡下、上学在乡下、亲友在乡下，成年以前的接触面大都是乡下，自然是个实实在在的“乡下人”，但如果有人称呼我是“乡下人”，我会不服甚至动怒，因为这不是称呼，是鄙意的骂。因为我只是“乡下的人”而不是你口中的“乡下人”。

与“乡下人”对应的，自然就是“城里人”了，但在上海还不全是。“城里人”在上海衍化成了“上海人”，“上海人”就是“城里人”。你可能有点糊涂了，“上海人”不就是上海市的人？说起来有点复杂。

上海自 1927 年设立“特别市”，“特别市”的辖区仅是市区，不包含如今的市郊。“上海人”作为“特别市”的市民，自然就是“城里人”的代称。“特别市”在当时高速、畸形地发展，很快就鹤立鸡群于周边，成为民国的一块“亮点”，人性也催生了其高人一等的城市性格。1958 年，现今的市郊划入上海市辖区，社会文化依附于社会形态，这 30 多年的时长，足以形成一种区域文化。这种区域文化形成后，“生命力”很强，直至百年后的现在，这个习惯依旧在民间存在，至少在我父辈那一代人里还是一种理所当然的存在。所以有人不解：“乡下人”对应的应该是“城里人”，怎么变成了“上海人”和“乡下人”两类人呢？答案就在于此。

我的祖父生于清末，就是甲午战争失败后签订《马关条约》那一年，清政府已经步入深渊，人民更是生活在水深火热中。他五岁学裁缝，十多岁满师后跟随师傅游走于乡下“做出门”（到客户家上门做裁缝），偶尔也会跟着师傅进“上海”。“哈哟，上海房子高，人很多，都是‘有铜钿’的人，连‘瘪三’也穿‘洋装’。”我小时候听他说过这样的话，话里的意思，那个上海的天地不是乡下人可以想象的。

解放后的几年间，原本隶属江苏苏南地区的现在的上海市郊，划入了上海市，我的家族乡邻也随之变成“上海市的人”。算“上海人”了吧？当然不是，依然还是“上海人”的对应面“乡下人”。

后来我阿哥幸运地成了涉外饭店的员工，虽然“上海闲话”说不像样，但已然成为“正宗上海人”，一家人无比光彩。祖父对还在上小学的我，语重心长地说：“阿哥已经是‘上海人’了，你也要争气（努力）噢!”当时祖父可能也就是说说的，没想到几十年后，我竟然也成了“上海人”。

“上海人”永远是令人羡慕的。上海是“十里洋场”，是“远东第一大城市”，是“冒险家的乐园”，甚至还有“上海遍地是黄金”的说法。知识绅士、资本经理、洋行买办们风生水起；码头大哥、拆白小开、黄包车夫们也是流年顺利，三教九流各有天地，他们都是“上海人”，当然上海也有乞丐、小偷和“小瘪三”，那只是上海的垃圾，算不上真正的“上海人”。

上海有高楼也有“滚地龙”，有“上只角”也有“下只角”，有洋房小姐也有七十二家房客，但不管“有铜钿”“呒铜钿”，不管住洋房还是躺“滚地龙”，人家也是生活在上海，有眼界，有门槛，有水平，有计谋，连说谎也能圆得好，比之在乡下种田的“乡下人”不知要高档多少。“乡下人”除了有吃苦耐劳的品质，真没法与“上海人”比，“乡下人”要铜钿“呒铜钿”，要卖相没卖相，要口才更是一口听着别扭的“乡下闲话”。“有铜钿”人看不起你是应该的，连“洋装瘪三”也看不起你，人家虽然“呒铜钿”，但有眼界领市面，还有一身“洋装”也不是吃素的。

即便解放后，“人人平等”了，但实际上“上海人”更加看不起你了。“上海人”都有了一份国家给的工作，就有了一份让“乡下人”无比羡慕的月工资，不用担心干旱水涝，不用担心收成如何，关键是“月月都有”，即便就是“万岁”的36元，那也比“乡下人”打“工分”强多了，还不用担心犯病，有劳保医院，看病不用掏钱，住房啥的就不去说了，虽然住“老破小”的是大多数，但你个“乡下人”有啥呢？不光层次差异很大，地理方位也有边界，城里就是城里，乡下就是乡下，城里楼房马路，乡下农田庄稼，边界相当清晰。连语言也是差异巨大，“上海人”讲“上海闲话”，“乡下人”只会讲“乡下闲话”，边界清晰。这“三大”清晰的边界，你敢不承认？

“乡下人”只能一声叹息，想想自己真不是什么东西，认命吧。

时代毕竟在变化，有时候这个变化还是蛮快的，甚至比我变老的节奏还快，尽管我已有了这么多的白发、这么多的皱纹。改革开放，成就上海巨变。仿佛一夜之间，情况大变：上海绿树高楼，乡下也是；上海柏油马路，乡下也是；上海有百年名店，乡下也有购物中心；上海姑娘白皙漂亮，乡下姑娘美丽健康——其实已经根本分不出上海姑娘、乡下姑娘了。不变的是口音，乡下人依然是“乡下闲话”，但这“乡下闲话”说得动听悦耳并且充满自信。

现在的乡下，大致可以分为两种。一种是已动迁，住进动迁房，且不论“地段”咋样，居住条件还是不错的，远胜市区小弄旧房。征了地就有了养老金，这对老龄化的乡下是实质性的民生大福利。我家老房动迁前，我母亲农民养老金每月 150 元，动迁后每月征地养老金是 1 400 元，这还是十多年前的事了，当时母亲的底气顿时不一样，这也是她所没预料到的日子。另一种是还未动迁，虽然还是田园风貌，但各家自建的住房大都“高大上”，加上“社会主义新农村建设”项目的实施，道路、绿化、垃圾处置都是规范有序，老破残的样子早已无处可寻。城乡融合发展的政策，使得就业这个最大的民生项目，为“乡下人”带来了公平和机会，以往招工中常见的“闵行区除外”的条件，早已不见了。在市场的平等条件下应聘就业，使“乡下人”有了用武之地，毕竟“乡下人”除了种田，其他能力也不逊“上海人”。这可能是城乡界限模糊的根本原因。

还有一个原因，容易被人忽略，那就是信息。以往交通不便，地域封闭，信息不通，“乡下人”进城样样新鲜，处处看不懂。现在是信息社会，上海信息，乡下尽知。“乡下人”住在乡下，工作可能在上海。城乡一体，领的市面也是“一体”。乡下已经不是“乡下”，是“郊区”，是上海巨大的发展空间。记得多年前一位上海市主要领导说过：市区要代表城市的繁荣，郊区要代表地区的实力。何等睿智和气魄！

时代确实大变，“乡下人”身上，已然是自信、时尚和聪明，不变的是质朴、勤奋和吃苦；“上海人”身上，依然是活络、敏捷和能干，改变的是格局、胸襟和视野。现在好像已经没有“乡下人”了，只有“本地人”。城乡大变，时代使然，这是人文意义上的“城乡融合发展”，也是更深意义上的社会大进步。

几十年前祖父的话犹在耳畔，借着时代的潮流，我现在好像也变成“上海人”了，我的全家好像都是“上海人”了，尽管我一直不够“争气”。

（2024 年 8 月）

采茶无曲

暮春时节，我去溧阳出了个短差。办完事，尚有闲暇，便独自驱车沿一条小山道，“向青草更青处漫溯”。

晴天碧空，满眼苍翠。小路在起伏的山岭间蜿蜒，毛竹、杂树、水塘，这江南丘陵的景致像图画般在眼前展现。开阔的缓坡上，则是大片层层叠叠错落有致的茶树。空气中满是阳光和茶树的气息，我深深呼吸，放眼四望，身心已沉醉在这春天的山野。

车转过一个小山口，见远处有一红衣女子正在采茶。我正想下车走走，也很想和人聊上几句，见有采茶人，便停了车，缓缓向采茶人的方向走去。

采茶女着红衣戴白帽，斜背一个椭圆形的竹篓，双手在茶树间翻飞。见有人走近，不时抬头朝我瞅瞅，又腼腆地低头继续忙活着。

我以绅士般的姿态，在她五米远的地方站定。“你采茶采得真快啊!”我先开了口。

姑娘抬头朝我微笑了一下，算是应答。

“打扰你了，我来看看你采茶噢。”姑娘又抬头朝我微笑了一下。这当口，我走近了几步。

看清了，这采茶姑娘非常年轻，不到二十的样子，大眼圆脸很漂亮，但肤色却很黑很干也很板结，全是日晒风吹的痕迹。她眯着眼，两眼发红，眼角还有两点白色的眼屎。

我几乎是愣了一下，这种形象我以前很熟悉。那是我的父母以及乡邻们，他们农忙时睡星星起月亮，没日没夜地干活，身体极度疲惫时的那种表情。那种灰脸、黑皮、两眼红红，还有那总也擦不干净的眼屎的图画，依然是我心中痛苦的回忆。

眼睛既然是心灵的窗户，想必更是身体的窗户。听说眼屎是因为人太过劳累伤肝所致。小时候，曾听大姐说过，她带报名应征入伍的对象参加体检，小青年中竟有半数“肝大两指”。记得我中考过后，表哥专程来劝告我父母，说是别让我参加“双抢”了，担心“肝大两指”会影响我的中专入学体检。

我问姑娘采茶很累吧，她说还好，只是现在时节已经晚了，茶芽不多了，每天采不到多少。

问她采茶收入怎样，她说 20 元一斤，现在每天只能采一斤。

姑娘有点内向，话语不多。一问一答多个来回后，我终于清楚了她的采茶种种：她来自河南安阳，与母亲及村里同伴一同来这里短期采茶打工；工钱“计件制”，20 元一斤，茶多时每天能采四五斤，天亮开始动手，天黑回茶场的临时住处；午饭吃两个饼，水不能多喝，否则容易“浪费”时间；现在这种节气茶芽采摘快结束了，一天甚至采不到一斤了，因此准备回老家了；母亲及同伴们都在做明天回家的准备，自己闲着也是闲着，就独自上山采一点，哪怕有个十元八元收入也好；家里有个弟弟在念书；她们这样出来采茶打工，已经好几年了……

我有点不安，担心这半个多小时的一问一答，浪费了她的时间。

姑娘的茶篮里，茶芽刚刚铺满篮底。我是“茶客”，喜喝浓茶，说真的她刚采的这些茶，还不够我泡两杯。但我没有说出口，怕轻巧的话语亵渎了姑娘收获的天物。说它“天物”，应该不算过分——烈日下的小半天，加上种植、养护、加工、包装、运输、营销，这包含在茶叶里的“必要劳动时间”该是多少呢？我想起了小时候常听到的一句话：一粒米，七担水。

“手指有点疼，眼睛酸，腰也酸。”姑娘的话渐渐多了，头也抬了，眼睛也亮了，但我的话，却不多了。原来准备吹吹安阳的甲骨文，再唱个河南民歌的想法，都没了念头。

对于采茶的印象，主要来自影视，似乎总是采茶舞曲、年轻姑娘，总是采茶扑蝶、欢歌笑语。艺术源于生活高于生活，作为“生活”主体的劳动对象，也只是“生活”的一部分，却很难“高于生活”。我不知道冰天挖藕人是否会唱《荷塘月色》，夜半捕鱼者是否愿哼《小河淌水》。面对绿油油的稻田麦田，我的父母以及我的乡亲们想到的，是如何灌溉如何除草，肯定不会联想到“希望的田野”，不管你信不信，反正我是这么想的。

（2014 年 6 月）

蒹葭苍苍

站在高高的长江堤坝上向江面望去，是满世界的芦苇，漫无边际，灰白的芦花像是堆在灰黑大地上的破旧棉絮，在凛冽北风中，被疯狂撕扯，传来阵阵扎扎有声的“芦涛”，肃杀而萧瑟。向更远处望去，却见大江缓缓东去，水波粼粼，鸥鹭翩翩。这里是长江北岸，地处海门城区东南十多公里。

我是从不远处的亲戚家随意驱车到江边走走，想看看冬天的长江。一上堤坝，立刻被这自然旷达的冬天江景所吸引，没有人影，没有建筑，只有远处的灰黑和灰白，还的更远处的银白。透过这冬季的肃杀，想象来年春天的蓬勃：新冒的芦笋，无边的新绿和嫩芽，空气中飘荡着的全是清新和希望。我甚至想象到了蒹葭苍苍中，那衣袂飘飘的伊人，在水一方的踟蹰……

沿着江堤走了一段，发现在芦苇稀落处，有几个窝棚。和别处搭建临时建筑不同的是，这些窝棚全部用芦苇和竹竿搭建，而不是别处常用的彩钢板、石棉瓦之类。这些小窝棚混在大片芦苇丛中，完全是自然色，不仔细看根本就看不出来。有了这个发现，我再在周边仔细察看，还发现在空旷之处，停有三辆拖拉机，连着货斗，货斗里似乎装满了割下的灰色芦苇，堆得老高，只露出红色的发动机油箱。

看得出，有人住在窝棚里，干的就是割芦苇，用拖拉机装载出去。看这场景感觉就像装载时间不长，马上要开出去的样子。

这几个小窝棚周边，没有电线相连，说明里面不通电源，意味着没有电器，也就不能看电视，不能用电饭锅，不能用洗衣机，甚至不能给手机充电。煮饭靠柴，洗衣靠手，日落而息，日出而作，这日子离“现代”有点远，离“社会”也有点远，像是回归到了百年前。

好奇心促使我想去看看，于是我招呼儿子和外甥一同下了江堤。这看似平坦的滩涂，其实有着无数高低不一的芦苇根，你得特别小心才行，还有满地的树枝、玻璃瓶、泡沫盒之类，那是江水退去后留下的垃圾。我想象如在没有灯光的漆黑夜里，在松软的江滩上深一脚浅一脚地走动，一个踉跄，甚至一屁股跌坐在尖硬的芦根上，那是一种怎样可怕的场景！

慢慢靠近的时候，窝棚里闪出了两个十岁左右的小姑娘。走近了，发现两个小姑娘穿着干干净净，脸上满是寒风吹刮后的黑红，神情满是不安，盯着走在前面的我。其实当我们三人还在堤坝高处的时候，窝棚里的人就应该能看到我们，这里人不多，对突然出现在堤坝上的一辆小车和三个干部模样的人，他们应该是非常敏感的。当我们越来越靠近两个小姑娘，她们也是越来越紧张，一动不动。于是我在距离她们近十米的距离上，停下了脚步。

我先对她们笑了笑，再环顾了一下周边的芦苇，然后随意地对她们说：“我们到江边来看看噢，没啥事。”

小姑娘紧张的神情有些放松。我问她们在这里冷吗，她们说不冷，我说你们放寒假了是吧，她们回答是的。“你们的大人呢?”“出去了。”说这话的时候，小姑娘的表情有点不太自然。我再看看旁边的窝棚，门关得严严实实，边上空地上的三辆拖拉机停在那，上面装满了芦苇，看似准备装运出去。

一刹那我有种感觉，可能刚刚那几个大人还在的，只是看到有几个干部模样的人远远地走来，就隐去了。说不定，窝棚里还有女人，躺着，可能“身体不好”，在静观外面的情况，男的则去了后面的芦苇深处。这可能是一个刻意的安排。

如果要应对“查证件”“办手续”“缴费”，“男人不在”“女人病了”“等男人回来”是最好的理由。我甚至还想象到有几个男人，正紧张地盯着这儿张望，因为让两小孩对付这样的场面，大人是不放心的。

我真的有点不安，在这春节里，我带着两个“助手”，“来现场检查”，我这是在干啥呢!

我让“慈祥”和“善良”挂满自己的脸颊。我走近后问她们在哪念书，回答在老家。老家在哪？在河南。小姑娘慢慢没了紧张。一问一答中，我知道了她们的父母和几位老乡，趁着秋冬农闲结伴来此承包芦苇收割，装运卖给纸厂作原料。

我问小姑娘：“你们读书成绩一定很好吧，否则父母不会让你们出来的。”小姑娘腼腆地笑了，脸上出现了藏不住的骄傲。

我想我该回去了，对她们挥手说，再见噢！她们拉着长音回我：“再——见!”

回到亲戚家，说及刚见到的割苇人。亲戚也感慨，说他们真不容易，有几个外来的老板承包了这块江滩芦苇的收割，再招老乡打工，他们都拖家带口吃住江边，很冷的。本地人一般不去那，只有联防队会去管管。

这江边离城镇也就几公里的路，但割苇人简直生活在另一个世界。没有电，也就没有一切电器，生活倒退百年，也没有路、没有肉食蔬菜，只有凛冽的北风和灰色的响成一片的芦苇。说真的，吃穿用啥都没有这先不提，光是在这种场景下劳累地干活，还得不时应对各色人等，这种打工生活，想想已是寒冷一片。还好这些个来投亲的小孩，她们在体验大人世界不易的同时，一定也有自己今后的目标和理想。她们身上的红色羽绒服，也带来了这灰色世界的亮色和希望。

刻意离“现代”远点、离“社会”远点，喜欢“隐”的，当今也有些特定人，不是雅士便是富豪，一般兼而有之，他们有个共同点，就是有底气，或才或财，他们的“远离”是主动的，是在社会中积累后的“远离”。而被动“远离”的，只有一个原因，那就是贫穷，“没得办法，走不出去”。

真心希望他们都有“务工证”，没有被处罚，包工头没有拖欠他们工钱，没有被镰刀割伤，拖拉机证照齐全，在路上行驶没有被罚款。也真心希望他们以及这两位小姑娘，在若干年后能再来这里看看，然后对着同伴说：“我们以前在这里割芦苇，赚了不少钱……”

明年的春天，这里将是“蒹葭苍苍”。我真希望在这里的“伊人”，碰到陌生人，没有惊恐，只有笑意。

（2010 年 2 月）

“看病”纪实

这天办完事后，朋友说：“带你去看一下病，还可以测试你身体，很有效。”我连连道谢。

那时本人正患顽疾，痛苦不堪，医疗诊断为“过敏性湿疹”。瘙痒难耐，触目惊心。大小医院、中西各科、内服外涂，轮番上阵，疗效甚微。

车停进门，一位长者引我入座。我环顾左右，在房里围坐的六七人个个对我行注目礼，令我好生温馨。以往就医，反复预约、早早排队、几小时候诊，好不容易进门，医生啥也没说，先让你验血检测，接着又是排队等候……每每急火攻心，皮肤益加瘙痒。到此安静清凉的地方，我不由得赞叹一声。

两位女士开始询问我的病情，在我介绍病情时，我听到两位女士间的随意对话。一个说：“你这次该评‘高级’了吧?”另一位答：“还没，可能要到明年吧。”我暗叹：她们职称不低啊。

接下来，我心里却咯噔了一下。我刚脱下衬衫准备让“医生”检查患处时，两位女士都惊叫起来，那年轻美丽的女士更是发出一串叫声，起身离座，双手捂住眼睛……

她们的反应，我始料未及。年长的女士说：“你是‘毒气’重，这毒气就是湿气。”年轻女士终于坐下来，用一对连着仪器的金属夹子夹住我双腕，一分钟不到，“病情报告”出来了：脑供血 5.9、肾亏＋＋＋……

年长的女士对我的病情迅速作出解读：“你要补，要调理，免疫力强了，皮肤就好了。”

我又咯噔了一下。凭常识，这样的快速测量，测个血压脉搏还靠谱，还能诊断脑供血和肾亏？我吞吞吐吐表达了疑惑，年长女士反问我，中医一搭脉，不就什么都知道了？这机器，就是搭脉的“傻瓜机”，很准的……

一旁的老先生插话：“这机器是很好的，我胃不好，一测就准，一看就好！”

女士接过话头，慢条斯理地说，钱不贵啊，有效果就好。接着又对我说：“你的病主要是湿，肾亏严重。我给你东西，你先试一下，东西便宜，一个周期七百元。”

“你说的‘东西’是药吗？”我问。

“不是，”女士说，“药有毒，少吃为好，我让你吃保健品，比药好多了。”

见我迟疑，女士边给我讲解保健品的作用，边拿出一支牙膏给我的患处涂上。问我感觉好吗，我说“感觉清凉”，她说，这种牙膏是好东西，治你的皮肤病，有好处。

我接过牙膏看了看，这种品牌我没见过，但常识告诉我这只是一种普通牙膏，连“药用”都算不上。我微笑着摇摇头。旁边老先生说：“牙膏绝对好，没多少钱呀！”“我家里有。”我说着，果断离座。

回程车里，朋友又劝我：“你既然在医院看不好，吃点保健品试试不好吗？买支牙膏涂涂，也没多少钱啊！”

讲句良心话，朋友是好人，绝对不是“托”，但和他聊这个话题，我非常吃力。

我对他说，“医生”看见我的皮肤病竟然会叫起来，这像个医生吗？还用“傻瓜机”来诊断病情，一开“药”就是七百多元……这一切，难道你不懂吗？

我很惭愧，没能当场说服朋友。但我又感到庆幸：皮肤虽染上了“湿疹”，但我的脑子还没有进水。

（2013 年 3 月）

不卑不亢

要达到不卑不亢的境界，小有难度。

想想看，在等级社会、权力社会里，对习惯于接受别人“卑”而待之者，你的“不卑”，在其眼里很可能就是“不敬”；而对一些地位收入不及你者，“不亢”而待之，那也需要一定的定力。是不是可以这样理解：“不卑”是你对抗人文环境的能力，“不亢”是你对待自己内心世界的定力？

因而“不卑”与“不亢”两者之间，是有高低之分的，“不卑”显然层次要高。比如我，“高富帅”与我无关，“卑”已经成了习惯，以我卑微之身要待人“不卑”？做不到。家里有老有小，我要“撑”下去，也要“混”下去，其实不是“做不到”，而是“不敢做”。不敢做不要勉强，从简单处做起吧。“不亢”相对方便，特别是在旅游方面，可以先试试看。

我喜欢旅游，也喜欢弄个“单反”拍拍，尽管是入门级的，有时也会有自我感觉良好的照片出现，但当举起相机的时候，遭过几次“呛”。

我在云贵高原的一个小城里闲逛，见路边停有一辆马车，车里装满青色的小苹果，苹果上躺着个小女孩，女孩的妈妈坐在车辕上，女孩的爸爸提着秤杆叫卖。乡土的马车、青青的苹果、黄昏的暮霭，一幅温馨而意蕴深远的生活画面。这当然是个极好素材。我立即停住脚步，靠在一棵树后，关掉闪光，拉足长焦，连续“咔嚓咔嚓”。待我拍够，笑眯眯地走上去准备搭个话，没想那个汉子先开了口：“我们老可怜啊！太苦了！”

我有点措手不及。显然，对我的举动，对方已经理解为一种居高临下的怜悯。我忙说：“没有没有，你们很能干，能赚钱能吃苦，我拍照是为了向你们学习！”看看，虚伪的话都出来了。但不管怎样，男的女的目光都柔和了，话语平静了，脸上有了笑意。

还有一次，在大西南一个古镇行走。古镇石房石街，九曲回环，古老而悠远，很有味道。漫步中，见一老太，民族打扮，头扎蜡染头巾，一副老花镜垂在鼻尖，在阳光下低头做着针线。老人老屋，慈祥宁静，又是一个好画面。正在端机调焦之际，却迎面兜来凶巴巴一句：“不要拍！不要拍！”我僵在那儿，很是尴尬，美好的感觉“碎了一地”。

类似的感觉还有：镜头对准巷子深处的古旧庭院，招来明知故问的话“拍了干吗”；在登山小路上，镜头远远地对准一路吆喝、满头大汗的挑山工，却招来怒目……

旅游是身体的放松和心情的放飞，烂事不去管，烦恼放一放，一身休闲的装，一颗轻松的心。但他们呢？我顾及镜头里的他们吗？他们是在工作，在讨生活，带着一家子，赶着马车，没准想着：晚饭还没着落，车里苹果也没卖完，过几天就会坏了；大田里的果树上还有许多苹果，该怎么卖还不知道；如果能卖完，儿子的学费刚刚够，可老婆的医药费还不够；再过几年我挑不动了怎么办……想想都是愁，愁啊愁！你这鸟人，还拿个相机到处拍，拍什么拍！抖什么抖！

旅游，提到“文化”的高度，是一方人对另一方人生活环境和生活方式的探寻、体验，也是一方人对另一方水土的窥视、干涉甚至是冒犯，是两种心情的对碰，是两种习性的交融。心情飞扬的你来了，这方土地以温婉厚道接纳了你，毕竟有点“打扰”了，就请尊重，不要轻慢，以求得她的原谅和接纳。“发展旅游，促进经济”，当然需要，但旅游需要旅游的素质，素质要求很多，起点其实就是“不亢”而已。

常在电视里见一些个小节目，小美女充当着旅游主持，在景区或山寨，故作天真，喳喳呼呼，对着木讷的当地人，居高临下，说东道西。缺了与采访对象平等的、面对面的、沉浸式的交流沟通。这样的节目，我的选择是，调台。

（2015 年 4 月）

不是作秀

网上看到一个视频：登山道上，几位上了年纪的挑山工负重而上。一位女士从上而下，手持一叠百元钱币，挨个给挑山工送上一张。挑山工满脸惊讶，待反应过来是有人送钱给自己，接下钱币，并给了女士一个简单的感谢表情。女士又一路向下，继续给下一位挑山工送钱。

再看下留言，却是五花八门："精准扶贫""女菩萨""好人一生平安"等，也有一些评论是"作秀""有钱就任性""摆拍吧"之类。

网络是个"大林子"，里面真是啥"鸟"都有。因此平时我浏览网页，看一些评论留言，尽管有自己的评判，但从不发声，更不会去和人家解释或争辩，我深知人与人之间对事物的认知差距太大，表明自己的想法会招来其他人的辩来辩去，烦人又毫无意义。

但眼下我所看到的，很想说几句，不在网上留言，只是自己为文写上几句。

查了下"作秀"的意思，有三层：表演、宣传、装样子骗人。其核心是花架子没实际内容，骗骗人的。但山道上发钱的女士，从自己的包包里拿出一叠钱，对着挑山工见一个发一个，挑山工的表情也是相当真实，这种真实感与摆拍的那种相去甚远。

一方实实在在的付出，一方实实在在的得到，这显然不是“装样子”，虽然得到了一百元，还说不上“扶贫”，那位女士的行为，也不可否认有施舍和显摆的意思，但那是对劳动者的施舍，这种施舍，非常“精准”，有“内容”的“显摆”一下，那也没问题呀。穷人多了去，她特意选择发钱给挑山工，应该也是对艰苦劳动的一份敬意。挑山工的那种吃苦、努力和不屈，也该得到社会的尊重。挑山工挑着重担上山一次，可能还没有一百元的收入，发钱给他们，等于帮助他们减少了一次艰辛的上下山，他们收获的，除了一张纸币，应该还有一份暖意。

做好事，以前叫“行善”，目的是“积德”，积德有“积阳德”和“积阴德”之分。行善而人知之，谓之积“阳德”；行善而人未知，则积了“阴德”。无论积了阳德还是阴德，都会记入“阴间”的功德之中，从而为自己和后世子孙带来福报。积阴德的福报要高于积阳德，故古之行善的高境界是积阴德，虽众人未知但“天”已知，天会加倍福荫你本人及你的后代。但即便积的是阳德，那也是受人尊敬的，那些个刻在庙堂祠堂里功德碑上的善人，都受到敬重，绝不会受到“作秀”的诘问。

但时代在进步，旧时的“积德”变成了现在的“奉献社会”，“奉献了社会”也不可能只有“天知道”，也就是说现代社会其实已无“阴德”一说。现代的价值观表明，奉献和付出需要全社会的弘扬宣传，“天知道”已变成“社会知道”，不仅仅要“知道”，还要广而告之，还要宣传弘扬，还要树立典型。马斯洛关于人的需求层次理论，明确了人的“被尊重的需求”是人的高等级需求，做好事被尊重，是人的天性，也是全社会弘扬善举的正路。公交车上起身让个座、驾车礼让行人这些小事，当事人也希望能收获一个被赞许的目光，难不成这些都是作秀？对于人的善举，社会不光有“知道”的能力，还有“弘扬”的责任。往大里说，这是体现社会主义核心价值观，弘扬社会主义精神文明的应有之义。

有着“中国首善”之称的陈光标先生，对于做了善事要不要宣传，曾经表达过这么个意思：他和他的团队做了好事一般都会宣传，就是要让大家都知道，这样的话，大家高兴他自己也高兴。我认为这话讲得非常阳光，毫无矫情。现代社会，你做了好事善事要不让人知道，既无可能也无必要，刻意地不让人知道，以我小人之心度其腹，可能还是为了让大家更好地“知道”——反正总会知道，那我还是做个人设，努力想让大家不知道。陈光标先生在当时的地震现场，除了组织人力物力参与现场救灾，还准备了大量现金，凭直觉认为是穷人的，送上一叠大几千的现金，完全不用调查排摸，只凭感觉，这种“感觉”，其实是相当的精准。

好人做好事，哪怕确实展示了一番，有些“显摆”，有些“高调”，那又何妨呢？只要确实做了好事，就不是作秀。做了善事社会就得弘扬表彰，先自我“展示”一下，“光荣”一下，先替有关部门“宣传”一下，这本身可能也是善事。

（2024 年 11 月）

大哥的蔬菜

参加完村里有关动迁善后事宜的会议后，大嫂叫住我，说是你大哥知道你来开会，已在地里准备了蔬菜，让我去拿些蔬菜。

驱车到他种的田地边，大哥正蹲在田头歇息。脚边，堆满了一大堆的蔬菜，有豇豆、黄瓜、空心菜，还有几个很大的冬瓜和南瓜。大哥满头大汗，衣衫湿透，花白稀疏的头发沾着农作物的残屑，凌乱地披在额头上，嘴角有些微微发抖。我走过去，他站起来对我说，你好久没拿了，这次就多拿点。末了又问道："你阿哥来了吗?"我说来了，在阿姐家。大哥说，那好，我再弄点菜，给他也带一份。

大哥是我的堂兄，长我二十岁，已是"奔七"的人了。

大哥原在区属企业工作，是生产能手，是厂里最重要、吨位最大的一台冲压成型机的操作工，历年领取的奖状证书一大叠。但后来企业倒闭，大哥五十出头便下岗回家。他先在家里开了一个小作坊，同时耕种责任田。后来小作坊不景气了，就作罢，便专心于种菜。他种蔬菜，与他的冲压技术一样，极好极专业，都是他动脑用心的结果。他善于比较和思考，他所种的作物，疏密有度，干湿恰当，施肥合理，用药精准。日光太强盛了，就用短木棍作支架，覆盖编织布来阻挡阳光；冬天霜降了，就用稻草来防霜。因而在他的侍弄下，禾壮果硕，收获多多，而且口味也好。我母亲、我家姐弟三人、大哥成家在外的一双儿女以及大哥的侄女，这众多人口的吃菜任务，差不多就由大哥一人担负了起来。

每个周六，常常是这么一种景象：在母亲处吃罢午餐的姐弟三人，拎着大号马夹袋，直扑大哥种的田地，萝卜青菜各取所爱，然后装车而回。起先还需由大哥指引着去采摘，后来我们就自己直接动手了，哪怕大哥一家出门在外，也并不妨碍我们满载而归。每个周六母亲处的相聚，名义上是堂而皇之的看望母亲，实际就是收获清新时鲜的有机蔬菜。这样的“好日子”，竟一晃享受了好多年。

老宅动迁后，大哥搬到了两公里外的处所，只因以前所种的田地还在，因此大哥种菜依旧，他还在菜地里搭建了一个存放农具的棚子，每日里就骑车上菜地。他常打电话来：扁豆可以摘了，韭菜可以割了，鸡毛菜可以剪了……他的一双儿女心疼他的身体，常常提着嗓门让他不要再种了，甚至以“不回家”“不要蔬菜”相要挟，但大哥会大半天地准备好给儿女和侄女的蔬菜，让我开车送去。

大哥身材瘦削，还动过几次大手术，身体状况已大不如前。但他很少停歇，不是田间劳作，就是骑着自行车外出购肥料买种子，总在不停地忙碌，好像有着无限的精力和体力。

每次我接了他的电话去拿蔬菜，心里很是矛盾。看到我汽车后备箱里装得满满的，他会露出满足的神情，我真担心我的“消费”会刺激大哥的“生产”。每次，我也少不了说些“少种点”“别种了”的话，但大哥自有其“道理”，他说：“种点蔬菜，我就开心，开心的事，就要去做!”我无言辩驳。文化不高的大哥这句话，与登山家马洛里对于为何要攀登珠峰的回答“因为山就在那儿”，实在是有得一比。

（2014 年 10 月）

陪长辈喝酒

岳父大人年纪大了以后，来我这个女婿家的次数多了。老丈人喜欢喝个小酒，但每顿只喝一杯，从不续杯，极为自律。酒杯是专门为他准备的，半斤不到，一瓶红酒差不多能喝四次，我如果不开车外出，一般会陪着他喝。他身体不错但听力不行，与他说话交流已经有些吃力，因而喝酒时，更多的是听妻子与他高声交流，如妻子忙别的去了，饭桌上就只有我们两个男人在喝“闷酒”。合角而坐，各自举杯，偶尔给他夹个菜，不多的动作和语言，场景也是温馨的。

其实我陪长辈喝酒，久已有之，也早已习惯。

当时父亲由于身体的原因，重活他干不动，碰到家里要卖猪、堆稻草等，一般会请亲戚帮忙，来得最多的是堂兄大阿哥。忙完活，照例要喝点酒，父亲不能喝酒，也不喜欢喝酒，或许为了早日“培养”出一位能喝酒能当家的人，他让当时还在上初中的我陪上一杯。父亲打开“乙级大曲”，先给堂兄倒上一小碗，再给我倒上小半碗，倒完再看看我，给我一个鼓励的神色。父亲的神态告诉我，你已长大，你已能喝白酒，将来就靠你来撑家业了，大致如此。

在父亲的注视下，我端起酒碗，喝上一小口，一股辛辣味直冲脑门，但我神色自若，因为我是大人了，我代表父亲，我担起了家庭重任。若干年以后，社会上行起“十八岁的成人礼”之类，想起当时父亲倒给我的白酒，早已是我正儿八经的“成人礼”了。

当时父母辈上的几位亲戚来我家走动得较多，几位男性长辈也喜欢喝个酒。父母便会准备酒菜，尽管平时我家咸菜、青菜充数，难见荤腥，但亲戚来了，他们不会吝啬，陪酒自然也是我。

白酒倒上，没啥客套，老长辈拿起酒碗，咕咚一口，两眼一闭，闷酒下肚，再夹起一块红烧肉放进嘴里，叭叽一下，咬下半块，鼓起腮帮子慢慢咀嚼。一口吃完，放下筷子转头和我说话。这说话的神态和内容全然没把我当小朋友看待，他们会以平等的身份，和我谈起水稻的长势、摸蟹的技巧以及和生产队长斗智斗勇的办法等。有次一位长辈问我长大后准备做啥，按现在的说法就是职业理想是啥，其实当时农村基本全民种地，能有个啥的打算。但长辈说不能靠种地，要吃手艺饭，并建议我“做裁缝不错的”。其实当时我满脑子捉鸟钓鱼，哪考虑过这些东西，但我还是被长辈的真诚和深沉感染，故作老成地点头称是。后来在课堂上学到“把酒话桑麻”的诗句，马上联想到与长辈喝酒的情景，有了这个体验，深深为诗句的朴实内涵所折服。我敢肯定，我对这首诗的深刻理解，绝对是全班第一。

我家有位亲戚，家在近邻上海的长江北岸，我跟着亲友一同去过几次，他们的爷爷奶奶非常纯朴热情。有一次，在与爷爷随便聊了一通后，他邀请我晚饭在他的住处一同喝个酒，我欣然同意。他们家爷爷奶奶由于不愿搬入儿孙新造的洋房，仍住在不远处的老屋里，节日里或平时有啥好菜就端过去给两老。我和主人说今晚我在爷爷那喝酒，主人有点惊讶但还是尊重了我的选择。

晚饭时分，我在主人的陪同下如约而至，主人也一同端了许多的菜过去，因为还有其他客人在新居，那晚我一个人和爷爷在老屋里喝酒。爷爷可能没想到我真的会过来和他一同喝酒，轻快而慌乱地搬凳抹桌，满脸的皱纹像是秋里的菊花。

倒满黄酒，在小桌边合角而坐，爷爷只简单说了一句“吃啊”，便首先端起酒杯深深一口。没有碰杯，也没有任何客套说辞，但喝的每一口都厚实、地道，“一切尽在酒中”。

我问爷爷年轻时干啥工作，爷爷说没得“工作”，只是种地。和我们乡下一样，他也把工作理解为能拿工资的职业，拿“工分”的“种地”算什么工作？后来他想了起来，说也有过“工作”，在公社供销社里收农货。干了几年有可能留下来成为正式工的时候，别人开了后门，把他挤掉了。此时他语调提高了三度，语中更是粗口连爆，大骂“这是国民党的做法”。这时，正好其孙媳送菜进来，听到爷爷的粗口，用本地话小声提醒他，客人是有“文化”的，不能说骂人的话，我低头只作没听懂他们的对话。

爷爷断断续续说着他的人生经历，包括夏伏抗旱、秋里捉蟹，还有如何编竹篓，如何磨剪刀，都是他平常的劳作经历抑或是经验。我除了发几声附和的感慨，更多的是听爷爷说话，有时也会是一段长长的沉默。我大致了解了老人一生的努力和追求，理解了他的喜悦与愤懑，也感悟着一个平常人在他的时代中的起腾舞蹈，在酒精的作用下，我甚至有了流泪的感觉。这时两个人已经没有年龄差异，没有经历差异，有的只是两个男人对人生的回望和感慨，他仿佛年轻，我已然老成。

轻摇黄酒甏，感觉所剩不多了，进屋的孙子说不要再喝了，爷爷说再喝点。我估摸着爷爷还酒不至醉，就站在了爷爷的一边，说那就再倒一点吧。其实那时不光爷爷想再喝一杯，我也是。

我起身告辞之际，爷爷抓着我的手，摇了又摇，晃了又晃，说："明年你还要来哟，早点来，多住几天!"

在回新居的路上，爷爷的孙子悄悄告诉我，今天爷爷太高兴了，你是啥本事，把爷爷哄得这么开心？我想我没啥"本事"，我只是喜欢陪长辈喝酒而已。

遗憾的是，我没能满足爷爷的心愿。以后连续几年都没能去，后来传来爷爷奶奶都以高寿的岁数，先后仙逝了。

随着年岁的增长，我喜欢喝一杯，但喜欢平平淡淡地喝，实实在在地喝。没有斗酒争胜，不会张扬失态，只有平和放松，几句朴实话语。最喜欢的，还是和长辈喝一杯，这场景里，只有岁月的风貌和生活的宁静。

但这样的机会，现在已经不多了。

（2024 年 7 月）

唉呀，保健品

可能是我们的祖先吃糠咽菜且难以果腹，还要寝三更起五更地艰苦劳作，身体想必是又“亏”又“虚”，因此，“滋补”一直是有钱人的追求和穷苦人的梦想，由此形成了我们源远流长的传统“滋补文化”。人参、鹿茸、驴皮膏……这些都成为了中医中药这座中华文化花园里晶莹的果实。

然而，曾几何时，传统的“滋补”已悄然演变为如今的“保健”。如今的保健品品种之多、功能之“强”、价格之贵，也是空前的。确切地说，这保健品不光铺天盖地，而且“暗潮汹涌”。

春节，我去探望最亲近的两位长辈。得知长辈花了数千元，买了大小不一的十多瓶保健品，我着实吃惊不小。“吃惊”有三：一是长辈向来是对人慷慨对己节俭，这次竟能花数千元之巨，为自己购买保健品，长辈是否真的“想穿”了？二是长辈有文化、有见识、耳聪目明，平时购物一直很理性，这购买保健品的“大手笔”难以想象；三是惊叹推销人员的能力，我们也常劝长辈不要太节约，该吃该花不要太苛刻自己，但基本没啥效果。

吃惊之余就是心疼。我围绕“是否有效果”“是否太贵”，总之“是否值得购买”，反复劝说。本来我就口才不咋地，加上心疼那数千大洋，情绪有点问题，话讲得音高气急没头脑，纵然口角泛白、唾沫横飞，长辈依旧眼帘低垂，脸色铁青……一顿饭吃得很不开心。

前几天还有一件事，也让我很心疼很胸闷。我的另一位尊敬的长辈，同样也是对人慈祥慷慨，对己很是节省，自己喜欢吃的牛奶水果都舍不得买，却醉心于保健品。“营养素”“保健液”，常吃不辍，每年在保健品上，开销上万。前段时候我妻子小病住院，这位尊敬的长辈以保健品重礼来探望，这保健品的品牌包装很是洋气，但我没见过。言语间还让我们多吃保健品，多多“保健”。

看到长辈满面的慈祥，满眼的关切，我几乎热泪盈眶，但感动之余却如鲠在喉如芒在背。我终于鼓起勇气，吞吞吐吐地开始说出我对保健品的态度。随着我的叙述，长辈的脸色变成了我预料之中的尴尬，僵硬的笑容凝固在脸上。我低垂着头，以最大的委婉最柔的语调，小心翼翼地说服长辈，意思只有一条：不要吝啬吃水果牛奶，不要慷慨买保健品。

说这些个话，实在是不合时宜啊，老人家以最大的诚意，买了最贵重的礼物“保健品”，前来探望你，你却说那“保健品”怎么不好怎么不要买，这反差能让长辈承受得起吗！失意不可避免地写在她的脸上……

近乎急火攻心，我口不择言地说出狠话：我可是才高八斗见多识广火眼金睛，你一定得相信我的话啊！

呜呼，我不知道这么对长辈说话是否合适，在这个时刻说这些个内容是否有用，但我几十年苦心经营的谦虚谦和的形象，一定已经毁于一旦！

（2013 年 3 月）

美丽却痛苦的树

一片水杉林，整齐而修长，很有气势。走近细看，有点不对劲了：树干纤细根部肥大，树冠有些稀疏，树叶也没那种健康的青绿色。这样的树，不是一棵，而是几百上千的一整片。这一整片有些瘦弱的树都长在一处地方——一片带水的沼泽地。

沼泽地里长树不希罕，甚至浅海里也有长树的，那是红树。我在海南小岛边的浅海里，见过长得高大茂密的红树，那是长在海里的森林。海中细浪翻滚不息，树干上小蟹窜上爬下，林子里鱼鹰翻飞展翅，一派生机与活力。

树能长在水里吗？有些能，比如红树、池杉；有些不能，比如水杉、榉榆。红树能，是因为它有气根和呼吸根，而水杉没有，尽管它姓“水”，但它下不了水。

这一大片的水杉林，是世博林的一部分。边上原本有一个小村庄，小村庄已动迁，留下了一片残垣断壁和大堆的建筑垃圾，建筑垃圾没有清除，壅塞了这一片树林的自然排水沟，使得这片树林天晴时半淹，天雨时全淹。这些树真是痛苦，憋了两天的气，憋得脸色发紫快要死了，又可以喘几口气了；完了又下雨了，又是憋得青筋暴突眼球发红嘴角哆嗦。“水深”和“火热”，遇上了都如凌迟大刑生不如死。可惜水杉不会呼喊，要是能呼喊，那叫声，一定撕心裂肺！

河边长着一排树，树有点杂，有柳、楝、榉、桑、朴，都是乡土树，一看就是野生的，高矮错落。因为有了点年份，倒也绿荫成片，有点气势，只可惜命在旦夕。原来，由于河岸崩塌，树根周围三面的泥已被河水淘空，整棵树已不是长在水平线上，而是靠一面的根斜插入与树干平行的垂直河岸上，三面的树根全部暴露在空气中，黑色根系张牙舞爪，就像临渊无助的人拼命抓狂。因为重力的原因，树已往河面方向大角度倾斜，但不屈的树凭着对生的渴望顽强地向上拱起，形成一棵棵弯着的树。更要命的是，河水还在不停冲刷，泥岸还在不停剥蚀……谁都知道这些树的命运。我只能对这些树感叹：只怪你命不好，长在河滩边，下一世，但愿长在公园里，还有人伺候，给你喷药除虫、施肥修枝。当然，你还得碰上个好人家！

数平方公里的“世博森林”，既然号称“森林”，绝对不是小打小闹的，那是与“国际大都市”“四个中心”“改革开放的龙头”相匹配的大手笔，绝对的“高大上”！森林里河、坡、岗匹配有致，乔、灌、草竞相蓬勃。那些树生在其中，“命”实在是好，其祖上修的高德肯定没得说，但是，有道是，一家不知一家的难，那些树竟然也有苦要说。我从一位朋友处得知，那些个森林养护员，担负除草除虫职责，他们原本就是种地出身，对除草除虫的养护工作应该得心应手。但是，或许需要赶回家抱孙子，或许想早点回家种点自留地，或者忙着去卖菜，好些个养护员（绝大多数），对自己管理的 20 亩林地里随时长出的野草，都采取一个“好办法”：喷洒除草剂，来抑制这费心费时又烦人的野草。森林管理方有规定：除草不能使用除草剂！但那是上面的事，养护员们人人藏有一个小喷壶……使用除草剂，虽一时对高大的树木构不成大碍，但经年累月地使用，如同小孩子长期食用违禁食物、长期接触有毒物品，迟早也会身形佝偻、口歪目斜。

那些原本应该非常幸福的茂盛大树，却遭受着虐待，它们美丽却痛苦着！

（2015 年 5 月）

弥久醇香三十年

新年伊始的第一季度，各基层党支部都将落实上级党组织部署的一项重要工作：召开专题组织生活会并进行民主评议党员活动，经年不变。基本程序是：支部书记向全体党员述职，接受党员对支部工作和书记本人工作的评议；同时，党员之间进行批评与自我批评。最后，每位党员都将填写几份书面材料，对支部、对书记、对其他党员一年来的表现进行评判审议，年年如此，形成规矩。这项工作，就是一次对基层党组织及党员进行的年终政治考试。

这么一个程式性的工作形式，有一个规范的名称：党员民主评议。

上世纪八十年代中期，时代刚刚走向改革开放。社会上各种思潮并存，党员队伍里良莠不齐，充斥着一定数量的极“左”分子甚至“打砸抢”分子。党中央高瞻远瞩，及时在全党部署了新时期整党工作，为改革开放奠定坚实的思想基础和组织基础。整党过程中有一项重要工作，就是通过学习和自我剖析，对每一位党员，由组织进行鉴定，鉴定为合格的重新进行党员身份登记，原有的党员身份，只有评为“合格”，方能重新登记，才能重新“成为”党员。

1986 年 7 月一个闷热的夜晚，曾获“绍兴市十佳优秀组织工作者”、刚调任上海县莘庄乡党委组织科长的陈秋炳，正拿着一张《合格党员登记表》苦思冥想。怎么才能确定合格党员？评判的依据是什么？如何推进这项工作？他苦苦思索着工作办法。在绍兴某乡组织委员工作岗位上干得得心应手的年轻干部，面对新的工作单位和这项新的重要的工作，要高标准完成和落实好整党工作的各个步骤，他面临着前所未有的压力。

然而善于动脑的小陈科长，第二天早上，就将一份书写端正的《“三评议”工作方案》，放在了乡党委书记的桌上。方案内容包括由党员评议党员、党员评议支部、支部评议党员的具体做法。这是昨夜小陈科长半宿的思考成果。书记看完方案，当即表态：很好，先选三个支部，试点推动。

县委组织部分管整党工作的徐文忠副部长，很快了解到了莘庄乡党委的做法，高度重视，他马上安排到莘庄乡的几个试点村党支部进行实地考察，详细了解“三评议”的做法，听取相关汇报，并提出修改完善的意见。徐部长认为这个党员“三评议”的办法，很有针对性和操作性，具有很大的推广价值。随后，徐文忠部长分别向县委和市委农村工作党委汇报了这项整党工作中的创新试点和开展情况，得到县委和市委农村工作党委的高度重视。很快，市农村工作党委组织处的俞处长来到上海县，蹲点指导整党工作，具体指导完善和推广莘庄乡党委的试点做法。经过市委农村工作党委的推广，这项创新之举，很快在全市各郊县推广。

莘庄乡党委首创的党员“三评议”做法，得到市委组织部的充分肯定。翌年，年轻的陈秋炳科长，荣获“上海市优秀组织工作者”。

时间到了十年后，1996 年 5 月，当年首创和推动党员“三评议”工作法的徐文忠、陈秋炳两位同志，分别出任了新成立的古美路街道筹备组组长和党委组织科长。当年探索党员评议工作实践的上下两位老搭档，又汇聚在古美这块土地上，辛勤耕耘了十多年。如今，一个品质卓越、优美宜居的社区，已然傲立于闵行东部，沐风而秀。

这个当年诞生于莘庄乡党委的党员“三评议”办法，经过顶层的设计与完善，已是现在每年党员专题组织生活会上“民主评议党员”这一严格的规定程序。

本人查阅了相关资料，在《八十年代上海党建》一书中，有如下记载：1983 年 11 月至 1987 年 5 月开展的新时期整党活动，是“文革”后规模最大、影响最深的一次党员思想教育和党组织整顿活动。1989 年底，上海正式推行民主评议党员制度，这是党在新的历史时期加强党员教育的一次积极尝试。1991 年 4 月，市委在总结前两年民主评议党员经验基础上，制订了《关于民主评议党员工作实施细则》，从而形成每年开展一次的民主评议党员制度，实现了一次党的常规性建设。

在不久前召开的机关四支部（退休支部）“不忘初心、牢记使命”主题教育专题组织生活会上，原党工委书记徐文忠、原党工委副书记陈秋炳，认真地在《党员评议表》上打钩后，深情地回忆起了当年的党员“三评议”活动探索，也让与会的党员同志了解了当年他们的努力探索，以及日后全面实施的整体工作部署。

习总书记在上海考察时强调，上海党建要“继续探索、走在前头”，这是对上海基层党建工作的谆谆嘱托。“党建活力在基层，党建创新在基层”，民主评议党员这坛美酒，酝酿于上海，飘香在全国，历三十年芬芳九州大地，这也印证了总书记的经典概括。

从探索到实践，从首创到覆盖，这三十年“陈酿”，弥久醇香。

（2019 年 12 月）

那些老太真美丽

我们垃圾处理考察团一行，在考察了台北内湖垃圾焚化厂、山柑社区环保工作后，来到宜兰的“东港环保教育站”进行考察。

面包车一路飞驰，拐进了一家院落。院落正中的主体建筑是一幢灰色的两层小楼，大门正上方书有三个黑色端正的手体大字“静思堂”；侧面是彩钢板建筑，标有“慈济宜兰东港环保教育站”，这就是我们的目的地。

接待我们的宋女士，五十上下，一袭黑衫，白皙端庄。

宋女士介绍道，台湾“环保教育站”的主要职能，就是组织“义工”（志愿者），推行环保教育，进行垃圾分类。台湾的环保宣传活动中，宗教团体扮演着非常重要的角色。这个“教育站”，就是由宗教团体出资运作的。我这才明白“环保教育站”设在“静思堂”里的原因。

宋女士没有直接领我们到“教育站”，先把我们迎进了“静思堂”。一进门，先打开了鞋柜，拿出一大叠软底绣花鞋让我们换上。进“静思堂”还需要换鞋？我们不便问，当然是客随主便。

进入大厅，宋女士先带领我们对着大厅正中央的佛像鞠躬行礼，礼毕，便在原地柔声地说起了“敬天”“爱人”“人命呼吸间”

等道理，讲了许多要与人为善、要善待环境的理念。讲完这些，才介绍起“环保教育站”的工作概况。宋女士话语委婉，目光清澈，神情间是做义工的幸福和快乐。

感觉这里的工作，首先是敬佛，是主业，环保教育垃圾分类，好像只是“敬佛”的一部分。

“哟，这么多人!”推开一扇门后，我们都吃了一惊。一个几百平米的大房间里，坐满了人，她们都坐在桌前埋头做着手工，没有一点声响。她们都是一些上了年纪的老太太，有些已经满头白发，但个个都打扮得很精致，很有气质。她们几乎全是黑色衣衫，胸前缀有饰物，头发光洁，都挽着以前电影里见过的“民国式”的发髻，发髻上别着发夹，还戴着深色绢花。我怎么看都觉得她们不是在做手工，而是一群准备上台表演的候场演员。见我们进入，她们都抬头朝我们微笑致意，又低头忙着。宋女士介绍说，她们正在手工制作垃圾分类和环保教育的宣传品。

我见过我们社区居委会活动室里，阿姨大妈们做“串串珠”和“丝袜花”的高兴劲，兴高采烈嘻嘻哈哈；也见过“阳光之家”里的智障学员们，学手工制作的认真与投入。没错，他们都非常开心，他们的快乐也会感染我。但在这里，这群安静美丽的老太太，在佛的面前，以敬天爱人的虔诚，做着环保这件“大善事”，她们所营造出的那份圣洁温馨，让我感受到了宁静与虔诚的力量，也感受到了一次小小的灵魂洗礼。

出了“静思堂”，我们来到了旁边的“彩钢板建筑”。建筑里面空间很大，地面堆有大量的废旧物品，周边围着一圈人，进行可回收垃圾的拆解作业。与“静思堂”里不同的是，这里的操作工主要是年轻人，也有不少女性。地上的这大堆“可回收垃圾”，就是生活中的家什：电水壶、收录机、打字机、旧铁锅之类。义工们把这些东西逐一拆解，按有色金属、黑色金属、塑料、橡胶等进行细分。这些“垃圾”通过拆解细分，直接就成了宝贵的再生原料。

就在考察活动临近尾声的时候，一群女士给我们每人端上了一小碗汤圆，着实让我们有些意外。我参加过不少的学习考察活动，当然也有较为正式的餐饮招待，但能在活动进行中穿插吃小点心这种，倒还是第一次。我品尝着甜糯的汤圆，想起了台湾民谣里唱的“小阿哥的汤圆是圆又圆”；我也想起了小时候，家里来了客人，母亲也会做汤圆招待的情景。我们这次考察活动，是一次非常“低端”的公务活动，因而也更加地接地气，更加感受到了来自台湾民间的情感交流。这简单而又温馨的接待交流，也是两岸“血浓于水”的直接体现。

我欣赏宝岛的旖旎风光，也陶醉于她浓郁的中华文化元素，但最令我难忘的，是那些做着义工，说着林志玲一般的柔美话语，脸上荡漾着温情的美丽的老太太。

（2015 年 2 月）

阡陌繁花伴你来

再过两个月，就是古美路街道成立二十周年纪念日。二十年耕耘砥砺，古美，这曾经的三镇交汇阡陌地，正努力蜕变成“品质卓越，生态宜居现代化新城区的先行社区”。我很有幸，与古美邂逅二十多年，相识、相知、相融到如今，二十年同行，二十载情牵。

一九九七年盛夏的一天，我看到《解放日报》上的一则招录公告：政府将在全市公开招考公务员。此时，我所在的“骨干企业”这艘小舟，在市场经济的汪洋里已颠沛数载，险象环生。有路有志者纷纷“弃船”上岸另谋高就。已从业十一年，混到“中层”的我，也经历了数次考警、考公、外企应聘而无果。上老下小、房贷压力，收入更是无颜叙说，无奈还兼职了货车司机，身心俱疲，前途未知。看到这招录公告，仿佛看到了远方的曙色。

报名的日子，就在父亲大殓的次日。

父亲病重去世直至把后事办完，我早已疲惫不堪，胡子满腮长发盈耳。当夜将一些琐事托付阿姐阿哥后，便驾着单位的卡车，绕道奉浦大桥回家。想到明天得赶早报名，不能以这流浪汉模样出现在报名处，于是仗着剃头店老客户的身份，敲门恳请老板起床为我剃头。这老板还真是可以，虽满是怨言，还是起床给我理发修面，还了我帅哥本色。老人家还硬是退回了我执意多付的五元钱。

其实当时我还有一个小小的不安：乡下有个老规矩，没有断“七”，特别是还在头“七”里，子女是不能剃头剪发的。想到父亲虽没文化，但相当的识理开明，特别是我对与父亲的关系那是相当的自信。因此也就有了对父亲的最后一次小小的不敬。

第二天是周日，阳光明媚。我驾着卡车驶到报名的地方区委党校，心却一下凉了半截。只见党校门口人头攒动，告示牌前更是挤满了人。挤进大厅，浏览了几十个招录岗位，没找到一个岗位条件与我的文凭匹配的。一长溜的“大学本科”“硕士文化”“共产党员”……我的心彻底凉了，不光凉，还有点窝火，因为招考公告上标出的报名条件是大专，但在这里全要本科，这不捉弄人嘛！

我气咻咻地出了大厅准备回家，走到大门口，还是不甘心地回望了一眼。这一回头，看到了一张熟悉和善良的脸：一位原工业局总工会领导，当时已任区工业委领导的老郑。因为之前我参加过总工会组织的几次演出，老领导对我有印象。打过招呼，还是没忍住对老领导发起了牢骚：“公告上说报名条件是大专，到了这里没人要大专，捉弄人啊！”老领导随口一句，说出了一个从此伴随我职场大半生的名字：古美。她认真地说：好像古美街道招聘的条件是——大专！

和老郑告别后我回头钻进了报名大厅，终于在人缝里瞄见了“古美街道”的牌子。原来招考条件为“大专”的不是没有，而是“大专”的两个摊位前人特别多，水泄不通，根本看不到岗位的牌子。一个是“龙柏街道”，一个是“古美街道”。“龙柏”倒是耳闻过，“龙柏饭店”“龙柏宾馆”等，全是高档酒店，“龙柏街道”想必也是高大上的街道，这进去的门槛会不会有点高？后者没听说过，“古美”，感觉有点“古典美”，在哪里的？也就不去管他了，报上名再说吧，也就对得起这半夜敲门剃头的事了。

想想也是，那时，有“三年以上工作经历”的“本科生”有几个？充斥着的，可能大都是我等“积极进取”，从中专技校毕业后混得的电大夜大“大专生”吧？

名是报上了，但那人头攒动的景象，在眼前挥之不去，个中压力自不待言。

说来也是巧合，笔试的日期也恰是父亲“五七”的次日。这“五七”也是小有规模。前夜，儿子将守夜陪伴逝去的长辈。

既是守夜，正好复习。供桌上摆满了鸡鸭鱼肉、糖果点心，老屋里烛光摇曳，香烟缭绕。我捧着书本“博闻强记”，借着安静复习的由头，我让阿哥去睡了。夏夜里响起了知了的叫声，相框中的父亲注视着我，目光慈祥。

父亲病重不起的最后几天里，我夜夜守在他的身边，有时也会聊上几句，但更多的是静静的陪伴。有一次他对我说，因为自己的多毛多病，耽误了你的学习，否则你会念得更高更好。我说怎么会呢，我能考上中专转为“国家干部”已经可以了，哪还想夜长梦多的念高中？这话是真的。

父亲还不止一次的说起，你书念得最好，钱却赚得最少。

守夜，守了一整夜；复习资料，翻了一整夜。

我再一次点上三炷香后，跳上卡车，去往考场。一夜未眠，毫无倦意，神思敏捷，下笔有神。

一个多月后，我参加了面试；一个多月后，我参加了体检；一个多月后，我来到了古美。

尽管为了面试，把街道办事处的管理权限、职责任务看了个大概。但街道办事处到底是干啥的？是个什么样的机构？和居委会有啥不同？基本一无所知。到了报到之时，我还在徐汇区虹梅街道的古美小区里转悠了半天，跑到了古美小区的居委会“报到”。

近些年，我参加了好多批次的社工、事业编、公务员的招录面试。由己及人，我常会问及他们对“社区街道”的概念、职能以及报考古美的缘由。考生们个个伶牙俐齿，异口同声的回应我：因为热爱社区、因为自己非常适合做社区工作者、愿为社区居民服务、在古美体现人生价值……我常常会感到惭愧，想想自己当初来古美的理由，简直说不出口：为了多拿几个钱，为了工作稳定，为了不至于下岗……

磕磕绊绊，对古美既不熟悉更无感情地来了。这个古美，既不“古”也不“美”，实在一般般。交通也不便，上班乘车到南方商城，到康健新村，再到离古美最近的一个车站，步行到街道所在地，还得步行一刻钟。有时候时间紧，就直接在南方商城乘“残的”到街道。

当时，古美还是“点状开发”，就是在农田阡陌中开发出了几个居民区和几条断头路，整体还是农村模样，没有“街道”的样子。工作中，我联系居民区及各个工地，在古美这块区域穿行，其实就是在农村的几个村庄里穿插。当时，八个居民小区，零星分散在 6.5 平方公里区域内。由村舍小路，把这几个居民区串联起来，成了“古美”……

经济社会的发展，勠力同心的拼搏成就了古美的飞速巨变。女大十八变，一如青春的古美。当年蹒跚的丑小鸭已成优雅的白天鹅。

古美风姿绰约，古美气质超群。作为伴随古美一路走来的老古美人，我熟悉这里的每一条小路、每一个小区、每一块绿地，我了解古美前进中的每一个脚步、每一次转身、每一次跨越。当年三十出头，如今已是进入职场生涯的后十年。当年为了一份工作一只饭碗来到古美。如今，为了一份追求一份荣耀融进古美。伴随古美的一次次蜕变，我一次次贴近古美的心灵。携手相伴二十载，古美不仅给了我衣食住更给了我精气神！

阡陌繁花伴你来，“二十年”我们一同走过，“三十年”我们继续出发。

（2019 年 3 月）

大楼里的同事们

一

三月初的一天晚上，晚餐后我正小憩，突接电令：疫情原因，速回街道。

喝了点小酒不能开车了，请求儿子代劳送下。一路上我在想，可能有重要会议精神需要当夜传达，因为传闻徐汇出现了不少阳性人员。

到了单位，得令须抽调精干人员若干，立即接管三家酒店，改造成隔离点，连夜得安排被隔离人员入住。

同事老纪简单介绍了情况后，就离会赴现场处置去了。随后匆匆赶来的十个小伙子，在听取了简单的介绍动员后，带着极简单的衣物和洗漱用品，随即上车开启了隔离点工作。

他们所要面对的是，动员原住酒店客人退房，按防控要求对酒店进行隔断改造，安排保安人员维持秩序。而装载几十位被隔离人员的大巴，已在路上。

安排优秀青年干部到隔离点轮岗锻炼，是培养干部的途径，按计划工作两周后将进行换班。然而这十位同事一进隔离点，就是三个多月。进去时春寒料峭，出来已是艳阳盛夏。随着疫情的发展，他们原本两周的工作安排，硬是增加到了三个多月。不是领导心肠硬不给调班，而是小伙子们知道，调班后还得隔离才能回岗，那就得一个岗位两个人。不换班，就节约了一倍的人力。这个时候隔离点工作人员资源的金贵，小伙子们比我还懂！

六月中下旬，小伙子们陆续“出舱”了。他们个个肤色白皙，长须满面，连一向黑不溜秋的老沈，混在小伙子中间，竟也像个小白脸。这隔离中的日子，其滋味恐难想象。

二

两天后，也是夜晚，接上司电话：速来街道，重要任务。

上司下令：某小区被封控，火速调集 30 人，进行“流调”，告知居民立即回家等待核酸采样。

此时的大会议室里，30 名匆匆赶来的工作人员，正进行领受任务指令和培训，然后随即与相关人员进行电话联系。那是与几千人的电话对接，“您好，请您立即回家，等待核酸采样”“您属于密接，请在家等待下一步的通知”……此起彼伏。有人对着电脑核实表格，有人与电话的那头竭力说服，有人游走寻找最佳无线信号。

此时，边上几个小会议室里也没空着，几位大佬正黑着脸调兵遣将：“采样人员多少?”“啥？还要等一个小时再到?”“当事人不肯走?”“车辆呢?”“驾驶员不肯开车?”“让他立即回家!”接下来连爆粗口。

这场景我有点怕，悄悄地我走了。

两个多小时后，会议室的话音已经稀落。终于管事的同事发话了，那边准备好了，同志们辛苦了，出发吧！呼拉拉人员离去。

那是配合医生上门核酸采样。

想来在那个刚封控的小区里，居民们看到小区门口大量的车辆和这么多穿大白的“医务人员”，既紧张又赞叹：党的领导，这动员力太厉害了。

凌晨三点多，做“大白”的同事小吴、小邹他们回来了，满脸疲惫，头发是汗水蒸发后粘着的样子。边吃方便面边问我：“‘今天’还有任务吗?”我回答：“吃完就回家，明天晚点来上班!”

三

原本以为小区封控是个案，第二天上午却旋即得到指令：某小区出现阳性人员，立即封控。五雷轰顶，两眼发黑。

这个小区规模大，这回需要抽调四十名工作人员对居民进行通知、流调、核酸。短信微信电话一齐来，大多数工作人员答复“好的”“准备出发”，但总也有人“没听到电话”“没留意短信（微信）”，也有人“昨晚太累了，有点不舒服”。好吧，就这样吧。我所能做的，除了记录在案，再通知其他人员，实在别无他法。还好我们的社区干部素质不一般，没多久，四十名人员到齐了。我看了下，昨晚工作到凌晨的人员占了一大半。优秀的同志永远优秀。

大会议室里又热闹起来了，因为有大半人员是昨晚的熟手，相互之间交流下，很快就带了起来，四个人一个小组，分工协作，电话语言也相当熟练规范。

有变化的是桌上出现了许多小吃，咖啡、蛋糕、小零食，还有水果，全是姑娘们爱吃的。这后勤保障确实到位。

未几，四十多人又出发了去被封小区，进行居民密接告知、阳性转运和核酸。

而此时被封控的小区已是相当热闹，一边是与居民的应对：提出置疑的、咨询问题的、请求要出小区的、询问看病该怎么办的，应接不暇；另一边是工作上的对接：防控物资运送存放、阳性人员转运、密接人员做工作转运、高龄老人处置。几十分钟内要面临无数的问题，一遍又一遍，居民区书记已是嗓子沙哑血压飙升。我们的流调人员和“核酸大白”，一遍又一遍地动员居民下楼核酸采样，有不理解的，有不肯下楼的，有死活叫不开门的……

此时你会明白啥叫群众工作，啥叫群众工作的难度。

小区封控、店面封控、全员核酸，这些还只是个开始，大量的工作还在后面。首先居民区几位工作人员必须进驻小区，直接与居民接触，处理小区内居民事务，此为“内场”；小区外面的防控物资、人员增援、居民快递收取等所有事务的协调处置，必须安排人员蹲守小区外围，此称“外场”。内场外场，各司其职。

四

小区接二连三地封控了，“转阳转密”成了大事。首先是隔离点不够了，怎么办？领导拍板：自己建方舱。

于是选地选人、规划设计、人员培训。牵头的老纪，两天没见到他，后来在走廊里碰到，问他咋了，他摇摇头，说太累了，昨夜又是没睡。

跟着他的同事也是累得不轻。工程人员严重不足，靠的就是几十个突击队员。社区工作人员中男性不多，抽调的突击队员还有许多女性。划线设置区域、搬运物件器具，从来不分男女。待方舱刚刚成型，新入住的隔离对象紧跟着就住了进来，建设者立马变身管理员和服务员。隔离制度严格，容不得半点差错，“劳力者”立马变身“劳心者”，一个个文武全才。

同事小刘，工作认真任劳任怨，但谨慎胆小，听到“阳性”浑身发抖。那天中午，当得知要被派往方舱，正在做核酸大白的他，不知是身穿大白暑气逼人，还是连续多时劳累不堪，竟一下子呕吐。但小伙子真是好样的，在路边躺了会儿，当接他到方舱的车辆到了，二话没说直接就上了车。有人劝他和领导说下就不要去了，他说我是年轻的党员，退缩的事做不出来啊。

隔离点和方舱也需要女性。同事小吉、小沈、小蔡、小张、小葛、小王、小高七位姑娘，平时给人感觉文雅柔弱，领导动员年轻的党员带头报名。姑娘们报了名，但随即有人就哭了。哭是哭了，但安排她们要上岗时，没说一个不字，都是咬牙点头。

“怕阳”这是人之常情，你不怕那是你道行高；如果怕，那也是可以理解的，否则全社会防它干吗。虽然很怕，但义无反顾不退缩，真的是特别的好样。

“出舱”后再见到这几个姑娘，我发现她们一个个都非常的美，比以前更美。

五

每天早上醒来第一件事，就是看手机微信，看几十个群里的消息和指令。我们工作中的大部分指令、数据、方案，都是在群里发布。错过重要的指令，轻则挨批，重则处理。

微信中还会用许多语音，电话大多数情况下是忙音的，只有微信，永远可以发出，来不及打字，就用语音。收到语音有点恨，一是听一遍记不住内容，听着还费时间，但好处是，发信者可以节约许多时间。

我与人联系工作，语音用得很多，效率为上，谁让我打字慢。

三月下旬，社区“大筛”，“核酸大白”急需。同事小周，官大能量更大。不到一小时，竟动员来十七家区级单位的二百多名核酸志愿“大白”，令我激动万分。实不相瞒，因连日封控连日核酸，精干的突击队员早已疲惫不堪，“减员”很多，此时这大量有生力量的增援，无疑是沙漠甘霖。只是面对这几百号人需要配置居民区、需要联系物资、约定时间地点等，协调任务巨大，各路信息蜂拥而来，手机几乎被打爆。可能因为人员的充足一改我前日的焦灼，心情敞亮，竟以磁性嗓音与未见面的十七家单位联系人和各方派驻人员，进行了大半夜的语音收发。以致脚踏十多条船，功力不够张冠李戴内容多次搞混，但速度效率那是没得说的。

六

大楼里天天开会，一天还得有多个会议。对外会议是视频会议，或与居民区会议，或与上级组织会议。

无论啥会，感觉这些会都不太像“会”了。主持人永远是“一把手”，“靠前指挥”“直接指挥”还真不是说说的，言辞果断、直截了当。会中听汇报时随时插话提问，提到问题随即要求某负责人落实。夹叙夹议，指点评判，直奔问题。话语讲完，措施、要求也已明确。“最后请领导作重要讲话”“就贯彻落实，我提三点要求”等“习惯语”再也没有听到过。

改变的还有同事们的形象。大楼里见得最多的服装是运动装和休闲装，尽管没人“休闲”更没人“运动”。“吃住干一体化”的日子这种装扮无疑是最合适。想走可快走，想睡就可睡，哪儿都能坐，要换“大白”也方便。而我本来就对自身形象毫无自信，在这缺眠少觉压力山大的日子里，春天的皮衣脱下来，找出一件街道发的志愿者 T 恤，穿着倒是相得益彰，无奈只有一件，要洗也得选个晴天，一晚晾着虽干不了，但好歹不致滴水。

本人性格修养不咋地，但作为“老机关”，人前人后还得装个文雅，有不甚熟悉的同事恭维说是儒雅。但在“吃住干一体化”的日子里，我的本性暴露无遗，常常为了个别人员的推诿、解释以及其他的十八条理由，单刀直入，直击要害而不顾及他人颜面，令对方下不了台，以至多次出现言语冲突，犯了大楼里的大忌。聊以自慰的是，同事们也偶尔有之，连一向风度雅致的老纪，有次会上因区级上峰的一次不恰当表态，大爆粗口，让我在心里引为知音。

七

盼星星盼月亮，沪上解封了。这天天盼夜夜想的日子，实实在在地来了，感觉还来得有些生猛。

绿地里拔节而起的杂草消失了，马路上的落叶扫尽了，一切又是很快地改变，一切熟悉的场景又是悄悄地来到。又见人流车流，又是吃饭买菜，慢慢归于日常，喧嚣热闹已然回归。

我的同事们也悄悄地变了，刮尽胡须相貌堂堂，梳上花辫清秀可人。

而我，望着镜中无数的白发和皱纹，眼前浮现的依旧是那些个焦灼的日日夜夜，不断回首这段突如其来的不简单的日子。

（2022 年 6 月）

魅力时尚爵士乐

一

人文荟萃、美丽宜居的古美社区是闵行东部的一个新形居住区，是十六万古美居民共同的幸福家园。这里整洁有序、便捷舒适。

晨曦微露，绿水氤氲。横苹港边的绿地里，一队红衣白裤的团队，她们挥洒着手中的花扇，身姿舒展，整齐的动作有着几分艺术范，轻松陶醉的神情，更是散发着健康活力。

晚霞余晖，凉风轻拂，科普公园广场上，一长溜的广场舞人群，在领舞者的带领下，自信地扭动着身姿，和着音乐，秀出自我。

如果你随意在合川路绿化带“古美环行步道”上徜徉，冷不丁还会有一支萨克斯管的乐曲飘落你的耳边，那是几位铜管乐爱好者在新泾港边的亲水平台上自娱自乐。

这就是古美人的闲暇时光，也是社区的日常场景，这样的场景很平常。

如果你周四下午恰到平阳一村党群服务站活动室，你就会听到纯正的管乐键盘乐声传来，你会眼前一亮，呀，这音乐，有点像是正式演出嘛，啥团队在演出？听音乐有点耳熟，像是以前电影里听到过的舞厅音乐嘛？键盘乐、铜管乐、电吉他发出的音乐，和谐动听，水乳交融，偶尔还会有柔美优雅的美声女高音加入，宛如花样芭蕾中女主角的清莲出水。没错，这就是爵士乐，这是古美爵士乐队日常排练的一幕。

古美，从来就不缺音乐，不缺音乐的人文素养。

二

古美爵士乐队成立于 2004 年，由当时的归国华侨鲁杰先生创立，他也成了乐队领队。鲁杰先生一生喜欢音乐，在国外时就是一名醉心爵士乐的“发烧友”。回国后来到古美，遇到了几位志同道合的爵士乐迷，感觉社区很有爵士音乐的人文基础，于是找到侨联部门和社区，表达想组建“爵士音乐沙龙”的意愿。

活跃社区文化生活，提升居民生活品质，本来就是社区工作的根本要义。于是一拍即合，“平阳爵士沙龙”应运而生，这就是“古美爵士乐队”的前身。

街道侨联积极扶持关心，协调相关部门，解决一些排练场所、资金等问题；居民区党组织在活动室相当紧张的情况下，专门安排出每周半天的时间，为沙龙提供服务。于是，在周边几个工地和空地堆场的居民区活动室里，经常传出优雅激情的爵士音乐，成为蜕变中的古美一抹新的亮色。

“这里有爵士音乐”，好事同样可以“传千里”。有人带着乐器，希望能一同参与。“那好，请演奏一下”。音乐响起，鲁老师说，“演奏得可以，有一定基础，排练时可以来玩玩，但还不能上台演出，也不算正式队员哦。”既是尊重，也得有门槛，否则哪来的质量？

在上海轻音乐团担任多年演奏员的徐先生，退休后“走穴”不多了，在家演奏也怕打扰邻里，听闻这支爵士乐队有点水平，也想来看看，想到自己是正宗的专业人士，要在社区档次的“草台班子”里“混”，又有点不甘心。当他以一名爱好者的身份，来“随便看看”后，当即被乐队的演奏水平所折服，也被队员的整体素质所吸引，向领队提出想成为一员的要求。鲁杰老师说，欢迎参加，下次带乐器来“玩玩”，请大家“了解下再定”。业余的团队，也要讲究个“逢进必考”，“考官”就是乐队全体成员，这就是一直坚持到现在的“进乐队门槛”。徐先生说，虽然当时有些被轻慢的感觉，但还是喜欢这样的管理和门槛，“我非常认可这样的做法”。

三

既然是团队就得有团队的规矩，古美爵士乐队在这方面，规矩更多更严。无论从当时的鲁杰先生到现在的张慧金女士，两任领队对乐队的管理都严格而正规。这可能也是领队长期在国外生活的一种文化习惯：做事认真，遵规守矩。

队员中有近一半成员是归国华侨或是有过国外生活的经历。他们从小便爱好音乐。有些还有专业背景。共同的爱好，使他们聚集在一起享受爵士音乐。古美社区有大量的文艺爱好者和众多的文艺团队，合唱队、小乐队、沪剧队、越剧队、丝竹民乐队应有尽有，在这些众多的团队中，“古美爵士乐队”以其艺术水平和敬业规范闻名，在繁花盛开的古美文艺天地中，迅速花开灿烂，独秀一枝。

作为归国华侨占比很高的团队，自然也是古美侨联的重点服务对象，不管是平时排练还是演出，都会见到“官方”人士的身影。看得出街道对古美爵士乐队的关注和支持力度，都是杠杠的。在古美侨联换届时，也是有针对性地吸收乐队骨干为侨联新成员，两任的领队也都是古美侨联的成员，现任领队张慧金女士还是现在古美侨联的副主席。侨联需要有广泛的群众基础，团队需要有组织的直接指导。因而古美爵士乐队从她诞生起，就和街道的侨联工作结下了不解之缘。

从居民的需要出发，搭建群众文化的平台，为群众文化提供更好的活动条件，是街道党工委、办事处的工作指向。有了街道各级部门的加持，古美爵士乐队更是魅力四射，活力澎湃。

有了乐手歌手，有了活动场所，有了严格的活动管理要求，还能有机会经常参加演出，作为一个民间文艺团队，已经实现了运转的“闭环”。技艺的高水平支撑了演出质量，更多的演出机会催生了技艺水平的提升。有了这样的良性循环，古美爵士乐队一时名声鹊起。几年来，“一街粽情”社区端午嘉年华、“风从古美来”社区大巡演、“新上海人”音乐节，还有重阳节、建军节、春节等节庆活动，都有乐队欢乐的乐声，近些年举办的“古美爵士音乐节”活动，更是成为了主角。今年 9 月 27 日，街道举办的古美爵士音乐节“爵美”升级，“爵美魔都”第八届古美爵士音乐啤酒节在龙茗路十尚坊商业街盛大开幕，为音乐爱好者们带来了一场震撼心灵的视听盛宴。活动吸引人流量 5.8 万人。活动主要宣传媒体有《人民日报》、上观新闻、新民晚报、上海电视台等 13 家，古美爵士乐队无疑是最亮的角色之一，他们与国内外数支爵士乐队共同演绎，为古美社区居民带来了浪漫典雅与纵情欢乐，形成了古美浓郁的爵士文化。

四

爵士乐队现有队员 13 名，其中 12 名是乐手、1 名是歌手，领队是张慧金女士，也是乐队歌手；艺术总监是邱锦根先生，他是一名电吉他手。乐队人数不多，但个个技艺高超。这也是乐队严格管理和严格招录的结果。

乐队成员平均年龄 63 岁，都具备较高的音乐素养，有些还有专业背景。领队张慧金女士 2013 年由美国回沪，在美期间就是爵士音乐和声乐爱好者。2016 年正式加入爵士乐队，并被推举为领队。张女士对乐队事宜非常上心，像自己的一份事业一样投入。从活动安排到乐器装运，从节目选取到服饰添置，事无巨细，都会以大姐般的细心安排妥帖，保证了乐队的正常运行。有时乐器修理、交通费用等一些额外的支出，也是领队自己奉献。她还凭着自己的人脉关系和社交能力，争取演出机会，安排与圈内高水平团队进行交流互动，拓展队员眼界，提升乐队水平。

艺术总监邱锦根先生，从小与音乐结下了不解之缘。他出生在上海东安路，父母都是军人，他从小有音乐天赋，父母便让他拜师学音乐。当时东安路一带“上音”老师不少，音乐氛围很浓。当时搞音乐的一些“臭老九”和老上海喜欢爵士乐的“老克勒”，常在周边组织一些圈子“白相”，老师也会带着少年的邱先生参与，“混”在他们一起学习键盘乐器，欣赏爵士音乐。后来正式学习小号，到了十七八岁的年纪，一把小号吹得连专业人士也刮目相看。

七十年代末当兵去部队，参加部队文艺宣传，三年当兵两年在演出，复员后，进入徐汇区文化馆工作，从事群众文化，还参加馆内小乐队的演出。

九十年代初，“音乐茶座”“爵士舞会”等如雨后春笋冒出，邱先生也开始下海“扒分”，投身音乐走穴。先后在百乐门歌厅、和平饭店爵士舞厅等演出场所担任演奏员。“一个晚上的收入，超过人家一个月工资”，说起当时，邱先生还是非常的自豪。

“虽然看着轻松，实际这碗饭不好吃。”他说。圈内的竞争非常激烈，不管是歌吧还是爵士舞厅，都主打一个“即兴”和“自由发挥”，需要有长年打下的扎实基础，有些“上音”毕业的小年轻，也不能胜任而淘汰。“说实在的，在这样的圈子里混上几十年，没点功底，绝对不行。”邱先生侃侃而谈。

乐队萨克斯手杨建明先生，家住南方新村，虽不地属古美，还是被古美的爵士乐吸引，慕名而来，经过严格考核，成为了乐队的正式一员。他说原本只听说有这么一支乐队，来了一看还真不一样，音乐水平和人员素质都很好。“国外回来的，做事体不一样”，与他原来的团队“确有高低”。杨先生就这样跳槽到了古美，他说：“现在真正找到了满意的落脚点。”

架子鼓手胡骐，早在1992年就考得“演出证”，参加过许多演出团队，主要在“和平饭店老年爵士乐队”演奏。说起“打鼓”的经历，他说：“有次演出时发高烧，做医生的妻子只能在演出半场休息时给我打退烧针，接着再上场。”他曾在南方商城的“莫扎特音乐之家”学校、“炫雅琴行”培训学校等处辅导学生音乐考级，学生从一级考到十级的很多。曾是崇明长江农场知青的胡先生，在农场就参加了文艺小分队，钻研小号，学习乐理和指挥。现在还担任上海打击乐学会考级委员会的考官。他说，很喜欢这里纯粹的氛围。

67岁的小号手陆永亮，居然是在退休后学的吹号，师从上音附小的老师。小号吹奏难度大，但他喜欢，每天习号4个钟头以上。来古美乐队虽仅半年余，却发现确实不一样，就不想离开了。

67岁的李开建，司职电子琴。住古美东面的桂林西街。从小学的手风琴，八十年代始学电子琴，先后在“田林宾馆舞厅”“上海政协舞厅”弹钢琴，后又到都市路“上岛咖啡”弹了7年钢琴。2017年加入乐队，现住杨浦区女儿处，每次来古美得开车一个半钟头，他说，虽远犹近。

原住古美的汪顺童，吹萨克斯，63岁。15岁跟哥哥学单簧管，后习萨克斯。他说，现已迁居南翔镇，感觉这里的排练、演出都非常认真、精益求精，很有归属感。

还有两位萨克斯乐手汪建华、周惠华，都是六十刚出头的“克勒”，平时，他们都有一个“器不离手”的习惯。汪先生是学电气工程自动化的“理工男”；周先生至今难忘当年去“和平饭店老年爵士乐队”演奏，因为太年轻，特意化装成老年人“混迹”其中的往事。

目前，这两支加入乐队已多年的萨克斯管，如鱼得水。

小号手王佳荣，年虽古稀，却有小号的“童子功”，曾在上海武警文工团任演奏员，演出经历异常丰富。退休后经选择，“跳槽”到古美乐队。他说，能为居民服务，完成街道的演出任务，合作得很愉悦。

五

一支优秀演出团队，必须有更高的自身追求，那就是要多交流，多学习，特别要与高水平的团队学习融合。

为此，乐队领队、总监凭借自己的关系，利用自己在“百乐门歌厅”“和平饭店爵士乐队”工作的人脉，经常安排乐队成员串场演出，领市面，懂风情，拓宽眼界，对爵士音乐“更有感觉”。

现在这支队伍不光在古美社区扎根绽放，还花开遍地，先后参加了“上海大世界市民文化夜”“上海图书馆党的生日”“上海图书馆建军节”等活动演出，还在各区、各企事业单位连轴演出。在古美社区的演出，大到节庆专场演出，小到群众活动前期的暖场，都会看到他们场下在不辞辛劳地搬乐器，场上立马西装革履专业地投入演出。

“和谐古美、品质生活”催生了魅力时尚的爵士乐，魅力时尚的爵士乐在古美社区流淌，相信社区一定会更美更好。

（2024 年 12 月）

“小巷总理”小故事

一

年轻的古美社区优雅宜居，和所有的新兴社区一样，古美也是个移民社区。我们这位“小巷总理”，也是一位新上海人。2008 年，她放弃了从教十年的中学教师工作，随丈夫从湖北来到上海。2015 年成为一名社区工作者，2017 年 7 月担任居委会副职，一年后成为居委会主任。目前，已在居民区书记岗位上干了三年。

我问她，从外省来到上海，从教师转岗社工并任居民区书记，一定有许多感想，一定有许多故事吧？

她说，九年的居民区工作，让她感受了社区日新月异的变化，也感受了社区的性情和温度。“现在，我已深深地爱上了这里，深深地爱上了这份社区工作。”

她说，作为一名“小巷总理”，尽心尽力为居民解决烦心事，是她和她团队的主要工作。但在美丽的小区里，在你不留意的地方，还有一些不为人注意的人和事，他们是特别的，他们属于少数，他们有的自卑自闭，有的无知迷惘，他们没有得到命运的眷顾，他们更需要我们去关爱和体恤。“繁忙的工作之余，我和我的团队，与这些特殊人群有着密切的联系。”她强调说。

我说，弱势群体的尊严应该就是社会的公平，对特殊人群的友好才是社会的温度。

她笑着说，你说出了我的心里话！

于是她带着微笑也带着凝重，与我讲起了这些小故事。

二

黄阿姨年已八旬，多年的生活无奈和家事变故，硬是把她变了个人。

年轻时的她，大学文化，品貌出色，生活优渥。工作上小有成就，性格要强……几十年的“高人一头”，已经养成了她固有的高傲和优越感。

然而，世事无常。家庭不睦，夫妻离散，独生女远赴海外，已基本不再与她联系。这一切，刺伤了她的自尊，她变得独来独往，加上性格高傲孤僻，慢慢变成了无亲无友的状态，步入老年后愈发自闭，平时除了买菜购物，基本已不出门，偶尔出门也是低头无语。出门“目中无人”，在家更是悄无声息。

调动起有限的心理学知识，我明白，像黄阿姨这样的老人，自尊又自卑，生活不如意，又被她要强的性格所折磨，最后把自己包裹起来，与外界完全隔离。其实，她的内心是痛苦的。

于是，我有空就到她家楼下转转，希望能遇到她。有时恰好与她有个照面，就走过去和她打招呼，即便她不理不睬低头离开，但我还是能感觉出她眼神里的一丝和善。从她的步履和面色中，我也了解了她的健康状态。

平时，我安排小区网格员每天观察她家的窗户，白天是否开窗，晚上是否亮灯；还关照楼里的志愿者，留意她出门购物的频次，是否有规律，是否正常。

疫情期间，黄阿姨无法网购更不会团购，她的生活情况怎么样了？忙碌中，我总会想起黄阿姨是否有吃有喝。她基本不出门，无论你怎么敲她也不会开门。做核酸时，因为实在敲不开门就只能算了（当然是不可以的），但食物补给，那得送啊，否则真会出事！敲门不开，叫喊也没用，实在没法子，就请民警帮忙。民警高声喊，我是警察，黄阿姨您开门啊，没啥事体，就送点吃的给您。门终于打开了，对待孤寡老人，我们特意送了双份食物。

有一次送生活保障，网格员敲不开门，民警来了也敲不开。修锁铺关停了，没办法，就用力踹开了门。正当我担心黄阿姨可能有意外时，却发现她就端坐在门里的旁边。其实，刚才门外的动静她一清二楚，却坚不开门。我们进门后，黄阿姨很生气，说要投诉我和民警。我对她反复检讨，并答应只要修锁摊开业后，立马给她修锁，这才缓和了她的怒气。

这样的独居耄耋老人，必须要时时关注。于是，我安排小区网格员每天把耳朵贴在她家墙上，听她家里的动静，以此作为网格巡查工作的职责之一。

说起此事，网格员总笑称自己被书记逼成了“包打听”。

好在黄阿姨有一位故友，是本小区的陆阿姨，陆阿姨是老党员，热心助人。两人虽见面不多但互有微信。通过这根单线，我默默地关注着黄阿姨。

三

早晨上班还未到办公室，居民王阿姨已等在居委会门口。见我就说："实在受不了！这家人家太过分了，楼道里的味道实在受不了了，昨天他拉的电线还跳火，走道有股焦臭味，要出事体了！"

我闻讯立马去现场。其实，我一看到王阿姨，就已猜到了八九分。来到王阿姨说的现场，果然又是一片狼藉：两辆来路不明的电瓶车停在走道，旧电器、旧衣服、旧家具已将楼道堵得人无法通行（电梯房，楼梯平时少有人走），一根充电线从其家中拉出，电线插座挂在电瓶车旁边，空气中散发着焦味……

敲门，开门的是"女主人"，男主人的"女友"。

我问她老李呢？回答说躺在床上。我说，东西不能再堆在外面了，电瓶车哪来的？她说，不知道啊，可能是老李刚收的吧。

老李的老婆早年去世，儿子先天不足，上学读书属于走过场。老李原来是个体面人，担任过千人大厂的厂级干部，后来出了"事体"被处理，加上家庭不幸，一下就抑郁，性格大变，突然变得喜欢捡拾囤积杂物，还不时搞来电瓶车啥的，被执法机关多次处理。

随着年纪上去，老李捡拾囤物的习惯越发严重。初始，堆放在自家门口，慢慢堆到了邻居门口。再后来，堆到了楼上楼下的楼道里。最多时仅电瓶车就有十几辆，还有自行车、纸板箱、废旧家电等，更让我担心的是，还有大量未曾拆封的邮件。

邻里多次报警，警察上门，无数次口头警告并拉走这些废旧杂物，但没几天，来路不明的电瓶车、自行车，又悄悄地堆在了楼道里。

年近五旬的儿子小李，独身一人，智力有限，生活能勉强自理，但无工作无收入。虽属明显的智残，但“自尊心”却不小，死活不肯去做残障鉴定，因而也无法办理残障补助。

小李平时喜欢闲荡，也喜欢上邻居家串门，讨要一些油盐、葱姜之类的东西，邻居们也是不胜其烦。

老李没犯抑郁症时，就去捡拾或顺手“搞”点东西放楼道里，一犯病就整天躺在床上一动不动，儿子照顾不了父亲，所幸老李有个同居的“女友”，一家三口，全靠“女主人”维持着家庭生活。

老李差不多有半年时间身体尚可，能出门“捡拾”；还有半年会犯抑郁，整日不起床。这样的家庭，邻里自然嫌弃，但他们也得生存和吃饭呀，那就得靠社区工作者去扶一把了。

我隔三岔五去察看他家楼道的情况，看到有新东西了，就要求老李尽快清除；看到半新的电瓶车，就追问其来源，还经常请民警上门，警告他遵纪守法，并拉走电瓶车。一旦看到楼道干净太平了，也就意味着他犯病躺床上了，这时，也要进门去看看他病得咋样，还称赞女主人的付出，毕竟，这家确实离不开她的照顾。

目前，全家的开支就靠老李的退休金，但随着老李年岁上去，为儿子小李争取一份经济来源的事变得愈加迫切。我一方面与街道职能部门沟通咨询，另一方面让小李接受事实，早日去办理残障鉴定。当然，这工作还在努力中。

四

居民兰先生，四十不到，高高大大，粗看一表人才，但实际上有智力障碍，因此也没读过书。与年近八十的母亲一起生活，平时玩手机游戏是他生活的全部。

兰先生生活不能自理，日常靠母亲照顾。早年其父母离异，父亲一去不见踪影，彻底与这个“包袱”拜拜了。

眼下，手机里陷阱很多，整天捧着手机玩的兰先生，脑子勿灵光，陷进去是大概率的事。

有一次，母亲发现自己的账号里欠了不少钱。慌忙查原因，发现兰先生在手机里用花呗分别给手机、座机和读书软件等充值达六千多元。慌了神的母亲，急忙来找我。我马上找来懂行的高手处理，无奈付钱容易收回难，在与几家企业反复沟通并多次上门联系说明情况后，找回了大半钱款，小部分则打了水漂。为此，我和他母亲一起心疼了好几天。事后，我让人把兰先生手机里的相关支付功能全部删除。

年近八旬的母亲，还要担忧儿子以后的日子，心力交瘁，去年病倒了。手术期间，兰先生一下子食宿无着，乱成一团的家，污浊气味四散。我和伙伴们一边给他安排好食宿，一边联系其亲友。好在亲友们不错，轮流担起了照顾兰先生的任务，直到其母亲康复。

要强的兰妈愈发担心以后儿子的日子咋过，因而整日忧心忡忡。我看在眼里，十分理解一个母亲对儿子的担忧与牵挂。

一天，兰妈告诉我，考虑把现在的住房卖掉，然后和儿子一起住养老院。我心想，这应该是这个家庭最好的归宿了，但我却不忍心说出这样的伤心话，只是陪着她一起落泪……最后安慰她，这事要不以后再考虑吧？

五

书记说，在小区里，这样的特殊家庭，还有好几家。

有道是“幸福的家庭是相似的，而不幸的家庭却各有各的不幸”。但在我看来，当今条件下的不幸家庭，其实也是相似：不外乎年老独居、心智不全、不能自理、影响安全、妨碍邻里……他们或有先天不足，或有时运不济，成了竞争时代的落伍者。

在宜居古美的大家庭中，他们无疑是生活中的弱者，但他们在混沌中渴望关爱，在自卑中渴望理解。社会为他们提供了基本的生活保障，那么，我们的社区工作者，就是把社会保障和关爱送上门的快递员，就是落实社会温暖最后一公里的使命人。

感谢这位书记和她的团队，让我们一起做“快递员”，一起担起“使命人”的职责，为了社区更美更温暖。

（2024 年 6 月）

一位社区志愿者的人生路

一

小区里上了年纪的居民，认识他的不少，这在普遍“对门不知姓名”的城市居民中倒是不常见的。原因可能是他担任过小区业委会主任，是个闲不住的志愿者、热心人，还有一个原因，就是这个小区里，住着不少上海梅山（集团）的老职工和家属，他退休前，正是这家大企业的人力资源部副部长，他叫毛国荣。

那天我去走访毛老，按门牌号问询时，一位居民老伯伯一下就说：“噢，是找老毛啊，从这走。”很是热情。

进门见到毛老，毛老坐在椅子上，他努力想站起身，却没能站起来。我连忙把他按住。毛老告诉我，昨天买菜不小心摔了，受了点小伤，坐下了站起来有点困难。我看到他的嘴唇，也有点外伤。毛老说，没啥问题，也没告诉儿子女儿，否则他们会担心的。

八十多岁的毛老，身材精干，讲话声音有点沙哑，却快速而高亢，一看就是个精力充沛、有事都自己扛的人。

“我这辈子啊，就是努力工作，不想休息的。在南京梅山干了二十八年，回到上海又干了十七年，我有四十五年的工龄。”毛老和我展开了话题。

二

毛老1938年7月出生在无锡乡下一个叫糜巷桥的村子里，他的父亲少年时因贫穷和战乱从常熟流浪到无锡，安定下来后，在当地做木匠，后来找了一位当地人结婚并生下了毛老。当时女方家境较好，毛老小时候得以入学读书。凭着天资和努力，他考上了当时在无锡城里的锡南中学，直至初中毕业，成了当时为数不多的有文化的少年。

有了文化和眼界，他想往外闯。经一位远房亲戚介绍，十五岁的他来到上海南市的“张裕泰铁铺”学生意。所谓“学生意”，其实就是做学徒学打铁。刚开始是拉风箱、搬铁件、拉钢碳，凭着勤快和聪明，干得蛮有条理，老板对这位有文化的学徒也是很满意。没多久他就开始抡锤子打铁了，菜刀、农具、钢钎做得有模有样。铁铺后来也承接了附近工厂里的钢构件锻打，这些构件体积大、分量重，加热、翻转、捶打都需要较好的技术，也是个力气活。年轻人干得有声有色，但受伤也是常事。有一次，一块烧得通红的坯料经捶击后崩出，击中了他的脚脖子，脚背、脚腕当场皮焦肉烂，经简单冲洗包扎后，也没有休息，人站不起来了，就坐着拉风箱。师傅当时就“教育”他：“打铁人都是这样的，有啥关系？脚不烂，怎么打得了铁！”

在打铁铺里做学徒，勤快做事之余，毛国荣不满足，想着还要去上学。当他把这个想法说给师傅听，师傅尽管平时非常严格，但还是开明地同意了：“多点书还是好的”，条件是“生活要做好”。这个条件对于毛国荣来说，其实已经不用说的了。于是，毛国荣考进了上海敬业中学夜高中，白天拼命打铁，晚上顶着一张油黑的脸，不顾同学们的取笑，坐进教室读书，四年后，以优异成绩，高中毕业。

三

不久“公私合营”，“张裕泰铁铺”并入上海螺钉厂。已是初中文化同时还在读夜高中的毛国荣，分到了厂生产科做统计员。国家随即投巨资，在厂里建造生产螺钉的“托拉斯”生产线。厂里为此成立了技术革新组，进行技术攻关和流水线的建设安装，凭着进厂后的良好表现，毛国荣被抽调进建设流水线工作组。他在组里埋头苦干，勤学勤练，很快成为了技术能手，成为流水线建设安装的骨干，深得领导赞扬。

在流水线建设期间，他深感自己的专业知识不够，在征得领导同意后，参加了虹口区夜大学，学习机械制造，理论知识和实践知识得到了进一步的提高。当时厂里成立了职工夜校，毛国荣还被安排兼职工厂夜校的教师，在业余时间给职工进行文化补习。为了提高自身的教学能力，他也在业余时间参加虹口区教师进修师资训练班高数专业的学习，获得高等数学教学资格。既在业余时间学习，又在业余时间教学，白天还不能影响紧张的工作。

我问毛老："那段时间你是怎么安排的?"毛老说："白天做技术员，晚上不是做老师就是做学生，没有休息天，白天晚上每天都排满，除了睡觉就是工作、学习和上课。"

"我的拼命是出了名的，"毛老对我说，"当时领导问我累不累，我说不累，真的，一点没说假话，就是干得开心，想干活。""领导表扬我，老职工夸奖我，我就想多学习，多干活。"毛老说这话时，原本就高亢的声调，继续上升了一度，脸上满是自豪，这表情真真切切，毫无虚假和做作。

1960 年底，上海机电一局成立上海标准件公司，从上海螺钉厂抽调了部分人员进入公司。凭着过硬的技术和优异的表现，毛国荣成为首批入职公司的员工，担任公司基建科科员，当时他还只有 22 岁。当时公司处在建设中，基建任务繁重，凭着自身的踏实钻研和领导的大胆信任，年轻的毛国荣独立承担起了基建工作，很快成为工作骨干，出色完成了流水线建设规划和工艺改造中的相关基建任务。

由于表现出色，不久后，二十多岁的毛国荣被借调到上海机电一局党委第六工作委员会进行锻炼，进入"四清"工作组，派驻上海江南拉丝厂担任"'四清'扫尾工作联络员"。遗憾的是，不久"文革"爆发，毛国荣因支持厂党委工作，被"工总司"定性为"代表黑市委执行黑路线"，被揪回标准件公司"反思"，"以观后效"。

回到标准件公司后，因为问心无愧，毛国荣并没有自暴自弃，而以普通群众身份，依旧努力工作，在本职岗位上默默奉献。由于具有良好的工作表现和扎实的群众基础，在公司成立“革委会”时，作为群众代表被推荐进入公司“革委会”班子。

四

1969年，国家在南京梅山成立“9424”工程指挥部（梅山钢铁公司前身），毛国荣积极响应政府号召，报名参加了“9424”工程，被分配到“高炉连”。

“一腔热血，到了梅山，一盆冷水。啥都没有，只有一片山坡和树林！”“到了那里第一件事就是运毛竹，搭棚，否则晚上就得露天了，行李都放在露天的泥沟里。”毛老的手对我不停比划。

平整土地、挖沟土建、修建道路，听着像军事化的“高炉连”，其实就是整日拖着板车，运土、拉渣、搬矿石，晚上睡在工棚里，热得要死，还有许多的蚊虫、臭虫。“伙食倒是还可以，大米饭敞开吃，荤菜每周都有，那已经非常不错了！”说起这个，毛老脸上满是笑容。看得出，这是一位非常容易满足的老人。

“9424”工程建设基本进入正轨后，他调入了公司炼铁厂生产科，负责安全生产。

“那时候工作有用不完的力气，公司有个高塔，相当于16层楼高，我的工作经常需要爬上去观察情况，有时一天上上下下要几次，没有电梯的，全靠爬，刚开始，还有点怕，但越怕越危险。”“有时领导一句话，阿毛，上去看一下，我就二话没有，噌噌噌就往上爬。”毛老的声音中依然感觉有股使不完的劲。

“我白天拼命工作，晚上还是非常想念家人。”说起他一个人在南京工作、妻子小孩和老人都在上海的那段日子，毛老的眼里闪着泪光。当时，他妻子由于是在保密厂工作，工作调动非常困难，三个小孩都还不到十岁，上面还有四位老人，小孩子常有个发烧咳嗽，四位老人更是药不离口，这所有的担子都压在他妻子一个人的肩上，分量之重可想而知。

我回头向毛老的夫人乐阿姨致意，乐阿姨欠了欠身说道：“当时大家都是这样的，也没啥。”阿姨身材娇小瘦弱，真难想象当时她是怎么照顾三个小孩、四个老人的。

1972 年毛国荣调入公司所属的梅山冶金公司劳资处，刚好公司的宿舍楼也建好了，在公司领导的大力帮助下，毛老的妻子以及小孩、老人，拖家带口全部调到南京梅山，结束了三年多的家庭分离。不久毛国荣还提任为公司的劳资处副处长。90 年代中期，成立上海梅山（集团）时，毛国荣得以调回上海工作，担任上海梅山（集团）人力资源部副部长。

1998 年退休后，毛老又被集团聘用了两年；2000 年 8 月，毛老离开了工作 31 年的钢铁行业。

“调到南京时，我孤身一人，然后再全家调过去；96 年又是我一人调回上海，然后全家再一个一个地调回上海。”“那个可惜啊，他们都放弃了好的工作！当时三个小孩都已工作成家，为了照顾我俩，也为了他们孩子的前途，都先后回了上海。”毛老夫妇又是一番感慨。

“那现在他们发展得不错吧?”我问。

“不错的，他们都有文化，我的第三代也都很好!”毛老的回答铿锵有力。

五

2003年小区筹备成立业委会，业委会主任人选成了小区书记考虑的重点。有人向书记推荐：毛国荣是很好的人选。理由是人品正，能力强，关键他还做过多年的大企业人事工作，小区里几百户梅山（集团）的居民，毛国荣都认识。

书记上门沟通，毛老欣然答应。只要是为大家服务的事，只要是奉献的事，毛老都不会推却。

毛老当选业委会主任后，会同业委会其他成员，积极考虑为小区居民做实事。当时小区路面破损严重，他提议用停车费等历年结余的公益性收入，对小区道路进行整体的修复和改造，提升小区通行的舒适度和美观。在征求居民意见的时候，原先梅山集团的居民，出于对老领导老同事的信任，几乎异口同声地答应：“老毛决定的事，不会错，我们没意见。”有了梅山集团居民的率先表态，其他居民也是高比例同意业委会的决定。没多久，小区的道路改造顺利完成。

同样，居民楼外墙破旧的问题也影响了小区的美观。毛老在咨询专业机构，详细了解费用、工艺、材料等方面的问题后，提出把小区的居民楼外墙面统一进行修补和涂刷，也很快得到居民的表决同意，改造完成后，小区的面貌有了进一步的提升。

接下来，毛老又针对小区雨水管道没有统一接入下水道的问题，实施小区居民楼的雨水收集改造，使小区更环保也更美观。

在毛国荣的任期内，对路灯照明区域不够的地方，加装了路灯，并在路灯式样、亮度等方面进行了统一；还在没有晾衣条件的高层区域，加装了晾衣架，既美观又实用。可以说，在他任职业委会主任的时间内，他一直在想方设法地为小区考虑，为居民做实事。由于毛国荣的精打细算，这些改造费用都来自于小区停车等公益性收入，居民的维修基金总额只增不减。

由于年龄和健康的原因，毛老在担任了一届业委会主任后，改任了两届业委会委员。在担任委员期间，毛老认真履职，提出了许多很好的意见建议，在沟通民意方面，也很好地起到了居民党组织与群众的桥梁纽带作用。

六

走访结束之际，我向毛老表示敬意并告别。毛老费力地支撑起身体，一定要起立向我道谢并送我出门。他的每句话都在用力，他的每个动作都在用力。他的身上依然是奋斗者的样貌。

他握着我的手说："其实我也没做啥，只是上海到南京，再由南京到上海，有点苦，但现在很甜，很幸福!"

我说："您老这样的为人和心态，一定会健康，一定会长寿!"

（2024 年 8 月）

后　记

一个文学的门外汉，凭着兴致和感觉，在十多年的时间里，在琐碎平淡的工作、生活之余，用文字记录了一些自己工作生活中的想法和感悟，描述时代和环境的变化，表达对工作和生活的态度，追忆内心的感动与波澜，遂形成了若干篇日记般的短文，现在辑集成册，拿来与读者朋友们共享，一同感受时代的风貌与生活的浪花。

书中辑录的七十多篇短文，反映的都是自己人生中的经历和感悟，表达了当时的心绪和情感，书中叙述的那些个小事，都是生活和工作中的平常，没有宏大叙事，没有跌宕起伏，有的只是短小、真实和平淡。

本书取名为《家藏利斧》，并非刻意营造一种杀伐狰狞的氛围，只是那篇短文恰是真实表述了过往及今日的生活变迁，真实地表达了自己在岁月中的情感涟漪，几成全书的“中心思想”。

书中内容分了四辑：其一为“景致渐远”，追念渐行渐远的过往以及其中的感悟；其二为“有木浸河”，描述了生活中的本真景致；其三是“腌酿日子”，表达了自己所处的社会日常；其四是“蒹葭苍苍”，反映的是社会的百态和相关人物的情怀。

感谢著名作家彭瑞高先生、褚半农先生的垂青抬爱，两位名家平时常常鼓励指导我的读书写作，这次在百忙之中特意为拙作撰写情真意切的序言，感激有加！

感谢书法名家张伟麟先生为本书题写精美书名！

感谢编辑李纳、祝云赛女士和吴艳萍先生对我的指导以及他们的辛勤付出！

最后感谢您的阅读，在自媒体充目盈耳的当下，您依然能翻上几页本书，目扫几篇小文。如若您在阅读之余，些许还原出那些个生活场景，继而生发出一些情感共鸣来，那将为我带来真诚的欣慰，也会是我极大的荣幸。

钱志维

2025 年 4 月 14 日